콕 집어 알려주는

당신의
글쓰기

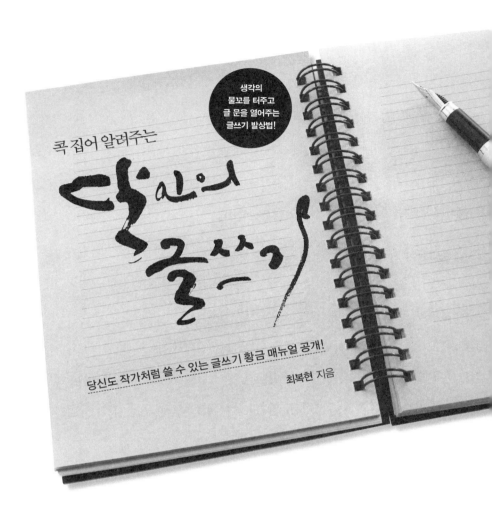

콕 집어 알려주는

당신의 글쓰기

생각의
물꼬를 터주고
글 문을 열어주는
글쓰기 발상법!

당신도 작가처럼 쓸 수 있는 글쓰기 황금 매뉴얼 공개!   최복현 지음

프리스마

나도 시인처럼 멋진 글을 쓸 수 있을까?

백화점 문화센터나 기업체, 도서관 등에서 글쓰기 강의를 8년째 해오고 있다. 10대에서 80대에 이르는 다양한 나잇대, 다양한 사연을 가진 이들이 필자에게 글쓰기를 배운다.

글쓰기 강의를 듣는 이들은 대부분 비슷비슷한 고민을 안고 있다. "많이 읽고 많이 생각하고 많이 쓰라고는 하는데, 마음에 와 닿지 않는다", "글은 쓰고 싶은데 막상 글을 쓰려고 하면 쓰려던 멋진 생각들이 어디론가 꼬리를 감추고 통 떠오르지 않는다", "무슨 말부터 시작해야 할지 모르겠다", "어디서부터 어떻게 시작해야 할지 몰라 막막하다"고 하소연하곤 한다. 때로는 오랫동안 글을 써왔으나 좀처럼 글쓰기 실력이 향상되지 않는다며 이제 그만 포기할까 고민하는 이들도 만난다.

각각 처한 환경도 다르고 고민도 다양한 이들에게 효과적으로 도움이 될 만한 글쓰기 강의를 할 수는 없을까? 좀 더 쉽게 글을 쓰는 방법을 알려줄 수는 없을까? 이런 고민을 하며 나름의 해법을 찾아 글쓰기 강의를 해왔다. 이제는 제법 많은 이들이 나를 기억한다. "글쓰기 강의들 중 독특하다", "명쾌하다", "속 시원하게 해준다" 등의 평가다. 덕분에 어디서 강의를 하든 소문을 듣고 많은 이들이 찾아와주신다. 그럴수록 나는 글을 쉽게 쓸 수 있는 방법에 대해 더 많이 고민했다. 글쓰기를 가르치는 선생이니 그들의 고민을 해결할 방법을 찾아줘야 했다. 강의를 하면 할수록 일종의 책임감 같은 것이 커졌다.

아름다운 풍경을 보면 누구나 시인이 된다. 글감이다 싶어 뭔가가 떠올라 글을 시작하는데 남다르게 표현하고 싶은 욕심이 나는 것도 사실이다. 하지만 정작 마음속에 가득히 꿈틀대던 이야기들이 적당한 단어로 연결되지 않고 어디론가 숨어 떠오르지 않는다. 그것을 해결할 수 있는 방법은 없을까? 앞에서 말한 것처럼, 그럴 땐 많이 읽고 많이 생각하고 많이 쓰라는 두루뭉술한 조언은 별 도움이 되지 않는다.

좀 더 쉽고 명확한 글쓰기 방법이 절실한 이들, 바로 적용이 가능한 글쓰기 해결책을 알고자 나의 강의실에 앉아 있는 이들, 좀더 멋진 표현법을 찾고 싶고 한층 더 수준 높은 글쓰기를 꿈꾸는 이들, 그들의 고민에 대한 내 나름의 답이 바로 이 책이다. 글쓰기 울렁증이나 답답증을 호소하는 이들을 직접 가르치며, 고민해온 8년간의 경험 속에서 나온 두 번째 책이다. 전작인 《닥치고 써라》에선 글을 쓸 수 있도록 마음을 여는 방법과 글의 기본 개념을 소개했다면, 이 책 《콕 집어 알려주는 달인의 글쓰기》에선 글을 쓰는 구체적인 방법을 다뤘다. 이를테면 글을 쓸 때 첫 단어를 떠올리는 실제적인 방법, 첫 문장을 떠올리는 구체적인 요령, 그다음엔 떠올린 단어 하나로 다음 문장을 술술 풀어나가는 방법 등을 소개했다.

글은 항상 우리 안에서 나올 준비를 하고 있다. 누구나 그 문을 열어주기만 하면 된다. 따라서 이 책은 그 글 문을 여는 방법을 알려주는 아 안내자쯤이 될 것이다. 일단 글 문이 열리면 글이라는 게 제법 술술 계 속 써진다. 예컨대 시작만 할 수 있으면 나름 즐겁게 써갈 수 있는 게 글이다. 그러고 나면 조금씩 욕심이 생긴다. 좀 더 멋지고 아름다운 표 현을 찾아 써보고 싶고, 자신의 의견을 당당하게 논리적으로 주장하는 글도 쓰고 싶어진다.

어떤 운동을 잘하려면 그 운동에 맞는 기본 자세와 방법을 배워야 한 다. 제아무리 힘써 연습한들 기본과 요령을 모르면 남보다 잘할 수 없 다. 어느 정도의 수준으로 올라가는 데까지 더뎌도 한참 더디다. 노력 과 모방으로 그럴듯한 수준까지 도달할 수는 있을지 모르지만 그 이상 의 실력 향상은 불가능하다. 하지만 기본기를 제대로 배운 사람은 밑천 이 든든하다. 발전하는 데 도약이 가능하다는 말이다.

글쓰기도 마찬가지이다. 요령을 알면 글쓰기가 훨씬 쉬워지고 남보 다 깊이 있는 글을 쓸 수 있다. 즉, 글쓰기에도 운동 경기와 마찬가지로 기본 자세와 틀, 요령이 있다는 것이다. 이 방법을 알면, 훈련을 통해 나 날이 향상되는 운동 실력처럼, 글쓰기도 분명 실력이 향상된다. 하나의 단어를 던지면, 그 단어에 따르는 문장이 나오고, 한두 문장이 나오면 그다음 문장이 저절로 생각나는 글쓰기 달인이 가능하다.

멋진 표현을 생각해내는 방법도 물론 있다. 무조건 연습하는 것이 아 니라 생각하는 법을 깨우치고 훈련하며 글쓰기를 하면 글쓰기 자체가 즐거운 일이 된다. 개성 있고 창의적인 글로 다른 이들과 생각과 감정 을 공유하고 소통할 수 있게 된다. 글을 즐길 줄 알게 되는 것이다. 또 논리적인 글도 어렵지 않다. 우리가 복잡한 논리인 연역법과 귀납법, 변증법을 배우는 이유는 이러한 논리가 다른 사람에게 자신의 주장을 가장 잘 표현할 수 있는 이상적인 틀이기 때문이다. 개인적인 감상이든 논리적인 글이든 글쓰기에는 분명 방법과 틀, 요령이 있으니 그 맥락을 잡기 바란다.

　글쓰기를 뭉뚱그려 알려주면 어떤 장르의 글을 쓰느냐에 따라 헷갈리게 마련이다. 요즘 쏟아져 나온 글쓰기 책들이 그렇다. 때문에 이 책에서는 장르별 글쓰기를 간단하게나마 언급했다. 어떤 장르든 공통으로 해당하는 글쓰기 방법이 있다. 반면에 장르에 따라 방법이나 진행이 다른 점도 많다. 따라서 그 공통점과 차이를 제대로만 파악하면, 어떤 장르든 넘나들 수 있는 유연한 글쓰기가 가능하다.

　필자는 이 책을 집필하면서 여타의 글쓰기 책과는 다른 이야기를 하고 싶었다. 독특한 방법을 소개하고 싶었다. 독자들로 하여금 보다 명쾌하게, 보다 쉽게 글쓰기를 즐길 수 있게 하고 싶었다.

　이 책으로 글쓰기에 입문하는 이들은 우선 글쓰기의 기본 개념을 확실히 알고, 기본기를 탄탄하게 닦고, 누구보다 쉽고 빨리 글쓰기에 자신감을 얻었으면 하는 바람이다. 여러 번 글쓰기에 좌절한 이라면 이 책이 알려주는 발상법부터 새롭게 시작하길 바란다. 기왕 시작한 글쓰기, 어서 빨리 글쓰기의 달인이 되길 바란다. 이 책을 읽는 모든 이들이 글쓰기가 더 이상 부담스러운 것이 아닌 즐거운 일이 되길 바란다. 더불어 어느 정도 글쓰기에 능숙한 이들이라면 다른 이들에게 글쓰기를 가르칠 수 있다는 자신감을 얻고 글쓰기 강사로 활동하는 데 도움이 되는 책이었으면 싶다.

2015년 10월

최복현

차례

제 1 부

글쓰기의
이로움과 즐거움

1강

삶의 자리가
아름다워지는 글쓰기

유행하는 말 중에 '9988234'란 말이 있다. 이 말은 처음에는 99세까지 88하게 살다가 2일만 앓고 3일째 되는 날 죽어야 행복하다는 의미였다. 이를테면 100세 시대의 행복 공식이었다. 그런데 요즘은 이 공식이 바뀌었다. 100세 시대를 넘어 120세 시대가 온 지금, 9988234의 의미는 99세까지 88하게 살다가 2일만 앓고 3일째 다시 일어나 120세까지 살다가 죽어야(4) 한다는 의미로 바뀌었다.

예전에는 꿈의 숫자였던, 120세. 그런데 이제는 현실의 숫자가 되었다. 우리는 이제 120세를 살 수 있다. 축복일까? 누군가는 '축복'이라고 말하기도 하지만 다른 누군가는 '저주'라고 말하기도 한다. 120세까지 살 준비가 충분히 되어 있는 이들에겐 분명 축복이다. 하지만 노후 준비가 채 안 된 이들에겐 저주다.

축복이든 저주든, 우리가 원하든 원치 않든 수명은 길어졌다. 이제는 이 긴 수명을 누리면서 어떻게 살 것이냐가 문제다. 수명은 길어졌지만 우리가 활동할 수 있는 여건은 그다지 좋지 않기 때문이다. 아무리 좋은 직장을 갖고 있다 해도 대략 60세가 되면 물러나야 한다. 그러고도 50~60년이란 시간, 아니 완전 노년인 때를 20~30년이라고 치고 이를 제외한다고 해도, 은퇴 후 20~30년은 경제활동이나 취미활동 등 뭔가를 하며 살아야 한다. 아무런 일도 하지 않는다면 삶 자체가 무기력해질 테니까 말이다.

은퇴 후의 대비로 경제적인 것은 잘 준비했다고 치자, 그 외의 문제는 없는 걸까? 만약 건강이 따라주지 않는다면? 결론부터 말하면, 아프면서 오래 사는 것은 오히려 불행이다. 건강하게 오래 살아야 행복하다고 할 수 있다. 그렇다면 건강하다는 것은 어떤 상태일 때를 뜻하는 것일까?

세계보건기구 헌장 9조에는 '건강이란 신체적으로 뿐만 아니라 정신적, 사회적으로 완전히 안녕한 상태에 있는 것'이라고 정의한다. 우선은 신체적 건강이 가장 중요하다. 물론 신체 건강을 위해서는 음식을 조절하고 적당한 운동을 꾸준히 하는 것이 최선이다. 의학이 발달하면서 예전에는 치명적이라고 여겨졌던 병들, 이를테면 암이나 에이즈 같은 병들도 점차 정복되고 있어 의료 혜택만 받는다면 별 문제가 없어 보이기도 한다. 하지만 신체 건강에 영향을 끼치는 제3의 요인이 있다. 바로 사회적 관계와 정신적 문제다. 이 둘은 신체 건강과도 밀접한 관계가 있다. 사회적인 관계를 잘못 관리하면 오해와 반목으로 인한 스트레스에 시달리게 되고, 이러한 스트레스는 정신 건강은 물론 신체 건강에도 악영향을 미쳐 여러 질환으로 나타난다. 이른바 현대병이라는 대다수의 병들은 스트레스가 원인인 경우가 많다. 따라서 신체와 정신, 그리고 사회적 건강을 함께 잘 관리할 때 비로소 건강하다고 말할 수 있다.

특히 120세 시대로 접어든 지금, 신체 건강 못지않게 정신 건강도 중요하다. 이제는 흔해서 마음의 감기라고 하는 우울증이나 감정 기복이 심한 조울증도 겉으로 나타나는 신체 증상은 없더라도 개인의 삶에 치명적인 영향을 미친다. 이러한 질환은 우리의 정서를 피폐화하고 극단적인 경우 자살로까지 이어지는 경우도 종종 보아왔다. 그렇다면 어떻게 이런 마음의 병들을 치유할 수 있을까? 아니 예방할 수 있는 방법은 없는 것일까? 물론 약물 치료를 비롯하여 여러 가지 치료법이 있다. 하지만 그런 치료법은 원인을 알고 근본적인 치료를 하는 것이 아니라 임시방편에 그치고 말 수도 있고, 치료에 여러 제약이 따르기도 한다. 하지만 특별한 치료법, 누구나 마음만 먹으면 쉽게 할 수 있는 방법이 있다. 바로 '글쓰기'다.

1. 마음의 울화 덩어리는 사람에게가 아닌 글로 쏟아내라

인간은 자신의 경험에서 기억하기 싫은 것들은 무의식적으로 눌러버리는 데 프로이드는 그것을 '억압'이라고 했다. 물론 우리는 유아기 때의 기억을 모두 알 수는 없다. 우리에겐 이미 우리도 모르는 사이에 엄마와의 관계에서 생긴 기억하기 싫은 것들이 쌓여 있을 수 있다. 비록 그런 것이 없다고 하더라도 무엇이든 우리 안에 쌓아두어 좋을 리 없다. 그렇게 무의식에 침전된 것들은 사라지지 않고 가라앉아 있다가 어떤 자극을 받으면 침전될 당시와는 다른 모습으로 드러난다. 이를 신경증이라고 하며, 이러한 모습은 우울이나 폭력, 광기 등으로 나타난다는 것이 프로이드의 주장이다.

어쩌면 묻지마 식의 방화와 폭력, 살인 혹은 자살 등은 그런 부정적인 기억들이 만들어낸 인격장애일 수도 있다. 정신 건강을 위해서도 건전한 사회를 위해서도 부정적인 기억과 감정들은 쌓아둘 것이 아니라 우리 밖으로 어떻게든 내보내야 한다. 다른 모습으로 변형시켜 외부로 내보내고, 또 다른 무엇으로 승화시켜야 한다.

하지만 그런 것들, 예컨대 '마음속에 쌓인 울화 덩어리들'을 수다로 푼다고 해도 한계가 있다. 술로 잊어보려고 해도 역시 해답은 없다. 그럴 땐 무조건 글로 풀자! 무조건 글로 쓰자. 내 감정, 내 생각을 꾸밈도 과장도 없이 무조건 써보자. 아니 써야만 한다. 쓰지 않으면, 말하지 않으면 미친 사람이 될 수도 있고, 우울증 환자가 될 수도 있다.

울화 덩어리는 글로 풀어야 한다. 하지만 '글?' 이런 말만 나와도 벌써 답답해하는 사람들이 있다. 하지만 쉽게 생각하자. 예를 들어 '잘난 체 하는 놈들도 실상 따지고 보면 별로 잘난 것도 없더라! 지가 잘났으면 또 얼마나 잘났겠나…!'라는 생각을 해보자. 그러면 반대로 '내가 못나면 얼마나 못났겠어?' 하는 생각에 이르게 된다. 이 순간 글쓰기의 두려움이 사라진다.

여기까지는 자신만을 위한 글쓰기다. 형식도 상관없고 못 써도 상관없다. 내 안의 보따리를 풀어본 것에 불과하니까. 하지만 일단 나 자신에 대한 정리를 하고 나면, 내 안의 응어리를 풀어낼 용기를 얻을 수 있다. 우리 안으로 들어오는 수많은 정보들, 삶의 부대낌들로 쌓인 좋거나 안 좋은 감정과 기억들을 그냥 품고 있으면 스스로 병을 얻는 것과 다를 바 없다. 그것을 풀어내야 한다.

'포르다'란 이론이 있다. 한 아이를 둔 주부가 있었다. 이 주부가 고민거리를 가지고 프로이드를 찾아왔다. 고민인 즉, 자기가 외출했다 들어오면 아이가 방안을 온통 난장판으로 만들어놓는다는 것이었다. 문제를 파악하기 위해 프로이드가 그 집에 방문해서 아이의 행동을 몰래 지켜보기로 했다.

엄마가 외출하자 물건을 아이는 손에 잡히는 대로 마구 던졌다. 던질 때는 상을 찡그리며 "포르", "포르"라고 외쳤다. 그러다 던진 물건 하나가 우연히 돌아오면 "다" 하면서 밝은 표정을 짓는 것이었다.

아이 엄마가 귀가하자 프로이드가 그녀에게 상황을 해석해주었다.

"아이는 당신이 외출하는 걸 싫어하는 것입니다. 그러니 외출을 삼가시오."

아이는 엄마가 곁에 없어서 느끼는 불안과 불만을 말로 표현하지 못하고 행동으로 보여준 것이다. 이렇게 쌓인 것을 풀어야 건강하다. 내성적일수록, 의사 표현을 잘 못하고 참는 사람일수록 스트레스가 많다. 그런 이들일수록 글을 써야 한다.

임금님의 귀가 당나귀 귀인 것을 알고, 그걸 말할 수 없어서 병에 걸렸다가 마지막에 "임금님의 귀는 당나귀의 귀"라고 말하고 원을 풀고 죽었다는 이야기는 우리나라 경순왕 설화에만 있는 게 아니다. 서양의 그리스 신화에 등장하는 미다스 왕('미다스의 손', 영어로는 '마이더스의 손'으로 유명하다) 이야기에도 그런 이야기가 있다.

디오니소스의 스승인 실레노스를 극진히 대접한 덕에 디오니소스 신은 그의 소원 한 가지를 들어주기로 했다. 그는 자기 손에 닿는 것마다 금이 되게 해달라고 했다. 그의 소원이 이루어져 그가 만진 사과나무는 놀랍게도 황금 사과나무로 변했다. 집에 돌아와서는 마중 나온 막내딸이 귀여워서 머리를 쓰다듬어준 순간 딸도 금덩어리로 변해버렸다. 밥을 먹으려고 숟가락을 드니 숟가락도 금으로, 밥도 금으로 변했다. 도무지 먹고 살 수가 없었다.

다시 디오니소스를 찾아가 원래대로 돌아가게 해달라고 사정을 하자, 디오니소스 신은 그에게 팍톨로스 강에 가서 머리까지 강물에 잠기게 하여 몸을 씻으라고 했다. 미다스 왕은 시키는 대로 했다. 그렇게 하여 미다스의 손은 저주(?)에서 벗어났다. 그 후 그가 몸을 씻은 강은 금빛 모래의 강, 사금이 많이 나는 강으로 변했다고 한다.

그렇게 혼이 나고도 정신을 못 차린 미다스 왕은 판신과 아폴론 신이 연주 경연을 벌일 때 심사원도 아니면서 판신이 더 잘 연주했다고 했다가 그만 아폴론 신의 저주를 받고 만다.

"그걸 귀라고 가졌느냐. 잘 듣게 해주마."

저주를 받은 미다스 왕의 귀는 당나귀 귀로 변했다. 미다스 왕은 자신의 귀를 감추기 위해 복두쟁이를 불렀다. 복두쟁이는 미다스 왕의 귀를 가려줄 복두를 만들고 집으로 돌아왔지만, 미다스 왕의 귀 생각만 하면 자꾸 웃음이 나와 견딜 수가 없었다. 하지만 미다스 왕과 아무에게도 말하지 않겠다고 목숨을 걸고 약속했으니 참아야만 했다. 하지만 평생 비밀로 안고 살아가려니 가슴이 터질 지경이었다. 참다 못해 끝내 병이 들어 시름시름 앓기 시작했다. 그러다 어느날 더는 참지 못하고 무성한 갈대숲에 구덩이를 파고 그 안에 들어가 앉아 "임금님의 귀는 당나귀의 귀!"라고 세 번 소리치고는 죽었다. 그 이후로 그 갈대밭에 가면 바람이 불 때마다 "임금님의 귀는 당나귀의 귀"라는 소리가 들린다고 한다.

2. 쌓아두면 다 병이 된다

위의 이야기는 마음속에 쏟아내지 못하는 일들을 안고 있으면 병이 된다는 걸 말해준다. 그러니 속에 든 말할 수 없는 사연들을 글로 풀라는 것이다. 그렇게 풀 거리가 없다면 인생을 잘못 산 것이다. 오죽하면 그런 감출 일 하나 없이 못나게 살았을까. 사람들과 좋은 관계를 많이 맺은 사람일수록, 인간관계가 다양한 사람일수록, 참을 일도 지켜야 할 비밀도 많을 것이다. 그것을 말 대신 글의 형식에 슬쩍 감추어 표현하라는 것이다.

자, 이제 정리해보자. 글을 쓰면 좋은 이유는, 곧 달리 말하면 글을 써야 하는 이유이다. 우리는 써야 한다. 120세 시대의 건강 이를테면 암, 우울증, 조울증, 치매 예방을 위해 쓰고 또 써야 한다. 그리고 서로 소통을 위해서도 써야 한다.

글쓰기는 생각의 힘을 기를 수 있고, 상상력을 길러 창의력을 발휘할 수 있다. 그렇게 쓰고 쓰다 보면 자기 발견은 물론 타인에 대한 이해를 넘어 인간을 진정으로 이해하는 단계에 이를 수 있다. 그러니까 쓰고, 또 쓰자. 글쓰기는 곧 건강을 지키는 운동과 같다.

우리가 가장 스트레스를 받는 원인은 사람과 사람 사이에 있다. 미운 사람이 있으면 은근히 스트레스를 받는다. 사람과의 관계가 얽혔을 때 말로 풀려 하면 때로 더 얽히고 완전히 관계를 어그러지게 만들 수 있다. 그럴 때 먼저 글로 마음의 상태를 써보라는 것이다. 물론 분노에 찬 글을 써서 상대에게 전달하라는 의미가 아니다. 감정이 타오른 상황에선 진정한 자신을 모른다. 가라앉혀야 자신을 돌아볼 수 있다. 그 순간 확 올랐던 감정이 어느 정도 가라앉기를 기다리며 자신만을 위한 글쓰기 혹은 자기 생각을 전달하는 글쓰기를 하라는 말이다.

우리는 누구나 가슴에 감정의 덩어리들을 쌓아두고 산다. 그리고 또 사는 만큼 그것들이 쌓인다. 그게 무엇이냐고? 은밀한 감정, 은밀한 욕망, 누군가에게 하고 싶은 고백, 누군가에게 가진 원한, 삶의 짐이 주는 무게의 고통, 아주 절실한 삶의 문제, 이런 종류의 부정적인 것이 쌓여 있으면 우울한 감정이 생기고 스트레스가 된다.

긍정적인 것도 쌓아두면 병이 된다. 많은 지식이나 정보가 있다면 그것도 병이다. 아는 것이 병이니까. 어떤 대상을 보고 삶의 이치, 나의 의미를 발견했다면, 성찰을 통해 무엇인가를 깨달았다면, 아주 멋진 체험이나 구경을 했다면, 그 순간은 즐겁다. 그런데 그 긍정적인 것들도 쌓아두고만 있으면 생산적이지 못하다. 그런 잠재의식 속 덩어리들이 오히려 우리를 우울하게 한다.

그것이 인간이다. 인간은 무엇이건 긍정적이건 부정적이건 쌓아두고는 못 사는 존재다. 그러니 그것을 풀어야 한다. 이들을 통칭해서 쌓인 덩어리, 또는 응어리라 해두자. 이 덩어리들을 표출해야 한다.

자신의 욕망·감정을 털어내는 데 꼭 글쓰기만 대안일까? 물론 아니다. 대화도 있고, 술도 있고, 여행도 될 수 있다. 하지만 여기엔 제약이 따른다. 아무리 친하다 한들 전부 다 풀어낼 수는 없다. 여행을 통해서 느낀 감정도 다시 여행으로 풀어낸다는 것은 불가능하다. 그러니까 결론은 글이다. 앞에서 이야기 했듯이 하고 싶은 일을 쓰듯이 쓰라는 것이다. 우리는, 이 책을 읽는 이들은 이미 우울증에 많이 노출된 이들이다. 왜냐고? 똑똑하기 때문이다.

이전에 '여필종부(女必從夫)'란 고사성어는 '여자는 남편을 하늘처럼 받들어야 한다'는 의미였다. 실제로 조선시대의 여성들은 그걸 팔자소

관으로 알고 살았다. 그다지 우울하지 않았다. 하지만 요즘은 '여필종
부'를 '여자는 필수적으로 종합 부동산세를 내는 사람을 남편으로 삼
아야 한다'고 해석한다. 물론 유머다. 하지만 유머란 시대상을 그대로
반영한다. 그만큼 여성들도 이제 배워서 깨어 있다. 그러니까 조선시
대 여성에 비해 더 우울하다. 삶의 조건이 나빠져서가 아니다. 오히려
좋아졌기 때문이다. 아는 게 병이란 말처럼 이제는 자신이 소중하다는
것, 그 누구의 액세서리나 소유물이 아님을 누구나 안다. 바보는 우울
하지 않다. 똑똑하니까 더 우울하다.

그러니까 써라. 무조건 써라. 건강을 위해서 써라. 상상력 향상을 위
해, 우울증 치료를 위해, 인간 이해를 위해 자기 존재 이해를 위해 써라
이미 앎에 병든 당신은 쓰지 않으면 큰일이다.

2강

글쓰기는
영혼의 비타민

1. 나를 기억하고 나를 기록하고 나를 성장시키는 글쓰기

120세 시대엔 우울증이나 조울증 못지않게 치매가 더 걱정이다. 글쓰기는 우울증 치료는 물론이고 치매 예방에도 좋다. "치매? 난 아직 젊은데 벌써부터 치매 얘기야?" 이렇게 생각하는 이들이 많다. 하지만 요즘 치매 연령이 점차 낮아져 30대 치매도 환자가 있다고 한다.

전에는 수십 개 정도의 전화번호는 쉽게 암기하는 이들이 대부분이었다. 하지만 요즘은 십여 개의 전화번호도 암기하지 못하는 이들이 많다. 그 가장 큰 요인이 스마트 폰의 과다 사용이다. 모든 이들이 폰에 저장된 전화번호에 의존하기 때문에 암기할 필요를 느끼지 못한다. 그러다 보니 점차 암기력을 잃어가고 있다. 뿐만 아니라 암산도 못한다. 전자계산기가 계산을 해주기 때문이다. 현대문명의 이기로 이런 현상은 점차 심화되고 있다. 이로 인해 치매 연령도 점차 낮아져 이제 30대에 치매가 오기도 하는 것이다. 치매는 먼 미래가 아니라 지금 당장 생각해야 할 고민거리다.

우리 삶, 아니 살아 있다는 것은 기억한다는 의미다. 기억이 없다면 살아도 산 게 아니다. 기억하는 나만이 실존이다. 내가 기억하고 있는 재산만 내 재산이요, 내가 쓸 수 있는 정보만 내 지식이다. 내가 알고 있고, 기억하고 있는 사람만 내 이웃이요, 내 가족이다. 그만큼 기억은 중요하다. 그런데 기억을 잃은 치매 환자가 되어 수년, 아니 수십 년을 살아야 한다면 그건 저주에 가깝다.

치매를 예방하려면 글쓰기가 제격이다. 만일 매일 일기쓰기를 한다고 해보자. 그러면 6개월이면 180편의 글을 쓴다는 의미이고, 180일 동안 있었던 일들을 기억할 수 있거나 적어도 다시 들여다보면 상기할 수 있다는 의미다. 이와는 반대로 기록하지 않고 지냈다고 치자. 6개월 간에 지낸 일에 대하여 하나도 남지 않을 것이다. 아무리 기억에 떠올리려 해도 몇 가지 남지 않을 것이다. 그러니까 글을 매일 쓰는 습관을 갖는다는 건 자기 지식을 쌓는 일은 물론 자신을 돌아보는 데에도 아주 좋은 방법이다. 그렇게 매일 글을 쓰는 습관은 남보다 인생을 훨씬 보람 있게 살게 하고, 가치 있게 살게 하고, 생산적으로 살게 하는 훌륭한 방법이다.

"가루는 쓸수록 고와지고, 머리는 쓸수록 좋아진다"는 금언이 있다. 신체든 정신이든 쓰지 않으면 퇴화하고 병이 든다. 신체도 정신도 자꾸 써야 건강한 상태를 유지할 수 있다. 어항에 갇힌 물고기라도 적당히 긴장을 조성해줘야 더 건강하게 오래 살고, 실험관의 쥐도 긴장을 조장받는 쥐가 오래 살아남는다는 연구결과도 있다. 베껴 쓰는 글이 아닌 자신의 이야기를 쓰는 글은 자기 생각이 있어야 쓸 수 있다. 생각은 곧 머리를 쓰게 만들고, 적당한 머리 쓰기는 약간의 긴장감을 주면서 두뇌

건강을 유지하도록 돕는다.

어떤 젊은이가 있었다. 이 젊은이의 노모가 그만 눈이 멀었다. 그러자 젊은이는 자신의 미래가 두려웠다. 나이 들어 늙으면 자신의 눈도 멀 것이라 여겼기 때문이다.

그래서 젊은이는 '그래, 나는 눈을 지혜롭게 관리해야겠어'라고 생각하고 한쪽 눈을 안대로 완전히 가렸다. 한쪽 눈만 쓰고 한쪽 눈은 잘 보존했다가 한쪽 눈이 상하면 그때 쓰기로 한 것이다.

그렇게 20년이 흘렀다. 정말로 그의 한쪽 눈이 어두워졌다. 그는 보존했던 눈을 이제 써야 할 때라고 생각하고 기쁜 마음으로 안대를 풀었다. 어찌 되었을까?

말할 것도 없이 안대로 가렸던 눈은 완전히 먼 상태였다.

이처럼 머리도, 신체 부위도 쓰지 않으면 퇴화한다. 쇳조각도 쓰지 않으면 녹슬어 부식되고 마는 것처럼 말이다. 머리는 쓰면 쓸수록 윤이 나고 잘 작동한다. 글쓰기는 바로 머리를 쓰는 일이다. 꾸준한 글쓰기는 그래서 치매 예방에 좋다. 이것이 글을 써야만 하는 이유이다.

2. 마음의 근육을 키우는 글쓰기

글쓰기는 머리를 쓰는 일, 곧 생각하기다. 생각하면 당연히 머리는 긴장한다. 이러한 약간의 긴장을 유쾌한 긴장이라고 해두자. 글을 쓰면서 마음을 들여다보면서 유쾌한 긴장을 하면 마음에도 근육이 생긴다.

① 웬만한 일에 실망하지 않는다.

② 스트레스에 민감하지 않다.

③ 큰일을 당해도 크게 흔들리지 않는다.

④ 우울증 예방에 좋다.

⑤ 치매 예방에 좋다.

⑥ 특히 문학적인 글을 쓰면 상상력이 향상된다.

⑦ 창의적인 사람이 된다.

⑧ 지속적으로 글쓰기를 한다면 자신의 삶을 차곡차곡 정리할 수 있어서 자신만의 정신적 자산을 가질 수 있다.

⑨ 자신을 돌아보면서 자기 이해를 잘한다.

⑩ 타인을 잘 이해할 수 있다.

⑪ 글쓰기는 신체의 건강, 정신적 건강, 인간관계의 건강을 얻을 수 있게 하는 좋은 방법이다.

글쓰기가 건강에 좋다는 것, 삶에 도움이 되는 것은 확실하다. 문제는 지속적으로 쓸 수 있느냐가 문제다. 지속적으로 글을 쓰지 못하는 이유는 무엇일까? 물론 개인적인 성향도 있을 테지만 무엇보다 글쓰기에 대한 부담감 때문이 아닐까 한다.

이런 문제를 해결할 방법으로 두 가지 글쓰기를 제안한다. 하나는 매일 인상적이었던 일을 쓰는 것이고, 또 다른 하나는 하고 싶은 일을 쓰는 것이다. 이 두 글쓰기의 공통점은 자기만의 글쓰기라는 점이다.

자기만의 글쓰기는 읽어줄 대상과는 관계없이 자기와의 대화를 위한 글쓰기다. 따라서 어법이나 문법, 맞춤법, 띄어쓰기에 그다지 신경을 쓸 필요가 없다. 모든 규칙들로부터 자유롭게 쓰면 된다. 단 조건이 있다. 매일 쓰기다. 매일 쓰기? 일기가 떠오를 것이다. 맞다, 일기를 쓰

자. 말은 쉽지만 일기 쓰기는 쉽지 않다. 쓰기가 어려워서가 아니라 매일 그 일이 그 일이라 재미가 없고 특별할 게 없어서 쓰기 싫기 때문에 쉽지 않다. 그럴 때를 생각해서 이런 방법으로 써보자.

인상적인 것 하루 한 가지만 쓰기

오늘 한 일 중에서 가장 인상적이었던 것 한 가지만 쓴다. 그러면 새로운 일들만 적게 되니까 3~4개월 꾸준히 쓸 수만 있다면, 쓰는 재미를 느낄 수 있다. 매일 매일 자기 정리를 하게 됨으로 습관으로 자리만 잡는 있다면 자기 발전에도 큰 도움이 된다. 그것만으로도 자신의 대견함, 성취감을 느낄 수 있다.

3개월, 6개월 썼다고 생각해보자. 하루 한 문장씩만 자기 정리 문장을 건진다면 얼마나 성숙해질 수 있으며, 얼마나 많은 이야기가 남겠는가. 안 쓰면 없어질 것들이 꾸준한 쓰기를 통해 자신만의 재산으로 쌓이는 걸 경험할 수 있다. 만일 하루하루 정리 안 하고 그냥 살았다고 생각해보자. 6개월, 180일을 살고 기억에 남는 게 얼마나 될까? 열 손가락 안에 들 것이다. 그런데 매일 쓰기를 하면 180개의 자기 정리가 남는다. 이는 생산적인 삶이고, 발전적인 삶이다. 따라서 매일 글쓰기는 자기발전에 큰 도움은 물론, 덕분에 자신도 모르게 자신의 우울한 감정을 치유한 기쁨을 느낄 수 있을 것이다. 사소한 것부터 시작해도 좋다. 예를 하나 들어보자.

- 인상적인 일…, 인상적인 일…, 오늘은 아무리 생각해도 특별한 게 없다.
- 자신과의 약속을 지켜야 한다 생각하니, 은근히 짜증난다.

- 시멘트벽을 차니 발끝이 아프다.
- 그래, 오늘의 인상적인 일, 돌부리를 차면 내 발부리만 아프다
  는 속담이 생각났다.

위와 같이 썼다고 치자. 그리고 여기에 이 글을 한 문장으로 정리해
보자.

감정 관리를 잘못하면 나만 손해다.

이 방법이 인상적인 일 한 가지 쓰고, 그것을 한 문장으로 정리하기
다. '하루 한 문장으로 정리'하기의 습관은 무슨 일을 하든 명확하게 처
리할 수 있는 사고방식을 길러준다. 또한 그 틀대로 말을 한다면 설득
력도 길러준다. 쓰고 정리하자.

이런 훈련을 통해 글쓰기를 습관으로 삼으면 머지않아 멋진 글 솜씨
를 자랑할 수 있게 될 것이다. '하루에 한 문장 정리'로 그 쓴 날만큼 자
신만의 어록도 가질 수 있으니 일석이조다.

하고 싶은 일 한 가지 쓰기

다음으로 '하고 싶은 일 한 가지 쓰기'다. 인상적인 일을 글로 쓰기는
자기 체험을 쓰는 과거 기록이라면, 하고 싶은 일 쓰기는 현재의 욕망
이나 미래의 꿈, 일어나지 않은 일에 대한 상상이다.

'오늘 하고 싶은 일, 무엇이 있을까?' 이렇게 생각해보자. 하고 싶지
만 해서는 안 되는 일, 하면 법에 저촉되어 교도소에 갈 수도 있는 일,
남들의 손가락질 받을 일, 큰 문제가 생길 일, 그 일을 쓰라는 것이다.

하고 싶은 일을 상상하고, 그것을 쓰기도 좋다. 꿈도 가능하고 나쁜 일도 가능하다. 무엇이든 쓰기이다. 마음껏 상상의 나래를 펴고 쓰면 마음이 후련해질 것이다. "나는 올 가을에는 결혼하고 싶다." 이런 식이 아니라 실제 상황처럼 구체적으로 쓰라는 것이다. 예를 들자면 아래와 같다.

죽이고 싶은 사람, 죽여라, 무엇으로? 글로 죽여라.
욕하고 싶은 사람, 욕하라. 글로 욕해라.
춤추고 싶으면 춤추러 가라. 글로 가라.
불륜 저지르고 싶으면 그렇게 해라. 글로 해라.

K는 M 무역회사에 다닌다. 그런데 같은 회사 C과장은 그녀에게 은근히 접근하여 엉덩이를 툭 치고는 시침을 떼곤 한다. 참다못해 따지고 들면 C과장은 그런 적 없다고 발뺌을 한다. 동료들에게 그 사실을 흘려도 좀체 말이 먹히지 않는다. C과장은 K 이외에 누구에게도 그런 적이 없고, 누가 보아도 바른생활 맨이기 때문이다. 그럴수록 K는 C과장의 그 가식적인 면상이 싫었다. 죽이고 싶도록 미웠다.

그날도 원치 않게 사무실에 C 과장과 단 둘만이 남은 게 화근이었다. C과장이 가까이 다가오더니 이번엔 그녀의 어깨를 감싸 안았다. 그녀가 거부의 몸짓을 했으나 C 과장은 오히려 더 세게 끌어당겨 자신의 몸에 밀착시켰다. 이죽거리는 C과장의 목소리에 치가 떨렸다. K는 연필꽂이에 있던 커터용 칼을 꺼내어 그의 위를 향해 북 그었다. 비명소리와 함께 그녀의 얼굴 위로 붉은 피가 철철 흘러 떨어졌다……

그런 걸 어떻게 글로 쓰냐고? 그럴 수 있다. 아무리 숨겨두고 쓴다고 해도 누군가 보면 어떡하나, 그 생각 때문일 것이다. 하지만 행동한 것도 아니고, 실행한 것도 아닌데 무엇이 겁날까? 일기라는 뉘앙스를 풍기지 말고 내가 아닌 다른 이름을 주인공으로 삼아 써라. 나쁜 일이라면 미운 친구 이름을 넣어도 좋다. 그렇게 썼다가 혹여 남들이 보았다 해도 문제될 것이 없다.

"어라, 우리 엄마 소설 쓰네."

"우리 아빠 소설 쓰네." 하며 오히려 멋지다고 할 테니까.

이런 식의 글을 쓰면 자신도 모르게 많은 상상을 하게 되니까 상상력도 커지고, 창의력도 길러지고, 글쓰기 실력도 향상된다. 그러면서 자신의 무의식에 침전되어 있는 감정들, 이를테면 분노와 슬픔, 우울, 고독 등이 수면 위로 떠올라 글 속에 자리한다. 이런 글을 쓰고 나면 왠지 속이 후련해지는 까닭은 바로 그 때문이다. 우울하게 하던 감정이나 마음껏 표출하지 못한 욕망의 덩이들이 글로 표출되었기 때문이다.

이런 식으로 6개월 이상만 실천해보라. 표정이 바뀔 것이다. 이런 글쓰기 치유는 다른 사람의 도움 없이도 혼자서 얼마든 할 수 있는 좋은 방법이다. 그러니 글을 써보자. 다시 강조하지만 꾸준한 글쓰기는 정신 건강에 좋다.

[최 선생의 글쓰기 tip 1] 글쓰기를 위한 상상력 넓히기

1 당신은 소설 속 주인공이다. 하루든 한 시간이든 글 속에서 주인공이 돼라.
2 소설이나 영화 속 인물은 자유롭다.
3 소설 속을 마음껏 누벼라.
4 숨어서 한 행동, 숨겨진 욕망을 소설 속에서 마음껏 표출하라.

2. 오늘 당장 글쓰기를 시작해야 하는 이유

우리가 살면서 주도할 수 있는 시간은 현재밖에 없다. 과거는 지나간 것이어서 다시 되돌릴 수 없다. 미래 또한 아무리 애써도 미리 끌어다 쓸 수 없다. 따라서 무엇을 하든 현재밖에 없다. 현재가 전부다. 과거와의 화해도 생산적인 미래도 현재에 있다. 지금 당장 시작하지 않으면 내일은 또 그 후로 밀린다. 시작은 반이 아니라 해석에 따라선 전부라 할 수 있다. 시작 없는 과정도, 결과도 없기 때문이다.

글쓰기는 절실하다. 글쓰기는 현재의 것이다. 글쓰기를 배우는 이들 중에 글쓰기를 꾸준히 하여 우울증에서 벗어난 사람, 표정이 달라진 사람, 삶의 방식을 긍정적으로 바꾼 사람들을 보아왔다. 이 확신으로 나는 글쓰기를 모든 이들에게 권한다.

자기 개인적인 성향 때문에 고통을 겪고 우울해 하는 이들에게 글쓰기가 도움이 되고 얽힌 인간관계를 푸는 데에도 도움을 주는 경우를 많이 보았다. 물론 여기엔 용기와 실천이 필요하다. 요즘 얼마나 얽힌 관계들이 많은가. 드러내놓고 말을 안 할 뿐, 아니 못할 뿐이지 얽힌 관계들이 참 많다. 연인들 사이의 오해, 고부간의 갈등, 부모와 자식 간의 알 수 없는 벽, 상사와 부하 간의 불통 등 다양한 얽힘으로 고민을 한다. 대화를 시도해보지만 정작 상대는 들으려고도 않는다. 자칫 오해가 쌓여 골만 더 깊어진다. 안 풀고 살자니 더 괴롭고 여러 가지로 손해니 꼭 풀어야 한다면 글쓰기가 가장 좋은 방법이다.

아들과의 관계로 고민하는 아버지가 있었다. 아들하고 이야기하려고 해도 대화를 할 수가 없었다. 아이를 붙잡고 이야기하려고 노력을 할수록 제 방으로 들어가 문을 '쾅' 닫고는 끝이라 했다.

필자는 그에게 아들에게 편지 쓰기를 권했다. 아무리 화가 나도, 아버지로서 그다지 잘못한 게 없어도, 일단 진솔하게 아들에게 화해의 편지를 쓰라고 했다. 그렇게 한 발 물러서서 비록 자존심이 상하더라도 부모와 자식 사이에 그게 대수냐면서 조언했다. 아이의 마음이 움직일 때까지 쓰라고, 어차피 관계를 끊을 게 아니라면 그것이 당연한 부모의 의무 아니겠냐며.

일주일이 지나지 않아 효과가 나타났다. 아이가 먼저 아버지에게 찾아와 죄송하다고 하더란다. 서로 붙잡고 울었다고.

글쓰기는 격한 감정에서 한 걸음 뒤로 물러나게 한다. 요즘 많이들 사용하고 있는 카톡을 떠올릴 수 있다. 하지만 카톡은 정리되지 않은 대화만 오가기 때문에 오히려 관계를 더 악화시킬 수 있다. 상대방은 감정이 고조되어 있는데 가벼운 이모티콘으로 오히려 마음을 상하게 할 수도 있다. 이메일은? 이메일은 카톡보다는 낫다. 하지만 이메일을 보내면 아이는 어쩌면 스팸처리를 할지도 모른다. 이런 이유 때문에 필자는 시간이나 공간의 제약 없이 진심을 전할 수 있는 편지쓰기를 권한다. 말을 안 들으려는 사람도 편지 글은 읽어본다. 그것이 손편지라면 더더욱 말이다. 그것이 바로 글쓰기의 힘이다. 자신을 위해, 관계의 개선을 위해서라도 지금 당장 글쓰기를 시작해야 한다.

글쓰기 입문

3강

나도 글을
잘 쓸 수 있을까?

글쓰기 능력은 타고나는 것일까? 반드시 그런 것은 아니다. 나는 타고난 작가가 아니다. 초등학교 2학년 때 동시를 쓴 게 작가가 된 동기였다.

〈선생님〉

선생님은
선생님은
우리 엄마 같아요.
웃으실 땐 하늘나라 천사 같지요.

선생님은
선생님은
우리 아빠 같아요.

화내실 때 무서운 호랑이 같죠.

내가 2학년 때 이 시를 썼다면 나는 타고난 작가다. 하지만 실제로 이 글은 내 순수 창작이 아니었다. 〈소년 중앙일보〉에서 한 번 읽은 것을 기억하고 있었던 것 같다. 공교롭게도 선생님이 내 준 글제가 '선생님'이었고, 기억을 더듬으며 나름 정리해서 써낸 거였다.

이 시를 읽으신 선생님이 아주 잘 썼다며 칭찬하셨다. 하지만 그땐 왠지 죄책감도 없었다. 다음날 선생님은 이 시를 손수 여섯 장 써서 각 학년 교실의 학예 발표란에 붙이셨다. 그 덕분에 그다음 주에 6학년 선생님에게 불려갔다. 6학년 선생님은 내게 무조건 동시를 배우라는 거였다. 그래서 2학년 때 나는 동시반에 들어가야 했고, 선배들과 함께 공부를 했다. 상급반이 되었을 때엔 자연스럽게 학교 대표로 군 백일장에 나갔다. 그것이 글을 쓰게 된 동기였다.

초등학교 졸업 후 중학교 진학을 할 수 없었던 나는 농사일을 하면서 무척이나 외로웠다. 펜팔을 하려 했으나 상대가 없었다. 상대를 찾다가 이름을 여자로 바꾸어 방송국에 엽서를 띄웠다. 많은 남자로부터 편지를 받았다. 그들과 펜팔을 하면서 한 남자와는 3년간이나 편지를 주고받았다. 나는 여자여야 했다. 그때 쓴 연애편지들, 여자 아닌 남자가 여자로 편지를 쓴 것, 그것이 나에게 글쓰기 연습이 되었다. 여자로 편지 쓰기, 그 덕분에 몇 년 전에 《화요일의 여자》란 소설을 출간했다.

주인공은 여자다. 이 책을 읽은 이들이 하는 말 "어쩜 여자보다 여자의 심리를 그렇게 섬세하게 잘 묘사했나요?"라고 묻는다. 남자라도 여자가 되어 글을 쓰면 충분히 여성처럼 여성 심리를 끄집어낼 수 있다. "게으른 천재보다는 부지런한 둔재가 더 잘할 수 있다"는 말처럼 타고

난 능력보다 연습이 더 중요하다.

나는 지금도 매일 아침 A4 용지 1.5장 분량의 글을 쓴다. 3,300편을 넘었으니 250쪽 기준으로 33권 분량이다. 이만큼 연습하면 누구든 글을 잘 쓸 수 있는 것은 당연하다. 글쓰기, 타고나지 않았어도 연습하면 된다. 연습, 분명 연습에는 요령이 필요하다. 아니 요령이라기보다 기본기가 중요하다. 나도 이젠 웬만큼 글 잘 쓰는 축에 든다. 100여 권 이상의 책을 냈으니까 말이다.

사람은 누구나 잠재능력이 있다. 그 능력을 깨워내기만 하면 된다. 그렇다. 글쓰기 능력을 타고나는 사람도 있지만 꾸준히 연습을 하면 충분히 글을 잘 쓸 수 있다.

나는 지금도 조기축구를 한다. 축구를 하면서 느끼는 점은 기본기의 필요다. 하다못해 초등학교 시절에라도 배운 적이 있는 사람들을 보면 공을 다루는 것 자체가 부드럽다. 자연스럽다. 축구를 제대로 한 번도 배워본 적이 없는 나는 그냥 열심히만 뛴다.

마라톤을 하는 친구가 있다. 지독하게 열심히 달리더니 요즘은 가끔 이른바 서브쓰리(풀코스를 3시간 이내에 들어오기)를 하곤 한다. 이 친구는 발가락 길이가 나의 두 배는 된다. 아마 타고난 그 장점 덕분에 잘 달릴 수 있는 것 같다. 하지만 이 친구 말이 마라톤도 기본기를 배우지 않고 연습만 하면 기록의 한계가 있다는 것이다. 처음에는 어느 정도 향상되지만 기록의 한계를 넘어서려면 기본기를 다시 배워야 한다는 것이다.

글쓰기도 마찬가지다. 글쓰기에도 장르에 따른 기본기, 이를테면 시는 시, 소설은 소설, 수필은 수필 나름의 틀이 있다. 그 틀을 익혀두는 것이 글쓰기 실력 향상의 지름길이다. 그러니까 무조건 연습만 하려 말고 기본기부터 닦자는 것이다.

아무리 쓰고 또 써도 글쓰기 능력이 향상되지 않는다면 지금까지 써 왔던 방식은 과감히 버리고 새롭게 글쓰기의 기본기를 배우는 것이 필요하다. 글쓰기의 기본기인 그 틀을 배우기도 전에 개성을 찾는다고, 남보다 잘 쓰겠다며 틀을 깨겠다는 사람이 있다. 그것은 모순이다. 글쓰기의 틀을 잡은 적이 없는 사람이 무슨 틀을 깬단 말인가. 틀을 깬다는 것은 확실하게 글쓰기의 틀을 다진 사람, 확실히 틀을 잡은 사람이라야 가능한 것이다

[최 선생의 글쓰기 tip 2] 쉽고 자연스러운 글을 쓰자

1 거창하게 쓰려 말자. 목과 어깨의 힘을 빼야 몸이 부드러워지듯 그냥 진솔하게 쓰자.
2 글을 읽어줬으면 하는 단 한 사람의 독자를 설정하고 쓰자. 그 사람이 읽어주길 바라고 쓰자.
3 그렇게 설정한 잘 아는 한 명의 독자, 그러면 그 독자와 유사한 모든 이들의 글이 된다.
4 한 명의 진솔한 독자가 1만 명의 독자를 불러오고, 불명확한 1만 명의 독자는 글만 망친다.

글과 글쓰기, 개념부터 정리하자

내가 아는 것, 지식, 생각, 느낌, 경험 등의 총제인 나의 정보들을 어떻게 독자에게 잘 전달할까? 그 생각에서 글쓰기는 시작된다. 그리고 글은 내가 나에게, 혹은 다른 누군가에게 정보·교훈·즐거움·깨달음·웃음을 줄 수 있어야 한다.

글을 쓰는 이의 목적과 읽는 이의 관계를 기준으로 글의 종류를 크게 두 가지로 나눌 수 있다. 하나는 자신만을 위한 글쓰다. 일기와 같은 글쓰기는 형식이나 문법에 얽매이지 않고 쓰고 싶은 말, 하고 싶은 말을 솔직하게 정리하는 글쓰다. 이른바 '자기 털기'다. 다른 하나는 독자를 정하고 '자기 생각을 독자에게 전달하기 위한 글쓰기'다. 이때는 타인이 쉽게 이해할 수 있도록 제대로 써야 한다. 이를 위해서는 문법, 띄어쓰기, 맞춤법 등의 기본기를 배워야 한다.

글을 잘 쓰고 싶다면 우선 자기만의 글쓰기의 개념을 잡아야 한다. 자기 나름의 글의 기본 개념을 잡고, 자기 나름의 틀을 갖는 게 무엇보다 중요하다. 공부를 잘하고 싶다면 우선 학습 목표를 정하고 기본 개

넘부터 정복해야 하는 것과 같은 이치다. 기본 개념을 완전히 자기 것으로 만들면, 다른 분야로도 응용할 수 있고, 어떤 학문이든 쉽게 접근할 수 있고, 남보다 훨씬 생산적으로 목표에 도달할 수 있다.

다시 말하면 한 분야를 제대로 정복하면 다른 분야를 좀 더 쉽게 정복할 수 있다는 얘기다. 통섭이 가능해진다는 의미다. 이 시대엔 한 우물만 파서는 평생 즐겁게 살 수 없다. 다양한 우물을 파면서 옮겨 살아야 한다. 하나의 우물로는 20~30년 살면 잘사는 것이다. 한 우물물을 마시면서 다른 우물을 파내려가며 다음 단계를 준비해야 한다. 일단 한 우물만 제대로 파면, 다른 우물을 파는 것은 그리 어려운 일이 아니다. 모든 우물의 기본은 같기 때문이다.

학문도 마찬가지다. 학문이란 알고 보면 모두 연결되어 있음을 알 수 있다. A라는 학문을 익히고 B학문을 공부한다고 해보자. 우선 A라는 학문과 B라는 학문의 공통점을 찾고 그다음엔 학문 간의 차이점을 비교한다. A라는 대상과 B라는 대상이 있다고 치자. A를 알면 B를 알기란 쉽다. 왜냐하면 세상 모든 것은 유사점이 있기 때문이다. '처녀의 반대는 총각이다'라는 말로 예를 들어보자. 이 둘의 공통점은 인간이다. 성인이다. 미혼이다. 이 정도가 공통점이라면 차이점은 남자와 여자란 차이밖에 없다. 우리가 반대말이라고 생각하는 쌍도 알고 보면 하나의 차이점만 있을 뿐이다. 그 차이점만 공부하면 B학문을 익히는 일은 처음 A학문을 공부할 때 들인 노력의 절반만으로도 충분하다. 따라서 기본기, 기본 개념을 확실히 아는 것이 가장 중요하다. 그 기본기와 기본 개념을 제대로 모르고, 이해하지 못하고, 대략 알면서 전부 알고 있다고 생각하고 넘어가니까 학문 간의 연계를 못하는 것이다.

거창한 학문도 실은 아주 단순한 개별 원리의 확장에 지나지 않는다.

작고 소박하게 소소한 것들을 알아가는 기쁨으로 시작하여, 꾸준히 노력할 때 그 대상 또는 그 분야를 마스터할 수 있다. 따라서 우선 대략적인 면을 본 다음, 전체적인 윤곽과 방향을 살펴보고, 그다음엔 안으로 들어가서 좁쌀영감처럼 유치할 정도로 조목조목 뜯어서 완전히 제 것으로 만들면 된다. 한 분야를 분해했다가 합체할 수 있다면 그 분야는 마스터한 셈이다. 그러면 다른 대상을 나의 것으로 삼고자 할 때 쉽게 접근이 가능하다. 많이 아는 '척' 하는 공부가 아니라 조금을 공부해도 제대로 아는 공부를 해야 한다는 의미다.

책 읽기도 마찬가지다. 아무리 어려운 책이라도 읽고 또 읽어서 완전히 독파할 때까지 읽으라는 것이다. 그렇게 한 권이라도 제대로 깊이 읽으면 다음엔 어떤 책이든 그 수준으로 읽어낼 수 있다. 사지사지 귀신통지(思之思之 鬼神通之), 즉 생각하고 생각하면 귀신과 통한다는 말도 있지 않은가. 하지만 대략 '이쯤이면'이란 생각으로 읽으면 언제까지나 그 수준에서 벗어나지 못한다. 많은 책을 읽었다고 자랑할 게 아니라 한 권을 읽어도, 한 장을 읽어도, 거기서 얼마나 많은 것을 읽어냈느냐, 얼마나 많은 해석을 얻었느냐, 얼마나 많은 것을 깨달았느냐가 중요하다. 그걸 자랑해야 한다. 아무리 많은 책을 읽었어도 피상적으로 읽었다면 그건 '아는 척' 자랑밖에 안 된다. 제대로 깊이 읽기는 깊이 공부하기와 같은 맥락이다.

왜 글쓰기 강의에서 공부하기나 책 읽기를 들먹거리느냐 묻는 이가 있을 것이다. 공부하기와 독서는 글쓰기와 같은 맥락이기 때문이다. 글 한 편을 제대로 완성한다면 다음 글부터는 글쓰기가 훨씬 수월하다.

피상적인 글쓰기, 무미건조한 글쓰기, 겉만 화려한 글쓰기가 있다. 처음 읽을 때는 그럴듯한데 다시 읽으면 별 의미가 없는 글들이다. 반면 씹으면 씹을수록 맛이 있는 글이 있다. 그런 글을 쓰고 싶다면 좀 더 구체적이어야 한다. 글은 숲을 바라보는 사람보다 숲 속을 들여다보는 사람이 의미 담긴 글을 쓸 수 있다. 윤곽만 보여주는 글은 머리로 쓰는 글이요, 속을 보여주는 글은 가슴으로 쓴 글이다. 때문에 숲을 들여다보며 개미들이 기어가는 모습, 숲에서 들리는 다양한 소리들, 그 속에 살고 있는 자잘한 식물들의 모습에 관심을 갖는 꼼꼼하고 섬세한 관찰자가 되어야 한다. 그저 바라보는 견자(見者)가 아니라 속으로 파고들어 자세히 들여다보는 관찰자가 되라는 것이다.

왜 이런 점들을 강조하느냐고? 글이란 삶을 담은 그릇이다. 사람이 쓰고 읽는 사람의 이야기가 바로 글이다. 이를테면 삶의 이야기, 살아가는 이야기, 삶의 다양한 모습들을 쓰는 것이다. 따라서 삶이 담겨 있지 않은 글은 좋은 글이라고 할 수 없다. 예컨대 아주 멋진 글이긴 하나 미사여구만 가득할 뿐 우리 삶의 모습, 삶의 이야기가 제대로 담겨 있지 않은 글보다는 비록 서툴고 투박해도 그 속에 진실한 삶의 모습, 삶의 의미가 담겨 있다면 그 글이 더 좋은 글이다. 그래서 '글쓰기란 글이라는 그릇에 의미를 담는 활동이다'라고 정의할 수 있다.

글쓰기 자신감을 키우는 네 가지 방법

1. 쓰려고 하는 대상을 구체적으로 생각하라

누에를 보자. 아주 작은 씨, 눈에도 잘 보이지 않을 만큼 누에씨는 아주 작다. 그 한 줌을 가져다 쳇바퀴에 담아 따뜻하게 이불을 덮어주면 거기에서 좁쌀개미보다 작은 누에들이 깨어난다. 뽕잎을 따다가 아주 잘게 썰어서 누에에게 준다. 그러면 얼마 동안 먹는 소리도 잘 들리지 않을 만큼 조용히 뽕잎을 먹고 난 누에는 뽕잎 먹기를 멈추고 잠을 잔다. 그리고 잠에서 깨어나면 좁쌀개미만 하게 자라 있다. 이제는 뽕잎을 조금은 덜 잘게 썰어줘도 잘 먹는다. 사각사각 소리까지 내며 먹는다. 그러고는 다시 잠을 잔다. 두 번째 잠이다. 잠을 자고 일어날 때마다 자라는 누에, 사각사각하던 뽕잎 먹는 소리가 서걱서걱거리는 소리로 바뀌고, 세 번째 잠을 자고 난 후 놈들이 뽕잎 먹는 소리는 마치 밤비가 풀밭에 내리듯 우수수우수수 소리로 들린다. 그러다 눈 내리는 소리처럼 스르륵스르륵 거리다 잠이 든다. 네 번째 잠이다.

그 후에 좀 더 뽕잎을 먹더니 더는 먹지 않고 고개를 설레설레 흔든다. 이제 집을 지을 때라는 신호다. 이때 섶을 주면 섶으로 기어올라가 입에서 실을 뽑아낸다. 참 희한하다. 평생 뽕만 먹은 누에의 입에서 하얀 실들이 나온다. 누에는 그 실로 집을 지으며 스스로 그 안에 들어간다. 집이 완성되면 누에는 그곳에서 편안한 잠을 자다가 나방으로 탈바꿈한다.

그래, 누에도 저 먹은 뽕으로 죽죽 실을 자아낸다. 그리고 제 집을 짓는다. 글을 쓰는 건 누에를 닮는 것이다. 이제껏 살아온 경험들을 글로 바꾸는 것이다. 경험들에 생각을 더하며 누에가 뽕을 실로 바꾸어내듯이 우리 또한 경험을 글줄로 바꿀 수 있다. 누구나 글을 쓸 수 있다. 경험이 없는 사람은 없으니까.

이를테면 자신의 삶을, 자신의 체험을 글로 바꾸라는 것이다. 어렵게 생각 말고 자신이 살아온 일들을 쓰면 된다. 왜 없겠는가. 흔히 자신의 이야기를 글로 쓰면 소설 몇 권은 될 거라는 말들을 한다. 그러니 누군들 쓸거리가 없겠는가. 처음부터 글을 잘 쓰는 사람은 없다. 우선은 무조건 써보는 거다. 그리고 많이 쓰다 보면 잘 쓸 수 있게 된다. 그러니 염려 말고 글을 쓸 마음의 준비부터 하자.

자, 글을 쓰기로 마음먹었다고 치자. 막상 글을 쓰려고 하니 그 많던 쓸거리들이 다 사라지고 머릿속이 백지 상태가 돼버린다. 웬일이지?

글을 쓸 줄 아는 사람과 글을 쓸 줄 모르는 사람의 능력의 차이는 크지 않다. 글을 쓸 줄 모르는 사람은 생각을 할 때 두루뭉술하게 한다. 반면 글을 쓸 줄 아는 사람은 구체적으로 한다. 무엇을 보든 그 대상을 구체적으로 생각하려 애쓴다. 바로 이 차이다. 생각을 할 때 구체적으로 하라는 것이다.

'어머니' 이 단어를 놓고 글을 쓰려면 잘 안 나온다. 이 단어를 좀 더 구체적으로 만들어보자.

'어머니'를 '나의 어머니'로 바꾼다.

그다음 좀 더 구체화시켜보자. '시골에 사는 나의 어머니'

여기서 한 번 더 '시골에서 밭일 하느라 손이 거칠어진 나의 어머니'로 구체화시켜보자.

이를테면 생생한 장면이 떠오를 때까지 좁히는 것이다. 마치 사진 한 장을 찍는 듯, 그림 한 장이다 싶을 때까지 범위를 좁혀보는 것이다. 어떻게 좁히느냐고? 어떤 대상을 정하고, 그 대상 앞에 수식어를 붙이는 것이다. 수식어를 많이 붙일수록 글의 범위는 좀 더 구체적이 된다. 이렇게 구체적인 그림이나 사진처럼 보이기 시작하면 글이 저절로 나올 것이다. 마치 한 장의 사진, 한 폭의 그림이 그려질 듯한 범위까지 좁히자. 예를 들면 백일장에서 글쓰기의 글제가 주어졌다고 하자. 그러면 그 글제는 그대로 두고, '나의 그 무엇'으로 생각하고 쓴다. '나의'로 구체화할 수 없는 것이면 이렇게 생각하자. 그러면 글이 나온다.

글을 쓰겠다고 마음을 먹었다면 이제부터는 생각을 추상적으로 하지 말고 구체적으로 하자. 이렇게 무엇이든 구체화하기는 글쓰기에 도움이 될 뿐만 아니라 세상사는 데에도 많은 도움이 될 것이다. 글쓰기의 기본은 숲을 보는 능력보다 우선은 숲 속의 자잘한 것들을 볼 수 있

는 능력이다. 어떤 대상을 볼 때 구체적으로 보려는 노력, 그것만 갖추면 자신의 경험만으로도 충분히 글을 잘 쓸 수 있다.

2. 교묘하게 논리를 펼치는 사기꾼에게서 배워라

자, 앞서 이야기한 대로 쓰고자 하는 대상을 한 문장으로 구체화했다. 그런데 그다음이 다시 막막해진다. 그렇다면 그 물꼬를 트는 방법을 생각해야 한다. 이럴 땐 누구에게 보여주려는 것도 아닌 그냥 개인적인 낙서라는 생각으로 글을 시작하자.

대부분의 사람들은 누군가에게 보여준다, 누군가가 볼 수 있다는 생각 때문에 머뭇거리는 것이다. 때로는 그야말로 낙서라 생각하고 마구 쓴 다음 그냥 박박 찢어버려도 좋다. 일단 그렇게라도 쓰고 나면 마음이 한결 편안하다. 그것만으로도 글쓰기의 물꼬를 튼 셈이다. 그렇게 물꼬를 트면 가끔 끄적거리게 될 것이다.

그다음엔 잘 써야 한다는 강박관념을 버리고, 혼자만의 글이라 생각하고 나오는 대로 쓰라. 쓰려고 하지 말고 써지는 대로 쓰는 게 포인트다. 그렇게 마음껏 쏟아내기를 하면 '인생 뭐 있어' 하는 생각이 찾아온다. 그것이 치유의 글쓰기다. 자신의 삶이나 남의 삶이나 별 차이가 없고, 거기서 거기란 생각을 하라는 의미다.

글쓰기에 자신이 좀 붙으면, 이제 내가 쓰고 싶은 말들을 다른 사람에게 전달해보자. 이런 글이 자신의 생각을 전달하는 글쓰기다. 자신의 글거리를 남에게 이야기하거나 글로 써서 보여줄 수 있는 두 번째 단계다. 이 단계에 오고 나서도 막막함을 느낀다면, 마음을 편안하게 하고 편하게 쓰려는 자세가 중요하다.

'내 글을 어떻게 보다 효율적으로 전달할까? 재미있게 전달할까? 어떻게 하면 내가 하고자 하는 이야기를 처음부터 끝까지 들어줄까?' 이러한 질문에 대한 답, 그것을 글의 틀이라고 한다.

떠도는 유머 중에 "네가 거짓말 세 마디만 잘 할 수 있다면, 너는 훌륭한 사기꾼이 될 수 있다. 네가 A4 용지 한 장 분량의 거짓말을 잘할 수 있다면, 너는 훌륭한 정치인이 될 수 있다. 네가 한 권 분량의 거짓말을 잘할 수 있다면 훌륭한 소설가가 될 수 있다"는 말이 있다.

일리가 있는 말이다. 물론 여기서 말하는 거짓말의 성격은 다르다. 사기꾼이 거짓말을 잘하면 누군가는 큰 피해와 상처를 입는다. 정치인이 거짓말을 잘하면 사회와 나라를 망친다. 하지만 소설가가 거짓말을 잘하면 할수록 국민은 행복해질 것이다. 글도 마찬가지다. 잘 쓰면 잘 쓸수록 모두에게 좋다.

사기꾼의 거짓말은 삼단논법이다. 어떤 물건을 판다고 해보자. 사기꾼은 이렇게 말한다.

"이 물건으로 말하면 원래 10만 원 하는 물건입니다. 그런데 이번에 회사가 어려워서 현금 회전을 목적으로 세금에 해당하는 1만원만 받고 팝니다. 그러니까 이거 사시면 돈 벌어 가시는 겁니다."

이러한 구조로 사람의 마음을 회유한다. 목적을 말하고, 다음엔 그 이유를 설명하고 결론적으로 자기 할 말을 강조하는 논리가 사기꾼의 논리다. 이렇게 사기꾼이 쓰는 수법대로만 글을 쓸 수 있다면 충분히 독자를 설득할 수 있는 글을 쓸 수 있다. 글쓰기, 이 삼단논리로 시작하자. 자기주장을 말하고, 그 주장의 이유를 말하고, 결론을 짓자.

3. 거짓말 잘하는 정치인에게 배워라

A4 용지 한 장 분량의 거짓말을 잘할 수 있다면 정치인이 될 수 있다고 했다. 어떻게 말하기에 그들은 그렇게 길게 말할 수 있을까. 그들은 육하원칙에 맞추어 말한다.

우선 두괄식으로 추진할 일을 말한다. 그다음엔 내용을 육하원칙에 맞추어 말한다. 그것이 설득을 잘하는 틀이며 논리이다.

① 무엇을 : 내가 국회의원이 되면 친자연적인 도서관을 건립하겠습니다.

② 언제 : 2015년 10월 착공하여 2016년 말까지는 완공할 것입니다.

③ 어디서 : 북한산국립공원 부지인 방학동 산 650번지에 도서관을 건립할 것입니다. 이에 관계 부처와 용도변경 건을 논의하였고, 가능하다는 의견을 들었습니다.

④ 누가 : 이 도서관을 건립하는 데 저의 국회의원직을 걸고라도 꼭 이루어낼 것입니다.

⑤ 어떻게 : 이 도서관을 건립하는 데에는 소요 예산이 45억이 듭니다. 이 비용을 도봉구 예산에서 20억, 나머지 25억은 중앙 정부에서 받아낼 것입니다. 그 일을 할 수 있는 사람은 이 사람밖에 없습니다.

⑥ 왜 : 이 도서관을 건립하려는 취지는 다음과 같습니다. 우리 지역엔 인구에 비례해 도서관 수가 턱없이 부족합니다. A구의 경우 인구 5만 명당 도서관 1개, 도서관 좌석 수 300석, 장서 5,000부입니다. 그런데 우리 구의 경우 인구 10만 명당 도서관 수 1개, 좌석 수는 20석밖에 안 되고, 장서도 3,000권입니다. 이처럼 도서관이 부

족함에도 도서관 건립은 티가 나지 않는 사업이라 그 누구도 생각조차 않았습니다. 때문에 이 사업을 추진하려는 것입니다.

재미도 있으면서 전하고 싶은 메시지도 담았다. 글을 길게 쓰려면 일단 구조를 확실히 잡고, 그 구조에 따라 글을 쓰되 중간 중간에 들어갈 수 있는 문장들을 최대한 찾아내어 써 넣는 것이다. 예로 든 위의 정치인처럼 육하원칙으로 말이다. 무엇이든 정해진 틀이 있으면 쉽다. 그릇이 있으면 물건을 담기 쉽듯이 글도 그렇다. 글의 장르에 따라 그에 적당한 틀이 있다. 우선 그 틀을 발견하고, 자기 안의 틀을 만들자. 그것이 남보다 글쓰기를 빨리 배우는 방법이다.

4. 이야기꾼인 소설가처럼 써라

한 권 분량의 거짓말을 할 수 있다면, 훌륭한 소설가가 될 수 있다고 한다. 거짓말이라고 하면 모두 나쁜 것, 하면 안 될 것이라고 배웠다. 하지만 거짓말에도 가치가 있다. 사기꾼이 거짓말을 잘하면, 사기꾼에게 당하는 이들이 많이 늘어날 것이다. 당하는 이들에겐 치명적인 아픔일 것이다. 정치인이 거짓말을 잘하면 사회가 혼란스럽고, 나라가 소란스럽다. 하지만 소설가는 거짓말을 잘하면 잘할수록 많은 이들이 기쁨을 얻을 것이다. 따라서 소설가는 거짓말을 잘하면 잘할수록 능력이 있는 것이다. 그러니까 우리도 거짓말을 잘하는 방법을 생각해보자. 바로 서사구조를 이용한 글쓰기이다.

〈해와 달이 된 남매 이야기〉

　옛날에 한 어머니가 삼 남매를 집에 두고 품팔이 나갔다가 돌아오는 길에 산속에서 호랑이를 만났다. 호랑이는 어머니의 떡과 팔·발·몸을 차례로 먹어버리고는 어머니로 가장하여 삼 남매가 사는 집으로 찾아갔다.

　아이들은 호랑이의 목소리가 어머니와 다르다고 문을 열어주지 않았다. 그러자 호랑이는 감기에 걸렸기 때문이라고 말했다. 손바닥을 보여달라는 아이들의 말에 호랑이는 문구멍으로 손바닥을 밀어넣었다. 아이들은 호랑이의 손바닥이 어머니와 다르다고 문을 열어주지 않았으나, 호랑이는 갖은 꾀를 써서 마침내 방 안으로 들어와 막내를 잡아먹었다. 이를 본 두 남매는 겨우 도망하여 우물가 큰 나무 위로 피신하였다.

　이들을 쫓아온 호랑이는 처음에는 오라비 말대로 참기름을 바르고 나무에 오르려다 실패하고, 그다음에는 누이가 일러준 대로 도끼로 나무를 찍으며 올라갔다. 남매는 하늘에 동아줄을 내려달라고 기원하자 하늘에서 동아줄이 내려왔다. 남매는 동아줄을 잡고 하늘로 올라갔다. 하지만 호랑이에게는 썩은 줄이 내려와 떨어져 죽고, 호랑이의 피가 묻어 수숫대가 붉게 되었다.

　하늘에 오른 남매는 해와 달이 되었는데, 누이가 밤이 무섭다 하여 오라비와 바꾸어 해가 되었다. 해가 된 누이는 사람들이 쳐다보는 것이 부끄러워 빛을 발해 자기를 바로 쳐다보지 못하게 하였다.

옛날이야기의 구조

① 옛날에 　　　— 시간 　　→ 구체적인 시간으로 바꾼다

② 어떤 마을에 — 공간 　　→ 구체적인 공간으로 바꾼다

③ 아무개가 　 — 인물 　　→ 구체적인 인물을 설정한다.

④ 무엇을 하며 — 무엇을 　→ 인물이 평소에 하는 일을 쓴다.

⑤ 그러던 어느 날 — 사건 발생 → 인물이 일상에서 벗어난다.

옛날이야기는 재미있다. 이야기의 구조가 그런대로 잘 갖춰져 있기 때문이다. 인물 소개와 배경이 나오고, 복선도 제대로 있다. 사건도 있다. 그래서 재미있다. 단, 긴장감이 덜한 이유는 극적인 반전이 없다는 점과 등장인물이 단순하다는 점이다. 그렇다고 이야기 구조가 부족하다는 뜻은 아니다. 이 옛날이야기 구조를 현대식으로 바꾸면 훌륭한 이야기 틀이 될 수 있다.

①시간 : ~한 시간 　　　　　→ 여기에 복선을 까는 묘사를 하라.

②공간 : ~한 곳 　　　　　　→ 여기에 복선을 까는 묘사를 하라.

③인물 : ~한 사람 　　　　　→ 여기에 복선을 까는 묘사를 하라.

④일상 : ~을 하고 지낸다. 　→ 여기에 복선을 까는 묘사를 하라.

⑤사건 시작 : 그러던 어느 날 → 일상이 깨진 날

　　　　　　　그런데 　　　→ 제3의 인물이 개입

　　　　　　　　　　　　　→ 새로운 환경의 변화

⑥갈등 : ~하면 ~하겠다. 　→ 문제 해결의 조건 제시

⑦선택 : 결과 　　　　　　　→ 그 결과

⑧결말 : 결자해지

이것이 쉽게 쓸 수 있는 이야기 구조다. 이것을 좀 더 재미있게 엮는다면, 결말 부분에서 반전을 주며 끝내면 된다. 이처럼 이야기에 기둥들을 세우면, 길든 짧든 짜임새 있는 글을 충분히 조정하며 써내려 갈 수 있다.

① 부부가 여행단체에 끼어 예루살렘 순례 여행을 갔다.
② 여행 중에 아내가 죽었다.

이 내용을 가지고 글을 늘려 써보자. 서사를 이용한 글쓰기이다.
문장 ①과 문장 ② 사이엔 얼마나 많은 문장이 숨어 있겠는가. 이런 식으로 문장과 문장 사이를 메우면 얼마든 글을 길면서도 흥미 있게 쓸 수 있다.
숨은 문장 찾기 연습, 그것이 글을 잘 쓰는 비결이다. 숨은 문장을 찾기 위해선, 그 전에 기본 구조, 즉 기둥들을 세워야 한다. 그것이 글의 틀이다.

부부가 여행단체에 끼어 예루살렘 순례여행을 갔다.
여행 중에 아내가 죽었다.
가이드가 남편에게 "여기 예루살렘에서 장례를 지내면 100달러면 됩니다. 한국으로 모셔가려면 3,000달러 듭니다. 어떻게 하시겠어요?"라고 물었다.
남편이 한참 생각하는 듯하더니 "저는 한국으로 아내를 데려가겠습니다"라고 말했다.
"가이드가 다시 의아한 듯 물었다.

"기왕 가신 분은 가신 거고 산 사람 생각해서 여기에 모시지요. 여기 예루살렘엔 명당자리도 제법 있으니까요. 게다가 2,900달러 차이면 큰 차이인데요."

그러자 남자는 잠시 생각하는 듯하더니 대답했다.

"나도 주일학교 다녀서 아는데, 예루살렘에 예수 장례를 지냈더니, 3일 만에 살아났다면서요."

떠도는 유머지만 이 유머는 요즘 세태를 잘 풍자하고 있다. 구조상으로 봐도 갈등도 있고, 거기에 반전도 있다. 이런 구조를 배우라는 것이다. 여기에선 예루살렘이란 공간이 이야기의 복선 노릇을 톡톡히 하고, 그 복선을 잘 살려냈다는 점이다. 이 유머를 쓴 사람은 글의 구조를 제대로 알고 있다. 공간에 복선을 숨겼으니까 말이다.

여기에다 만일 부부라는 인물 소개를 좀 더 구체적으로 묘사한다면 반전 효과는 더 극대화될 것이다. 이를테면 '동네에서도 아주 사이가 좋기로 소문난 부부가'로 말이다. 인물에 복선을 깐 것이다.

1,000만 명이 들끓는 서울이지만, 그 서울 안에 서울답지 않게 주변이 야산으로 둘러싸여 있어서 시골 분위가가 감도는 A동의 빌라촌에서 가장 사이가 좋기로 소문난 잉꼬부부인 ㅂ씨와 그의 아내 ㄱ씨가 모처럼 성지 순례 여행단에 끼어 예루살렘으로 성지 순례를 떠났다.

이처럼 이야기에서 복선을 깔 수 있는 요소는 인물, 시간, 공간, 환경 등이다. 복선을 잘 살려주면 뒤에 가서 반전을 줄 때 좀 더 드라마틱하다. 이러한 여러 요소들은 글에 재미를 더하는 역할을 한다. 글에 담는 내용도 중요하지만 이와 함께 재미까지 더할 수 있다면 금상첨화다.

글에는 가끔 과장이 필요하다. 그렇게 하여 독자가 끝까지 조금은 긴장을 하며 글을 읽어내게끔 하는 것이다. 이를 기교라 하면 기교일 것이다. 반전이란 초반에 독자에게 선입견을 갖게 만들고 마무리 할때 반대로 의외의 끝맺음을 하는 것이다. 처음에는 착한 이미지를 주어 믿게 하다가 결정적인 순간에 악하게 만들기, 혹은 처음엔 약한 것처럼 보이게 하다가 결론 즈음 그것이 오해였고 실제로는 남을 배려한 것으로 끝내기 등이다. 이러한 설정은 인물의 성격을 입체화하는 효과도 있다.

과장은 수필이든 시든, 어떤 장르든 필요하다. 과장이라고 해서 거짓은 아니다. 왜냐하면 어떤 일에 대한 감도는 사람마다 모두 다르기 때문이다. 어떤 사람은 감기를 앓아도 암을 대하듯 괴로워한다. 어떤 이는 별것 아닌 일에도 마치 부모 초상당한 것처럼 슬퍼한다. 따라서 조금 슬퍼도 아주 슬픈 것처럼 표현한들, 별로 기쁘지 않아도 무척 기쁜 것처럼 표현한들, 그것은 거짓도 사기도 아니다. 그런 어느 정도의 과장이나 축소가 글의 흥미를 더하는 것이다. 느낌의 정도를 자기 수준으로만 생각할 이유는 없다는 말이다.

[최 선생의 글쓰기 tip 3]   글쓰기가 막막하고 막힐 때 이렇게 해보자

1 일단 써라. 마음껏 쏟아내라.
2 문장을 만들며, 문장의 순서를 잡아라.
3 큰 소리로 읽어보라.
4 막히는 곳에서 문장의 순서를 바꿔보라.
5 막히는 곳에서 문장을 삭제해보라.
6 막히는 곳에서 문장을 보충해보라.

글은
경험·현실·상상의 세계에서 나온다

1. 최초의 독자 한 명을 정하고 글쓰기

글쓰기가 막연할 때는 앞서 조언한 대로 독자 한 사람만 설정하고 쓰는 것도 마음을 움직이는 글쓰기의 좋은 방법이다. 세상의 많은 사람을 감동시키는 글도 실은 한 명의 독자에서 시작된다. 혹 남들이 인정하지 않더라도 자기 치유는 물론 치매를 예방할 수 있으니 본전 이상의 효과는 얻는다.

좋은 글은 한 가지 생각에서 시작된다. 그 한 가지 생각을 잘 풀어 그 한 사람에게 전하는 게 좋은 글이다. 여러 생각을 글 한 편에 넣으려다가는 글을 망친다. 이 생각만 가지면 주제도 잘 잡을 수 있고, 글의 범위도 잘 정할 수 있다. 대상을 좁히고 좁혀야 한 사람에게 애정을 몰아줄 수 있듯이, 글도 애정이 담기고 보편성을 띤다. 그러니 크게 욕심 부리지 말고, 내 글을 한 사람에게 쓴다는 마음으로 시작하라. 최초 내 글의 독자를 한 사람으로 설정하라.

예를 들면 많은 이에게 멋진 사랑이 담긴 글을 선사하고 싶다면, 제일 사랑하는 사람을 한 명 정해놓고 그에게 읽힌다는 심정으로 써보라는 것이다. 그러면 그 사랑하는 사람을 위해, 그의 수준에 맞게, 그가 원하는 단어들로, 그가 좋아할 말들을 쓸 수 있을 것이다. 자기 마음의 진실을 내보이려 애쓸 것이다. 그렇게 쓴 글은 한 연인을 위해 썼으나 많은 연인이 공감하는 글이 된다. 미운 한 사람, 좋은 한 사람, 그 한 사람을 정하고 쓰라. 그러면 많은 이들에게 울림을 주는 글을 쓸 수 있다.

사랑에 관한 좋은 글을 쓰고 싶다면, 사랑하는 한 사람이 읽었으면 하고, 그 사람에게 이야기하듯 쓰라. 그러면 그 글은 사랑하는, 사랑하고 싶은 모든 이들의 심금을 울리는 글이 될 것이다.

청소년들에 주는 글을 쓰고 싶다면, 자신이 아끼는 한 청소년, 이를테면 자신의 아들에게 쓴다고 가정하고 글을 쓰라. 그러면 이 땅에 살고 있는 청소년의 마음을 움직일 수 있는 글이 될 것이다. 강압적인 어른을 위한 글을 쓰고 싶다면 강압적인 어른 한 사람을 정해서, 그 어른에게 애정을 담아 말하듯 쓰라. 그러면 많은 어른이 반성하는 글을 쓸 수 있다.

내 어머니에게 쓴 글은 세상 모든 어머니들이 읽어도 좋은 글이다. 내 아들에게 쓴 글은 세상 모든 아들들이 읽어도 좋은 글이다.

글을 너무 거창하게 생각하고 쓰니까 글도 부자연스러워지고, 쓰려는 데 글도 나오지 않는다. 내가 쓰려는 글에 어울리는 단 한 명의 독자, 그리고 그 독자에 맞춘 내용과 수준, 거기에서 좋은 글, 멋진 글이 탄생한다. 그런 소박한 마음으로 쓰는 글이 오히려 좋은 글이다. 정확하고 구체적인 한 명의 독자를 설정하는 것, 그것이 글을 제대로 잘, 그리고 쉽게 쓸 수 있는 방법이다.

2. 경험을 중심으로 글쓰기

자신의 경험을 글로 쓰기 위해서는 세 가지 태도를 가져야 한다. 우선 자신의 경험을 소중히 여기는 태도다. '누구나 비슷하게 살아갈 것이다. 그렇고 그런, 고만고만한 경험일 것이다.' 그런 생각을 버리고 내 경험은 나만의 고유한 것이란 생각을 갖자는 것이다. 이 세상에 나와 똑같은 생각을 하며 사는 사람이 있는가? 아무도 없다. 그러니 자신의 경험에 자신감을 가져라.

나 자신의 생각은 고유하다. 아주 하찮은 생각이라도 그 생각은 나만의 것이다. 비록 유사한 경험이라 하더라도 내 생각은 고유하다. 이를테면 '아버지'라는 단어는 누구에게나 보편적인 의미로 읽힌다. 하지만 '나의 아버지'라고 부르는 순간 그 의미는 특별해진다. 단어의 의미가 특별한 것이 아니라, 의미 부여가 그 단어를 특별하게 한다. 단어가 신선한 게 아니라 신선한 의미 부여가 그 단어를 멋진 단어이게 한다.

그러니까 글쓰기의 시작은 어떤 대상에 소유형용사 '나의'를 붙임에서 시작하면 좀 더 고유해진다. '나의 사람', '나의 사물' 그 무엇이든 '나의'를 붙이면 고유한 의미, 개성적인 의미, 나만의 의미가 된다.

소유형용사 '나의'를 붙이기가 어색한 대상이 있다. 그럴 땐 앞에서 말한 '내가 생각하는' 혹은 '내가 본', '내가 느낀' 그 무엇으로 시작해 본다. 그러면 그것이 특별한 나만의 의미로 다가올 것이다.

글이란 어떻게 문을 여느냐다. '어머니'라는 단어는 평이하지만, 이 단어에 어떤 의미를 부여하느냐에 따라 고상해질 수도 있고, 위대해질 수도 있다. 무엇에 의미 부여하기, 그것이 글의 시작임을 생각하자. 그러면 이미 글을 쓸 줄 아는 대열에 들어선 것이다.

누군가 자신의 글을 읽어줄 것을 기대하고 쓰는 글을 쓸 때는 조금은 번거로운 일들이 따른다. 띄어쓰기, 맞춤법, 어법, 문체 등의 제약이 있다. 하지만 그건 나중이다. 쓰다 보면 이런 문제는 조금씩 해결된다. 그러니까 글쓰기는 거창한 일이란 생각, 많이 알아야 한다는 강박관념, 남다른 생각을 해야만 한다는 선입견을 버리자. 그냥 자신이 알고 있는 범위에서 나오는 대로 쓰면 된다.

정말 감동적인 글은 지적인 글이 아니다. 겉으로는 거칠고 투박해도 거기에 진솔한 삶이 담겨 있으면 좋은 글이다. 겉포장이 화려하고 멋진 글보다 삶이 담겨 있는 글이 더 좋다. 아무리 지적인 글, 미사여구로 포장한 글, 묘사가 아름다운 글이라도 거기에 삶이 담겨 있지 않으면 좋은 글이 아니다. 그러니 그냥 쓰자. 진솔하게, 자기 능력에 맞게, 나오는 대로 써보자.

3. 현재의 나를 글로 쓰기

나의 이야기를 써보자. 나의 이야기란 우선 나의 과거의 경험들을 말한다. 지금까지 살아오면서 나는 많은 이야기를 쌓았다. 하지만 그 쌓아 놓은 이야기들은 시간에 마모되면서 서서히 사라지고 있다. 그러다 흔적도 없이 사라지고 만다. 우리는 자신이 살아온 대부분을 기억한다고 생각한다. 하지만 실제 온전히 기억하는 것은 100분의 1도 안 된다. 어렴풋이 기억하는 것도 3퍼센트 미만이다. 그만큼 과거의 이야기들, 자신의 이야기들이 지워지는 것도 모르고 산다.

그나마 남는 것은 굵직굵직한 일들 몇 가지이거나, 기록해둔 것들이거나, 사진으로 남긴 것들뿐이다. 그래서 우리는 그 기억을 남기려고 애쓴다. 사진 찍기나 기록은 과거를 재생하는 좋은 도구가 된다. 사진은 바로 과거의 시간을 정지시켜두는 장치이다. 그 정지된 사진에 들어가면 지난날의 추억을, 이야기를, 사연을 만날 수 있다.

그렇지 못한 자잘한 사건들은 기억에 없다. 때로 그런 것들을 재생하고 싶은 순간도 오지만 말이다. 그런데 글은 쓰면 쓸수록 과거의 일부가 재생된다. 글을 쓰면 문득 잊고 있던 기억이 새삼 떠오른다.

아주 오랜만에 어릴 적 친구를 만나 이야기를 나누다 보면 전혀 기억에 없던 이야기들을 나누게 되고, 그 이야기를 듣다 보면 '그래 그랬었구나!' 하는 이야기들이 떠오른다. 이처럼 같은 상황에 같이 있었어도 어떤 이는 기억하고, 어떤 이는 전혀 기억 못하는 일이 비일비재하다.

그런데 글을 쓰면 머리의 과거 추적 장치가 작동되어 자질구레한 일들을 찾아내게 된다. 그 과거의 이야기들, 과거의 경험들을 내 글 속으로 초대하는 것이다. 과거의 이야기를 현재의 관점에서 재해석하라는 것이다. 물론 과거의 경험은 하나의 에피소드에 불과하다. 하지만 그 이야기를 중심으로 지금의 내 생각을 덧붙이면 글이 된다. 미성숙한 과거와 성숙한 현재의 만남이다. 자신의 과거라는 자산을 잘 쓸 줄 아는 지혜가 글을 쓰는 능력이다. 과거를 되살려 현재를 살찌우고, 현재의 나를 성숙시키는 것, 그것이 현재의 나를 글로 쓰는 일이다.

과거에 대한 생각, 어떤 이는 별의별 것, 사소한 것도 잘 기억한다. 그런데 자신은 그렇지 못하다면 이제 마음을 달리 가져야 한다. 지난 것은 어쩔 도리가 없다. 이제부터 세상을 보는 눈을 가다듬어야 한다. 지금 살아가는 이야기, 나의 현재를 쓰자.

1 자신의 내면을 우려내라. 하늘에서 내리는 비가 다 샘이 되는 게 아니다. 그중에 땅속 깊이깊이 스며든 빗물이 차분하게 땅속에 숨어 있던 광물질을 우려내면서 나오는 게 약수다.

2 약수가 땅속 깊은 곳에서 우려나온 물이듯 좋은 글도 자신의 내면을 가감 없이 우려내야 나온다.

4. 상상의 세계를 글로 쓰기

글의 대상이 과거의 경험과 현재만 있는 것은 아니다. 물론 우리는 현재를 벗어나서 살 수는 없지만 아직 일어나지 않은 일, 내가 한 적이 없는 일, 내가 생각할 수 있는 일 등을 상상해볼 수는 있다. 예컨대 일어나지 않았으면 하는 일, 피하고 싶은 일, 하고 싶은 일, 이루어지길 바라는 일 등이 있다. 또 지금 당장은 볼 수 없는 일도 상상으로 볼 수 있다. 하지만 상상도 하는 사람만 한다. 상상력도 연습을 해야 길러진다는 말이다.

어떻게 연습할까? 간단하다. '지금 내가 보는 게 아니라면 저건 무엇일까?'라는 생각으로 시작하는 것이다. 이것이 아니라면 다음에 찾을 수 있는 것을 생각하는 것, 그것이 상상력을 기르는 방법이다. 이를테면 문장 중간 중간에 빈칸을 남겨 두고 그 여백을 채우려 노력해보는 것이다. 빈 공간은 어떻게든 채울 수 있는 게 사람이다. 이러한 시도를 통해 나에게 없던 세계, 나에게 없던 문장들이 생긴다. 그런 상상의 결과를 기록으로 남기는 게 창의력이다. 현재가 아닌 것에서 숨은 글 찾기, 그것이 생산적인 생각의 시작이다.

물론 과거지만 아쉬움으로 남은 일들도 있고, 앞으로 내가 어떻게 하느냐에 따라 일어날 수 있는 일들도 있다. 우리는 그런 일들을 가상의 일 또는 픽션(허구)이라고 부른다. 그런 것들도 글을 쓰는 대상이 될 수 있다. 때로는 이런 가상의 일들을 쓰는 일, 그 상상력이 진보의 원동력이 되기도 한다. 수많은 허상도 어떻게 처리하느냐에 따라 내 삶에서는 허구로 끝났을지 모르지만 다른 이의 삶에서는 현실이 될 수도 있다.

허구, 즉 픽션은 물론이고 소설도 우리의 일상은 결코 아니다. 소설처럼 살 수도, 또 그렇게 살아서도 안 된다. 다만 소설은 우리를 그 세계 속에 풍덩 빠뜨려준다. 말할 수 없는 일, 해서는 안 되는 일, 그런 일들 속에 빠져 마음껏 헤엄치다 현실로 돌아왔을 때, 자신의 현주소를 제대로 돌아보게 해준다. 거기에서 우리는 새로운 삶을 한 수 배우는 것이다.

5. 자신의 능력을 믿고 쓰기

사람은 살아온 만큼 사연이 쌓이고, 할 말이 있기 마련이다. 그러니 누구에게나 글 쓸 거리가 있다. 그런데 막상 글을 쓰려고 하면 글거리들이 쏙 들어가 버리기 일쑤다.

이유는 단순하다. 용기가 없어서다. 창피나 당하지나 않을까 하는 염려, 괜스레 실없는 사람 될까 싶은 우려로 글쓰기를 주저한다. 이럴 때는 먼저 용기를 내어 글거리를 남에게 이야기하거나 글로 써서 보여주자. 다만 보여줄 때 조금 더 재미있게 전달하려고 노력해보자. 더 많은 사람들에게 내 이야기를 전달할 수 있다면 금상첨화지만 첫 독자를 한 명으로 정하고 쓰는 글도 감동을 주고, 울림을 준다. 나의 첫 독자가 내 이야기 중 어느 이야기를 좋아할까를 고민하며 쓸 거리를 찾자. 그리고 내가 어떤 방식으로 이야기하면 끝까지 들어줄까에 관심을 가지면서 글을 이어가는 연습을 하자.

[최 선생의 글쓰기 tip 5] 글쓰기는 거울을 보는 것

1 무엇을 보든 네 거울로 보라.
2 거기에서 네 모습을 찾으라.
3 반성할 거리들을 찾으라.

7강

글감,
어떻게 찾을까?

1. 애니미즘으로 세상 보기

눈은 애정의 눈으로 세상을 보면, 즉 애니미즘(animism)으로 볼 수 있으면 당신은 시인이다.

$$
내가 \begin{cases} 보는 것 \\ 듣는 것 \\ 만지는 것 \\ 먹는 것 \\ 밟는 것 \end{cases} 에 느낌, 감정, 애정을 주기
$$

보고 느끼는 모든 것에 정을 담으라는 것이다. 느낌을 넣으라는 것, 감정을 주라는 것이다. 감정이 있는 유정(有情)이 있고, 죽어 있는 무정(無情)도 있다. 이들에 애정을 담는다는 것은 생명을 불어넣는 일이다.

죽어 있건 살아 있건, 그 모든 것에 사랑을 주면 그것은 나에게 말을 걸어온다. 그것이 곧 애니미즘이다. 모든 것에는 정령, 영혼이 들어 있다는 생각, 거기에서 애니미즘이 시작되었고 문학이나 예술도 거기에서 시작되었다.

예를 들면 사물을 생물의 차원으로 바꾸어 생각하기, 감정 없는 식물에 인간의 감정을 부여하기, 그것이 애니미즘이다. 그것이 곧 작가가 가져야 할 기본 자세다. 세상의 모든 것에 인격을 부여하는 것이다.

이런 생각을 가지고 등산을 한다고 가정해보자.

산에 오른다. 사람들의 발길로 다져지고 깎인 길에 나무뿌리들이 온통 얽히고설켜 있다. 이 나무뿌리들을 그냥 뿌리라고 생각하지 말고 생각이 있고 감정이 있는 우리 삶과 같은 존재라고 생각해보자. 어떤 생각이 드는가? 아무 생각도 없다면 부정적이든 긍정적이든 생각을 부여해보자.

부정적이라면 이 뿌리들의 얽힘이 치열한 생존경쟁이란 생각이 들지 않는가. 이 생각은 뿌리들을 우리 삶과 같은 차원으로 생각한 것이다. 겉으로는 서로 사이좋게 숲을 이뤄 사는 나무들도 속으로는 우리와 별반 다를 바 없다. 치열하게 물 한 방울이라도 더 차지하기 위해 땅속을 헤매는 모습은 우리 인간과 다를 바가 없다는 것을, 서로 치열하게 자신의 몫을 차지하려 애쓴다는 것을 느낄 수 있다.

반면 긍정적으로 보면 이는 이방원의 〈하여가〉와 같은 의미로 읽힐 것이다.

이런들 어떠하리 저런들 어떠하리.
만수산 드렁 칡이 얽혀진들 어떠하리.

우리도 이 같이 얽혀서 천년만년 살고지고.

뿌리들의 얽힘이 더불어 사이좋게 살아갈 모습으로 생각할 수도 있을 것이다. 이렇게 생각하든 저렇게 생각하든, 부정적이든 긍정적이든 상관없다. 생각이 깨어났다면 이미 당신은 작가가 될 능력을 갖춘 것이다.

애니미즘의 예를 더 들어보자.

겨울 산에 오르는데 바윗길이다. 그 바위를 아이젠을 신고 올라도 별 생각이 없다. 이번엔 그 바위가 살아 있다고 생각해보자. 그러면 바위에 긁히는 아이젠의 소리가 울음소리로, 비명소리로 들릴 것이다. 처음엔 그렇게 생각하는 게 유치하다는 생각이 든다. 하지만 그걸 반복하면 자신도 모르는 사이 애니미스트가 된다. 그게 글 문을 여는 방법이다. 문학적인 글을 쓰고 싶다면 우선 애니미스트가 되라.

책상을 보거든 그 책상이 살아 있는 존재라 생각하라. 그러면 그것이 곧 글감이다.

> A : "책상에 낙서하지 말 것."
> B : "책상은 당신의 얼굴입니다."

위 두 문장이 같은 목적으로 쓴 글이라면, 어느 문장이 당신의 마음을 움직일 것 같은가? 이것이 글의 힘이다. B 문장은 바로 애니미즘의 힘이다. 그러니까 눈에 걸리는 것, 그 무엇이든 거기에 생명을 부여하라. 인격을 부여하라. 그것이 사물이건, 동물이건, 식물이건 상관없이 나와 마음을 나누고, 이야기를 나누고, 소통할 수 있는 인격체로 생각하는 순간, 그 모든 것은 나의 시가 되고, 노래가 되고, 글이 되는 것이다. 좀 더 쉽게 말하면 그 어떤 대상을 사람의 말로 바꾸는 것이다.

　사물에 또는 어떤 대상에게 인격을 부여하기이다. 말 못하는 대상에게 사람의 말 주기, 생각 못하는 대상에게 사람의 생각 주기, 감각 없는 대상에게 사람의 감각 주기. 이렇게 사물에게 인격을 부여하는 순간, 우리는 그 대상에서 삶의 이치를 발견할 수 있다. 이는 사람이 아닌 것을 사람으로 바꾸어보는 것이니 역지사지(易地思之)인 셈이다.

　그래도 이해가 어렵다면 정동진의 푸른 바다에 말을 걸어보자. 바다를 인격체로 놓는다.

〈정동진에 가면〉

_최복현

정동진에서는 모두가 사랑에 젖는다.

바다는 하얀 손으로 다정하게 해변을 애무한다.

은근한 거부의 몸짓으로 해변이 밀어내면

바다는 다시 조금 더 긴 호흡으로 부드러이 애무를 시도한다.

바다는 살금살금 기회를 엿보며 해변을 쓰다듬고

해변은 부끄러운 듯 밀어낸다.

정동진의 바다는 종일 끈질긴 구애로 속살거린다.

눈치를 보며 슬며시 쓰윽 애무하고 물러난 정동진의 바다는

하루 종일 해변과 사랑놀이를 한다.

정동진의 바다는 온종일 사랑놀이를 한다.

화를 내며 소리를 지르다

다정하고 부드럽게 애무하면서
정동진의 바다는 종일 사랑에 젖는다.

온종일 해변에 연정을 고백하다 지친
정동진의 바다는 밤이면 짝사랑으로 잠 못 이루고
끝없이 해변을 넘보며 짝사랑의 구슬픈 노래로 밤을 지샌다.

정동진 그 바다에서는 누구나 바다와 해변을 닮는다.
정동진에 가면 모두가 해변에 취하여 바다에 젖는다.
정동진에서는 모두가 사랑에 젖는다.

　바다를 사람의 차원으로 끌어올려 '너'로 보는 순간, 바다는 시가 되어 나를 찾아온다. 좀 더 끌어들이면 나는 그 자체가 된다. 그것이 애니미즘의 완결이다. 그 어떤 대상을 너라 부르고, 끝내 내가 그 자체가 되면 거기엔 자연스럽게 삶이 담긴다. 그 경지에 이르면 우리는 그 대상에서 삶의 이치를 발견할 수 있다.
　바다가 살아서 움직인다. 바다와 해변이 사랑을 나눈다. 그 모습이 마치 다정한 연인이 사랑을 나누는 모습처럼 서로 애무한다. 아니 서로 밀당을 하는 것 같다. 바다와 해변에서 사람들의 사랑하는 모습을 발견한 것이다. 이 얼마나 신나고 즐거운 일인가. 이처럼 세상 모든 것은 내가 너라 부르거나 나 자신의 것으로 받아들이면 모두 나와 관계를 맺는다. 어떤 대상과 나를 연관 짓거나 연결하여 삶을 담아낼 때 좋은 글쓰기가 된다.
　하나 더 연습해보자. 벽시계를 보자. 벽시계의 모양을 보고 글을 써보자. 그 움직이는 바늘들을 사람의 차원으로 끌어올리자.

> 시계 안에 시곗바늘들이 움직이고 있다.
> 그러면 바늘 삼 형제가 일한다.
> 가장 키가 크고 가냘픈 막내는 무척 부지런히 움직인다.
> 그래서 바싹 말랐다. 막내는 하루에 무려 8만 6,400바퀴나 돈다.
> 제법 튼실하고 균형 잡힌 둘째는 하루에 1,440바퀴를 돈다.
> 큰 놈은 게으름을 피우며 하루 두 바퀴 도는 걸로 그만이다.
> 제일 튼실하면서 게으름을 피운다.

어떤가? 이들의 이야기도 사람의 이야기를 닮지 않았는가. 죽어 있는 것, 사물에 인격을 부여하는 애니미즘이 이렇게 새로운 생각을 열어주고 삶과 연결되는 고리가 되어준다. 우리는 사물에서 삶의 이치를 발견할 수 있다. 좋은 시들은 바로 이러한 발견의 산물들이다.

2. '왜'라는 질문 던지기

우리는 매일 수만 가지 정보를 접한다. 하지만 저녁에 떠올려보면 별로 남은 게 없다. 인상적인 것만 남는다. 인상적인 것의 기준, 그건 누가 정할까? 바로 나 자신이 정한다. 세상을 어떻게 바라보느냐 하는 나의 기준이 정하는 것이다.

세상을 대충 바라만 보면 인상적인 것이 별로 없다. 세밀하게 보아야 인상적인 것이 생긴다. 관심을 갖는 만큼, 보고자 하는 만큼 볼 수 있다.

그래서 아이들이 어른보다 많은 것을 본다. 아는 것, 입력된 것이 적으니까 아이들은 세상에 관심이 많고 편견도 없기 때문이다.

어른들은 아이들과 비교했을 때 상대적으로 입력된 것이 많다 보니 사물을 볼 때 어쩔 수 없이 선입견이 작용한다. 때문에 관심이 적어진다. 그저 모두 아는 것이려니, 본 것이려니 그냥 무관심히 지나치는 것이다. 어른에겐 모든 것이 그저 일상일 뿐이다. 일상이 된 것은 더 이상 새로운 무엇을 주지 않는다. 하지만 글을 쓰는 이들은 일상을 무심한 일상으로 놓아두지 않는다. 일상을 깨뜨리려 노력한다. 그것이 글 쓰는 이의 기본 자세다. 당연한 것에 대해서도 언제나 '왜?'라고 묻는다.

① 나는 왜 이 일을 하고 있지?
② 내가 왜 설거지를 해야 해?
③ 공부는 왜 하지?
④ 나는 왜 회사에 가지?

이렇게 일상에 대해 '왜?'라고 묻는 순간 일상이 깨진다. '왜?'라는 물음에 설거지의 일상이 깨지고, 설거지의 의미를 생각하게 된다. '왜?'라는 물음에 공부의 일상이 깨지고, 공부의 의미를 생각하게 된다. 출근하며 '왜?'라는 물음을 던질 때 직장의 의미를 생각하게 된다. 이는 '해야 되나, 말아야 되나?' 식의 닫힌 질문과는 다르다. 생각을 여는 열린 질문이다. 일상 속에서 사소한 것에도 '왜?'라는 열린 질문을 던질 때 비로소 평범하기만 했던 일상이 깨진다.

질문을 하고 거기에서 나름의 답을 얻기 위해 생각을 한다. '왜?'라는 질문과 나름의 답, 그것이 글의 탄생이다. 바로 작가가 의미를 부여한 것, 그것이 나름의 답이다.

이런 생각들이 세상을 새롭게 보게 한다. 세상 속의 대상들을 자기만의 눈으로 보게 한다. 그렇게 보면 종이컵도 시가 되고, 껌딱지도 시가 되고, 담배꽁초도 시가 되는 것이다. 어떤 대상 자체가 처음부터 의미 있었던 것이 아니다. 내가 어떤 의미를 부여했느냐에 따라 그것이 의미를 갖는다.

나무란 단어는 그저 식물이다. 그런데 작가가 어떤 의미 부여를 하느냐에 따라 위대한 단어로서 신령일 수도 있고, 아주 보잘것없는 단어로서 식물일 수도 있다. 그만큼 글을 쓴다는 것은 그 무엇을 멋지게 살려내기도 하고 무의미하게도 한다. 일상적인 단어라도 의미를 부여하면 고상한 단어가 된다. 처음부터 고상한 단어가 따로 있는 게 아니라 작가가 단어를 고상하게도 만들고 천박하게도 만드는 것이다. 자 이렇게 정리해보자.

① 일상이 있다.
② 그 일상을 관심 있게 바라본다.
③ 그 일상을 왜라고 묻는다.
④ 뭔가 다른 생각이 떠오른다.
⑤ 그 생각을 정리하여 일상에 또는 대상에 나름의 의미를 부여한다.

그렇다. 여기에는 왜라고 물었다. 그리고 나름의 답을 얻었다.

그렇다고 무엇을 보든 생각이 자라 글을 쓸 수 있는 것은 아니다. 이제는 그것을 '왜?'라고 물으면서 쪼개보기다. 그것을 분류나 분석이라고 한다. 분류 또는 분석, 그런 단어에 신경 쓰지 않아도 좋다. 예를 하나 들어보자. 우선 책상을 하나의 대상으로 놓고 보자.

① 왜 책상인가?　　　　→　책을 놓고 보니까. 책상이지.
② 재료는 무엇인가?　　→　나무지.
③ 나무로만 되어 있나?　→　철판도 끼어 있고, 나사도 있지.
④ 책상은 어디에 있지?　→　교실 안에 있지.

책상을 이렇게 분석해보았다. 그리고 여기에 답을 했다. 여기서는 책상의 장소와 용도를 물었다. 이제 여기에 시간을 물어보자.

이 나무가 책상이기 전엔 어디에 있었지?　→　산에 있었지.

책상이 책상이기 전에 책상은 산에 살던 나무였다. 그런데 지금은 교실 안에 들어와서 학생들의 유용한 도구가 되었다. 이를테면 나무가 변해 책상이 되었다. 책상이 되기 위해 이질적인 철판과 만났다. 그 철판과 나무를 단단히 잇기 위한 나사가 있었다. 이렇게 여러 생각을 하고 정리를 해보라는 것이다.

나름의 해석이 필요하다. 나무에서 책상으로, 산에 살던 나무는 죽어서도 다듬어져서 유용한 책상으로 교실에 살고 있다. 이질적인 것을 단단히 연결시키는 나사, 그 무엇을 하나로 묶어주는 연결고리, 곧 관계가 형성된다.

이렇게 생각한다면 책상은 책상으로 있는 게 아니라, 사람들의 살아가는 이야기로 둔갑한다. 이렇게 글 속에 삶을 담으려면 어떤 대상을 정하고, '왜'라고 묻고, '왜'라고 물으면서 분석을 해야 한다. 그 분석을 하면서 나름 해석을 해야 한다. 나름의 해석, 거기가 글의 정점이다. 그것이 그 대상에 대한 나름의 답이니까. 해석이란 바꿔 말하면 어떤 대상에 의미를 부여하는 일이다. 따라서 글이란 작가가 세상 또는 어떤 대상을 해석해 정리한 것이라 할 수 있다. 때문에 누군가의 글을 읽는다는 것은 그 누군가의 세상을 읽는 것이고, 그가 세상을 해석하는 방식을 읽는 것이다. 세상의 해석인 책을 다시 나름대로 재해석하는 것이 읽기이다.

그래도 글쓰기의 개념이 잡히지 않는다면 "세상 그 무엇에 대해 '왜?'라고 물었다. 그리고 스스로 그 나름의 답을 얻었다." 이렇게 정리해보자.

이러한 과정에서 얻은 답이 바로 세상에 대한 해석이다. 이제 그 해석을 다시 자기 것으로 정리하고 개념을 잡아야 한다. 그리고 글에 그것들을 담아내면 된다.

[최 선생의 글쓰기 tip 6] 훌륭한 제자가 훌륭한 선생을 만든다

1 제자가 좋은 질문을 하면 선생은 원하는 답을 주어야 한다. 좋은 선생이란 학생의 가려운 곳을 긁어주는 사람이다.

2 제자가 수준이 높으면 선생은 최소한의 거리를 유지하려 노력한다. 열심히 하면 선생은 긴장하게 마련이다.

3 좋은 질문을 하면 내가 그간 해왔던 방식에 의문을 갖게 된다. 늘 남들도 다 그러려니 했던 것들을 다른 방식으로 생각하게 되고 마침내 깨달음을 얻는다.

8강

글이라는 그릇에
삶 담기

    글은 삶을 담는 그릇이다. 곤충 이야기, 나무 이야기, 동물 이야기, 사물 이야기, 식물 이야기라도 그것이 글 속에 있다면 그 모든 것은 우리 삶의 일부가 된다. 내가 살아가는 이야기, 당신이 살아가는 이야기, 우리가 살아가는 이야기다.

    글 속에 삶을 담는 작업, 그것이 글쓰기다. 따라서 아무리 아름다운 글이라도 그 글 속에 삶이 담겨 있지 않다면 글로서의 가치가 별로 없다. 하지만 비록 글은 투박해도 글 속에 삶이 담겨 있다면 그 글은 의미와 가치가 있다. 삶을 담는 글에 대해 이야기하기 전 지금까지 말한 글쓰기 발상 단계를 다시 한 번 정리하고 가자.

    ① 1단계 : '왜'라고 묻기
    ② 2단계 : 나름의 답 얻기
    ③ 3단계 : 나름의 해석
    ④ 4단계 : 나름의 개념 정리

⑤ 5단계 : 나름의 설득

⑥ 6단계 : 나름의 주장

　여기서 주의할 것은 '나름의 개념 정리'란 사전적인 개념이 아니다.
'그 무엇에 대한 자신의 주관적인 생각을 정리한 것'을 말한다.

　　벽시계가 있다.

　　그 안에 시계 바늘이 세 개 있다.

　　가늘고 긴 바늘은 하루에 1,440바퀴나 돈다.

　　조금 굵고 큰 바늘은 하루에 24바퀴 돈다.

　　굵고 뚱뚱한 바늘은 하루에 두 바퀴 돈다.

　여기엔 동작의 주체인 시계바늘들과 공간이 되는 시계 틀, 그리고 일
하는 시간, 세 가지가 들어 있다. 이를테면 존재의 조건이다. 어떤 존재
든 시간과 공간의 지배를 받는다. 세상 그 무엇을 바라볼 때, 글감인 대
상을 존재로 생각하고, 그 존재에 시간과 공간을 부여한다 그러면 그것
이 특별한 의미로 다가온다. 그것이 해석이다.

　　시계네 집에는 삼 형제가 산다.

　　가장 불쌍하게 생긴 동생은 제일 열심히 일한다.

　　둘째는 적당히 천천히 일한다.

　　큰형은 태업을 하듯 가장 느리게 움직인다.

　　그럼에도 사람들은 큰형을 제일 많이 기억한다.

고로 세상은 불공평하다.

이렇게 해석하면 시계를 소재로 시를 쓰거나 시계 이야기를 동화로 쓸 법하지 않은가. 개념 정리를 할 때는, '~는 ~이다'라거나 '~는 ~하다'라고 정리하면 된다.

이런 과정대로 글을 쓰면 무엇을 이야기하든 글 속에 삶이, 인생이 담긴다. 그러니까 의도적으로라도 글 속에 삶을 담으려 노력해야 한다. 물론 타고난 글쟁이는 의도하지 않아도 그 무엇에 삶이 담긴다. 하지만 이런 재능을 타고 나는 경우는 드물다. 타고난 재주가 없더라도 의도적으로 글에 삶을 담으려 노력하면 누구든 나중엔 저절로 글에 삶을 담을 수 있다.

삶을 담기, 아주 어렵게 생각할 건 아니다. 단순하게 말해 무엇을 쓸 때 삶을 염두에 두고 쓰면 된다. 그뿐이다. 삶을 염두에 둔다는 것은 생각을 한다는 것이다. 피상적인 그 무엇을 쓰면서 심상적인 측면을 염두에 두고 쓰라. 어떻게? 어떤 사물을 바라볼 때 동시에 두 가지 눈으로 바라보는 것이다. 육안으로는 대상을 보면서 동시에 마음의 눈을 작동시켜 대상을 바라보자. 그것이 다른 사람과 달리 보는 눈이다. 그 마음의 눈은 하루아침에 떠지지 않는다. 의도적인 노력을 해야만 길러진다. 하늘에서 내리는 비를 예로 들어보자.

비가 퍼붓는다.
그 빗물들은 대부분 흘러내려 가고 만다.
그렇게 스며들었다가 그 속의 광물질을 싣고 나오는 것이 샘이다.
또는 광천수다.

어떤 대상을 보면서 자기 안으로 그 대상을 끌어들여 자기의 생각을 거기에 담는다. 대부분의 사람들은 그냥 내리는 비를 보는 것으로 끝난다. 하지만 글을 쓰는 이들은 그것을 찬찬히 들여다본다. 그리고 그것을 생각 속으로 끌어들인다. 나름의 가치관, 또는 철학을 자기 안에서 우려내는 과정을 거치는 것이다. 그렇게 하여 글에는 작가의 생각이 묻어난다. 글쓰기는 세상을 내 안으로 끌어들여 내 생각으로 우려냈을 때 비로소 완성된다.

1. 세상을 현미경으로 보는 글쓰기

작가는 남들이 발견하지 못한 세계를 발견한다. 죽어 있는 것을 생각으로 살려낸다. 얼마나 멋진 일인가! 그런 쾌감들이 세상을 신나게 살게끔 한다.

어떻게? 작가들은 세상을 건성으로 보지 않는다. 대략의 숲의 윤곽만 보지 않는다. 숲 속에 들어앉아서 숲 속의 자잘한 모습들을 자세히 본다. 그 속에서 들리는 미세한 소리들을 듣는다. 미세한 움직임, 미세한 변화를 응시한다. 작가는 견자가 아니라 관찰자다.

생각을 담는 그릇인 글도 이처럼 일상생활에서 온다. 대단한 사건이 아니라 내가 의미부여를 하면 그것이 사건이다. 사건을 만들어내는 힘은 관찰에 있다. 현미경으로 보면 눈에 보이지 않던 미물들의 움직임이 큰 사건으로 보이듯이, 글을 쓰려면 일상을 마음의 현미경으로 보아야 한다.

사건이 아닌 것도 현미경으로 보면 사건이다. 특별한 일이란 원래 특별한 게 아니라 내가 특별하게 느끼는 것이다.

세상을 쪼개라. 대상을 쪼개라. 어떻게 쪼개느냐고, 그것들의 여러 측면으로 쪼개라. 왜 쪼개느냐 묻거든 삶의 모습을 보려한다고 하라. 그렇게 쪼갠 알맹이를 찾아내라.

어떻게 생겼는지(모양), 어떤 색인지(색깔), 얼마나 큰지(크기), 어디에 쓰는 것인지(용도), 어떻게 존재하는지(존재 양식), 어디에 있는지(장소), 언제 활동하는지(시간), 그것의 과거와 미래 등 쪼갤 수 있는 측면은 얼마든지 있다.

그러면 그 하나에서 참으로 많은 것을 볼 수 있다. 그렇게 쪼갠 측면들 중에서 자신의 삶과 연결 지을 수 있는 것을 찾아내어 표현한다. 그것이 의미를 부여하는 일이고, 그것이 곧 삶을 담아낸 글이다. 마음속으로 '나는 대상에 의미부여를 한다. 고로 나는 글을 쓸 수 있다'라고 생각하고 믿어라.

[최 선생의 글쓰기 tip 7] 쪼개 보기와 본 것의 묘사를 잘하는 노하우

1 어떤 장면을 사진을 찍듯 마음속으로 정지시켜라.
2 그 장면을 아주 세밀하게 관찰하라.
3 모습 하나 하나를 수식어를 잘 골라가면서 세밀하게 그려내라.
4 그려가면서 담아낼 메시지에 걸맞는 수식어를 의도적으로 넣어라.
5 의도적으로 넣은 수식어에 의미를 부여하며 반복하라.

2. 다른 시각으로 세상 관찰하기

자세히 보지 않으면 새롭게 보이지 않는다. 자세히 봐야 새로운 것들, 보이지 않던 것들이 보인다. 문학이나 인문학은 아는 만큼 보이는 게 아니다. 그 차원을 넘어선다. '알고자 하는 만큼 더 알 수 있고, 보려고 하는 만큼 더 볼 수 있고, 느끼려고 하는 만큼 더 느낄 수 있다.' 그것이 문학의 정신이다.

정답 따위는 의미가 없다. 내가 보려고 애쓰는 만큼 더 많이, 무한히 볼 수 있는 것, 그것이 문학이다. 문학은 정답 찾기가 아니다. 나름의 답 찾기이다. 그 힘이 새로운 생각들을 가져다주고, 미래를 예측하고 예견하게 한다. 그 힘이 현재의 이 상태를 미래로 변화시킬 수 있게 한다. 문학적인 접근이야말로 우리를 즐겁고 생산적이게 한다.

이렇게 생각을 키웠다면 이제는 이 생각을 '제대로 써먹기'다. 곧 글로 연결하기다. 지금까지 발전시켜온 생각들을 자기만의 표현으로 바꾸기, 그것이 글이다. 자신의 생각을 안에다 가두지 않고 밖으로 끄집어내어 자신의 삶 또는 경험과 연결하면 드디어 나의 새로운 삶과 연결된다. 이런 점에서 '글이란 어떤 대상을 삶과 연결시키는 것'이라고 정의할 수 있다.

세상을 자세히 관찰하면서 보기, 의도를 가지고 보기, 뜯어보기로 세상을 바라볼 때 좀 더 쉽게 글을 쓸 수 있다. 그리고 세상을 나의 거울로 삼는다면 세상 사람들과 내가 동질성이 있다는 생각, 나도 그들과 닮았다는 생각을 하게 된다. 그러면서 상대를 따뜻한 시선으로 바라볼 수 있다. '어쩌면 저럴 수가 있담' 이런 식이 아니라, '나도 그럴 수 있지.' 하는 생각으로 말이다.

겸허한 마음과 따뜻한 시선, 즉 애정으로 세상을 바라보면 보이지 않던 많은 것들이 새롭게 나타난다. 나에게 얻어터져 절룩거리며 기어가는 바퀴벌레 모습에서조차 우리네 인생의 모습이 비쳐 온다. 기어 다니는 좁쌀개미가 예사롭지 않은 사람의 모습으로도 다가온다. 미물들의 삶도 사람의 삶으로 읽힌다. 그것이 바로 세상 이치를 깨닫는 단계이다. 글쓰기의 시도는 이처럼 창의적인 세계로 들어가는 일이며, 삶의 이치를 깨닫는 성숙의 과정이다.

마음만 열면 우리 안에는 글 쓸 거리들이 무수히 많다. 그러한 글의 물꼬를 트는 요령, 글 문을 여는 키를 발견하는 순간 누구나 글쓰기 달인이 된다.

창의적인 글쓰기 1

1. 세상을 비유의 대상으로 보기

이제 글감을 찾아 세상으로 나가보자. 글감은 다른 말로 소재다. 우리 주변의 모든 것이 글의 소재가 될 수 있고 글의 대상이 될 수 있다. 물론 소재가 있다고 무조건 글이 되는 것은 아니다. 추상적이었던 대상들이 '어! 글감이네'라는 생각이 드는 순간이 있다. 평범했던 주변의 인물이나 사물, 혹은 사건이 특별한 무엇으로 느껴지는 순간, 바로 사건이 일어나는 순간이다. 평소에는 그저 아무 의미를 갖지 못했던 것이 의미를 갖게 되면서 그 대상은 소재가 되고, 그 의미는 제재가 된다. 소재가 글의 그릇이라면 제재는 글의 내용물이다.

우리는 글을 너무 어렵고 고상한 것으로 생각하는 경향이 있다. 이제 그 생각부터 버리자. 글은 우리 삶 자체이다. 앞에서 말했듯이 그냥 부담 없이 세상 속으로 들어가 세상에서 본 것과 느낀 것을 담아 쓰면 된다. 거기에 의미가 자연스레 담기는 것이다.

내가 너의 이름을 불러 주기 전에는

너는 하나의 몸짓에 지나지 않았다.

내가 너를 불러 주었을 때

너는 나에게로 와서 꽃이 되었다.

　김춘수의 시 〈꽃〉의 일부이다. 이 시를 '내가 글 속으로 설거지를 넣기 전에는 설거지는 일상에 지나지 않았다. 내가 설거지에 의미를 부여했을 때 설거지는 내게로 와서 나의 글이 되었다'로 바꿔보자. 그렇다. 세상의 모든 사물, 사람, 식물, 동물, 곤충, 욕망 등은 나에게 글 속으로 초대해 달라고 신호를 보내고 있다. 그 신호와 몸짓을 알아보고 듣고 느끼는 사람이 바로 작가다.

　① 소재거리들　　　　→　　소재
　② 세상의 몸짓들　　　→　　꽃, 꽃들

　여기 다양한 채소들이 있다고 치자. 이 채소들 중에서 김장을 담그기 위해 배추와 무를 골랐다고 치자. 글도 마찬가지다. 많은 글의 대상 중 내가 내 삶을 담기에 가장 적합하다고 생각하는 것을 선택하게 된다. 그것이 소재이다. 김장의 재료로 선택한 배추와 무가 김장감이듯, 글의 대상으로 선택한 소재가 곧 글감이다.

　세상의 많은 것들, 이를테면 무명 또는 무의미로 있던 것들 중에서 의미부여를 하고 싶어 끄집어내고 골라낸 것, 그것이 소재가 된다는 뜻이다. 소재가 되는 순간 그것은 무명에서 유명으로, 무의미에서 유의미로 변한다. 즉 공즉시색(空卽是色)이다. 아무것도 아니었던 것이 나의 생각과 인연을 맺음으로써 유가 된 것이다. 그것이 소재요, 글감이다.

그렇다면 글감을 어떻게 찾을 수 있을까? 우선 세상을 보는 눈이 남과 달라야 한다. 어떻게 다르게 보느냐고? '왜?'라고 묻는 것이다. 세상 모든 것은 일상이 되면 우리에게 특별한 생각을 주지 않는다. 그럴 때 그 일상에 대고 '왜?'라고 물으라는 것이다. '왜?'라고 묻는 순간 그 대상을 보는 시각이 달라진다.

"주부에게 가장 일상적인 일이 무엇인가요?"

"설거지죠."

"그러면 그 설거지에 대해 '내가 왜 설거지를 해야 하지, 왜 나만 설거지를 해야 돼'라고 물어보세요. 그럴 때 일상이 깨지는 거예요. 그러면 그 설거지를 하는 마음이 두 가지일 테죠. 부정적이면 짜증의 대상일 테고, 긍정적이면 보람의 대상일 겁니다. 사랑하는 가족들이 참 잘 먹어주었구나 하는 뿌듯함, 그러면 '설거지를 하면서'란 글을 쓸 수 있는 겁니다."

일상을 깨뜨리는 방법에 대해 강의를 한 지 1주일쯤이 지나 수강생 중 한 분이셨던 원로 목사님께서 그 내용에 대해 깨달음을 얻었다며 이렇게 말씀하셨다.

"나는 은퇴 후에 설거지를 맡아서 해요. 강의를 듣고 간 날 설거지를 하면서 강의 내용과 연결시켜 보다 문득 깨달음을 얻지요. 아무리 지저분한 그릇도 퐁퐁 두 방울만 떨어뜨리고 닦아내면 참 잘 닦여요. 잘 닦일 뿐 아니라 반짝반짝 광이 나요. 이 모습을 보면 아하! 목회란 이런 거구나. 퐁퐁 역할을 해야 했는데 나는 그렇게 했나 되돌아보게 됩니다. 그렇게 설거지를 하고 나서 채반에 물 빠지라고 엎어놓아요 그렇게 엎어놓은 그릇들은 반짝반짝 빛을 내며 그대로 엎드려 있죠. 그 모습이 꼭 내게 순종하는 것 같이 보이더군요. 내가 이렇게 설거지를 하듯이 성도들의 속을 퐁퐁 두 방울과 같은 말씀으로 잘 닦아주었다면 성도들도 이렇게 잘 따라주었을 거예요.”

설거지란 일상이 글로 바뀌는 과정을 보았다. 설거지를 목회자의 눈으로 바라본 것이다. 이처럼 같은 대상을 보아도 각각의 시각이 다를 수밖에 없다. 어떤 일상이든 ‘왜’라고 물어야 그 대상이 소재로 들어온다. ‘왜?’라고 물으면 긍정이든 부정이든 두 시선으로 바라볼 수 있다. 거기엔 관심이 들어간다. 세상에 대해 ‘왜?’라고 묻기, 그다음엔 부정이든 긍정이든 관심의 눈으로 바라보기, 그 정도면 충분하다. 그러면 이미 글감을 찾는 첫눈을 뜬 것이다. 첫눈 뜨기, 눈을 뜨면 보이지 않던 것들이 속속 들어온다.

자, 이쯤 되면 앞에서 이야기한 비유가 떠오를 것이다. 비유란 어떤 대상과 우리 삶, 이 둘 사이에는 유사관계를 찾는 것이다. 세상을 비유의 대상으로 바라볼 수 있다면 글쓰기 능력에 깊이 들어간 셈이다.

꽃이 핀다. 꽃이 진다. 열매를 맺는다.

이 문장엔 시간의 비밀이 들어 있다. 세 가지 시간 흐름의 순서다. 만일 꽃이 계속 피어 있으면 열매는 열리지 않을 것이다. 핀 꽃이 져야 꽃이 진 자리에 열매가 열린다. 그것이 순리다. 그것이 신의 섭리다.

인간들이여 젊음이 시든다고 슬퍼 말아라. 젊음이 스러진 자리에 인생의 결실이 있다. 그렇게 꽃이 피었다 지면, 그 자리에 또 새로운 꽃이 피듯이 우리가 나이 들어 늙고, 이 세상이란 무대에서 사라지는 건 더 아름다운 내일의 세상을 열어주기 위한 것이다.

　세상 모든 것에는 이런 삶의 이치들이 들어 있다. 그것을 찾는 것, 그것이 깨달음의 눈을 뜨는 것이다. 보조관념에 보이지 않는 것(자신의 생각인 원관념)을 연결하기가 글이다.

　'비유의 눈'이 떠지면 성찰의 눈도 떠진다. 세상의 모든 것을 자세히 들여다보고, 귀를 기울이면, 삶의 이치를 발견할 수 있듯 성찰을 통해 삶의 이치를 발견하는 것이 깨달음이다. 어쩌면 그것은 신의 목소리일 수도 있다.

[최 선생의 글쓰기 tip 8]　글쓰기를 위한 세상 보기

1 글 속에 줄기만 담지 말고 소소한 사연을 담는다.

2 작가는 세상을 볼 때 육안으로도 보고 동시에 심안으로도 본다.

3 육안으로 보는 것은 비교의 대상들이거나 대조의 대상들이다.

4 구체적 심상은 육안으로 보는 것이고, 주관적 심상은 심안으로 보는 것이다. 심안으로 보는 것과 육안으로 보는 것이 만날 때 비유다.

5 공간의 제약과 시간의 제한은 한 곳에 집중하고, 짧은 순간에 집중해 묘사한다.

6 아이와 어른의 경계에 선 게 작가다. 아이의 시각을 배워라.

7 아이는 상상의 세계를 열고 어른은 상상의 세계를 폐허로 만든다.

창의적인 글쓰기 2

1. 몸의 말과 정신의 말 연결하기 – 은유

하나는 피상적인 것, 다른 하나는 정신적인 것을 놓고 이 둘을 면밀히 대조해보자. 우선 그 두 대상을 연결할 수 있는 개념들을 찾아보자. 그리고 이 둘 사이의 유사점을 찾아보자.

우리는 건강을 이야기할 때 육체의 건강을 우선 떠올린다. 의사들은 몸을 튼튼히 하려면 규칙적으로 운동하라고 권한다. 그러면서 청결을 유지할 것과 적절한 영양섭취를 권한다. 또 나이 들어가면서는 골다공증에 걸릴 수도 있으므로 빨리 걷기와 같은 유산소 운동을 하고, 근육을 키우라고 조언한다.

건강을 유지하는 데에는 신체 건강 못지않게 정신 건강도 중요하므로 정신 건강에도 신경을 써야 한다고 조언한다. 정신 건강을 유지하는 방법은 신체 건강을 유지하는 방법과 유사한 면이 많다.

예를 들면 신체의 건강을 위해서 꾸준히 운동해야 하듯이 정신 건강에도 생각하기가 필요하다. 운동이 신체를 어느 정도 긴장시키고 자극하는 것처럼 생각하기도 그러한 효과가 있다. 신체 건강에서 몸을 깨끗이 하기는 정신의 때를 벗기는 성찰에 비교할 수 있으며, 꾸준한 운동을 통해 근육을 튼튼하게 하는 것도 꾸준히 독서와 사색을 통해 마음을 다잡아 마음의 근육을 늘리는 것과 같은 이치다 한다. 이처럼 신체 건강과 정신 건강에는 유사한 점들을 찾아볼 수 있다.

몸		정신
튼튼히 하기 ⟶ 운동하기 ⟶		생각하기
청결히 하기 ⟶ 씻기 ⟶		성찰하기
배설하기 ⟶ 소화하기 ⟶		쓰기
일하기 ⟶ 움직이기 ⟶		책 읽기
근육 만들기 ⟶ 운동·습관 ⟶		생각 다지기

여기에서 몸을 튼튼히 하기와 마음을 튼튼히 하기의 연결 방법을 찾았다. 이것을 연결하여 글을 써보자.

몸의 말을 하면서 정신의 말을 염두에 두고 쓰면 그것이 곧 비유이고 상징이다. 창의적인 글을 쓰려면 다른 사람과 달리 두 가지의 눈으로 봐야 한다고 앞서 말했다. 일반인들은 대상을 있는 그대로 본다. 객관적으로 볼 뿐이다. 그러나 작가는 객관의 눈과 주관의 눈 둘 다로 봐야 한다. 육안과 심안으로 봐야 한다는 의미다. 피상적으로 보면서 심층적을 보는 두 시선으로 바라볼 수 있다면, 이미 창의적인 시각을 가진 것이다. 밖에 있는 대상과 내 안의 것의 만남, 그것이 곧 은유다. 아리스토텔레스는 '천재는 세상을 은유로 보고 은유로 해석해낸다'고 했다. 은유, 그것이 곧 육안과 심안의 만남이다.

만일 소화기를 가지고 시를 쓰려고 한다면 내 안에 있는 소화기를 찾아내면 된다. 소화기가 타오르는 불을 끄기 위한 것이라면, 내 안에 있는 불은 무엇일까? 욕망, 그래 욕망이라 해두자. 아니면 해서는 안 될 사랑이라 해두자. 내 속에도 꺼야 할 그런 불들이 있다.

그 소화기가 내게는 무엇인가. 그것은 나를 차분하게 다스려줄 좋은 책일 수도 있고, 내 친구일 수도 있다. 그러면 밖에 있는 소화기와 내 안의 소화기, 즉 내 경험이나 체험 속의 그 무엇, 또는 지금 내 앞에 있어 나를 가라앉혀 줄 그 무엇이 내 안의 소화기다.

밖의 소화기와 내 안의 소화기는 이처럼 동질감 또는 유사성이 있다. 그것이 은유다. 이 은유의 힘이 없던 세계를 만들어주고, 새로운 생각을 가져다준다. 창의적인 단계로 우리를 인도한다.

어떤 대상을 정하고 그 대상을 이제 하나의 전설로, 사연으로 만들어 보자. 그것이 글쓰기의 지름길이다. 모든 글, 아니 잘 쓴 글은 하나의 이야기를 품고 있다. 잘 쓴 시에서 잘 쓴 글에서, 우리는 하나의 이야기, 하나의 사연, 하나의 전설을 읽는다. 잘 쓴 글은 그만큼 유기적으로 연결되어 있다.

[최 선생의 글쓰기 tip 9]　은유로 글쓰기

1 세상을 은유의 대상으로 보자.
2 글의 대상을 정했다면 내 안에서 그 대상과 대비되는 것을 찾자.
3 소화기를 보았다면 내 안의 소화기, 시계를 보았다면 내 안의 시계, 스마트 폰을 보았다면 내 안의 스마트폰을 찾아라.
4 대상의 유사점을 찾아라.
　① 용도의 유사　② 생김새의 유사　③ 생각의 유사　④ 성격의 유사

5 밖의 대상과 견줄 안의 것을 찾아라. 바깥의 불과 내 안의 불을 비교해보자. 불이 탄다면 나의 열정과 연결시켜 쓰라.

6 심안과 육안을 동시에 이용하라.

7 껍데기만 쓰지 말고 알맹이도 함께 써라.

2. 대상을 정하고 삶 부여하기

시를 읽으면서 사진 한 장, 그림 한 점, 이야기 하나를 떠올리려면 어떻게 해야 할까?

우선 글쓰기의 대상을 정하자. 그 대상에서 동작주를 정한다. 이를테면 주인공이다. 그 주인공에게 동작을 시킨다. 그냥 움직이게 하는 게 아니라 어떤 의도와 이유가 있어서 움직이게 하는 것이다. 왜 움직이느냐의 문제다.

그다음엔 주인공에게 공간을 부여한다. 주인공이 어디에서 움직이나, 어떻게 생긴 공간에서 움직이는지를 생각하는 것이다.

이제는 그 주인공에게 시간을 부여한다. 지금 보고 있는 대상이 과거엔 어떠했을까? 지금은 어떠한가? 나중엔 어떠할까? 등을 고민해본다.

이런 조건들을 부여하면서 글을 쓰면 저절로 이야기가 떠오른다. 한 폭의 그림이 떠오른다. 한 장의 사진이 생성된다. 하나의 사건이 연출된다. 선풍기를 예로 들어보자. 선풍기에서 주인공을 뽑자. 그래, 날개를 주인공으로 삼자.

① 선풍기가 돈다.
② 어떻게 작동하는가?

③ 왜 도는가?

④ 그래서 결과는 뭔가?

④ 어디에서 도는가?

⑤ 어떻게 생긴 곳에서 도는가?

⑥ 나중엔 어떻게 될까?

이런 뒤죽박죽인 상황을 앞에서 제시한 대로 정리해보자.

① 언제 : 지금 선풍기는 돌고 있다.

　　　　과거에도 지금처럼 돌았다.

　　　　미래에는 고장 나서 버려질 것이다.(시간에 대한 성찰)

② 어디서 : 창살처럼 생긴 안에서 돌고 있다.(공간에 의미부여)

　　　　　→ 감옥, 직장, 가정, 구속

③ 무엇을 : 시원한 바람을 만들어낸다.(공간적인 일, 봉사)

④ 어떻게 : 버튼에 따라 빠르게, 느리게 돌거나 정지한다. 바람을 내

　　　　　는 만큼 열을 받는다.

⑤ 왜 : 주인의 명령이기 때문이다. 일이기 때문이다. 돌지 않으면 폐

　　　품이 되기 때문이다.(이유, 목적)

이렇게 분석해놓고 보면 선풍기 안에는 글을 쓸 거리들이 많고 우리 삶과 별다를 게 없다는 걸 알 수 있을 것이다. 이렇게 분석한 결과들 중 쓰고자 하는 글에 부합한 것을 골라서 쓰면 그것이 곧 글이다.

돌고 돈다 또 돈다

약, 누르면 천천히

중, 누르면 좀 빨리

강, 누르면 더 빨리

중지, 누르면 멈춘다.

철망 안에 갇혀서 누르는 대로 천천히 빨리 돌다가 또는 멈춘다.

글은 이처럼 어떤 대상과 우리 삶과의 만남이다. 이것을 문학용어로 비유라 한다. 이 비유를 찾아내는 힘이 창의력이다. 모든 글에는 원관념과 보조관념이 있다. 적어도 보조관념은 독자에게 드러나 있다.

때때로 작가는 자신이 의도한 생각의 덩어리인 원관념을 숨긴 채 독자가 보조관념을 보면서 원관념을 유추해내길 기대한다. 해석은 독자의 몫으로 남겨두는 것, 이를 상징이라 한다. 작가가 상징을 이용할 때는 마음속에 다른 것을 염두에 두고 대상(보조관념)만 묘사하는 것이다. 그렇게 탄생하는 것이 상징이다. 아래의 시를 예로 들어보자.

돌고 돈다.

또 돈다.

천천히 돌라면 천천히

빨리 돌라면 빨리

멈추라면 멈추기

돌고 돌아도

시키는 대로 돌아

한 번도 철망을 벗어나지
못하는 구속

　여기에 제목을 〈삶〉 또는 〈직장〉이라고 붙여보자. 제목이 없을 때는 그냥 선풍기에 대한 묘사였다. 그러나 제목을 우리 삶과 연결시키니 다시 생각하게 한다. 그러면 글이다. 곧 시다.
　선풍기가 도는 모습을 선풍기로 받아들이지 않고 우리 삶으로 받아들이고 연결했으니 그것이 곧 글이다. 여기서 선풍기는 소재이고, 숨어 있는 '삶' 또는 '직장'은 제재이다. 이것을 비유로 하면 선풍기는 보조관념이고, 삶과 직장은 원관념이다.

　〈선풍기〉

_ 최복현

돌고 돈다.
또 돈다.
어제도 돌았다.
오늘도 돈다.
내일도 돌 아야 한다.

명령에 따라
빨리 돌거나
느리게 돌거나
멈추어야 한다.

그러다 어느 미래에

돌라고 해도 돌지 못하면

잠깐의 달콤한 자유만 맛보고 용도 폐기될

슬픈 운명의 선풍기

　이 글엔 선풍기에 대한 묘사뿐이다. 보조관념만 드러나 있다. 그런데 글 내용에서 '명령에 따라', '용도 폐기 될'이란 문구들을 보자. 그것은 작가의 의도를 암시한다. 원관념이다. 한 남자의 정년퇴직을 염두에 둔 것이다. 여기에 제목을 선풍기 대신에 정년퇴직이라 붙여보자. 이처럼 상징은 한 대상을 서술하거나 묘사할 때 심적으로는 다른 것을 염두에 두고 쓰는 것이다.

11강

창의적인 글쓰기 3

1. 이미지 그리기

나의 정보를 글에 담으려면 글의 기본기를 갖추어야 한다. 보다 생생하게, 보다 재미있게, 보다 상쾌하게 내 의도가 담긴 정보를 전달하려면 글 속에서 이미지가 생생하게 살아나야 하고, 글이 자연스럽게 입에 붙어야 한다. 이 둘 중 적어도 하나는 충족시켜야 한다.

이를 '이미지 만들기'라고 한다. 우리말로 심상이다. 이 심상은 묘사로 만든다. 이 심상을 만들 때 우선 내 속에 있는 이미지를 어떻게 독자에게 생생하게 전달할까를 고민해야 한다.

내 안에 있는 그림은 나에겐 생생하다. 하지만 독자에겐 비어 있다. 그럼에도 내 머릿속에 생생한 사건이니까 글로는 대강 써놓고도 내가 생각하는 심상을 독자가 그대로 그려내기를 바란다면 그건 비상식이다. 그 심상을 아주 디테일하게, 생생하게 그리려 노력해야 한다. 몇 개의 선만 그리는 게 아니라 색칠도 정성스럽게 하고, 모양도 자세히 구체적으로 그려주어야 한다.

① 내 머릿속 대상을 꺼내어
② 옷을 잘 입혀라.
③ 색을 잘 칠해라.
④ 윤곽을 잘 드러내라.
⑤ 동작 하나 하나를 잘 그려내라.
⑥ 디테일하게, 살아 움직이는 듯 그려내라.

이것이 이미지 만들기다. 이 이미지 만들기를 묘사라 하는데, 묘사는 우리 감각으로 느껴지는 모양들이다. 물론 이 묘사는 글로 할 수밖에 없다. 사진을 찍듯이 글로 찍는 사진이 묘사다. 그림을 그리듯이 글로 그리는 그림이 묘사다. 묘사를 읽고 독자의 마음에 맺히는 그림이 심상이다. 이러한 묘사를 잘 하려면 그냥 앉아서 상상만 할 게 아니라 발품도 팔아야 한다. 직접 대상을 찾고, 그것을 자세히 들여다봐야 한다. 예를 들어 시냇물을 묘사한다고 하자.

그냥 앉아서 상상하면 냇물은 늘 졸졸졸 흐른다. 이미 누군가 묘사한 것을 답습할 뿐이다. 이런 상투적인 묘사를 하지 않고 자신만의 묘사를 하려면 직접 냇가에 나가서 가만히 냇물 흐르는 소리를 들어보고, 때로 눈을 감고 들어보아야 한다. 밤에 듣는 소리와 낮에 듣는 소리가, 눈으로 보며 듣는 소리와 어둠 속에서 소리로만 듣는 소리를 직접 느껴야 한다. 그래야 색다른 느낌이 찾아든다.

그러니까 정지용은 '옛이야기 지즐 대는 실개천'이란 묘사를 찾아낼 수 있었다. 이 정도의 묘사만으로도 글은 가치가 있다. 자연이나 상황을 잘 묘사하여 마치 독자가 한 폭의 그림을 감상하는 느낌을 가질 수 있을 테니까.

이런 훌륭한 심상을 만들어내려면 감각어들을 만들어내려 노력해야 한다. 감각의 언어, 시각, 청각, 후각, 미각, 촉각, 기관들로 느끼는 감각어들. 의성어와 의태어가 대표 주자다. 의성어와 의태어를 나름대로 개성 있게 만들어내는 것이 심상 만들기의 기본이다.

그다음 이 감각어들을 수식어 또는 형용사로 바꿀 수 있는 단계에 이르면 묘사의 절정에 이르렀다고 할 수 있다. '졸졸졸 흐르는 시냇물'이 '옛 이야기 지즐 대는 실개천'으로의 발전하는 단계다.

여기에는 사물의 언어, 자연의 언어가 사람의 언어로 바뀌었음을 알 수 있다. 그렇다. 묘사의 절정은 그 모든 대상의 언어를 사람의 언어(사람의 감각, 사람의 생각, 사람의 성격, 사람의 특성)로 바꿀 때 가능하다. 물론 역으로 사람의 언어를 다른 미물 또는 사물의 언어로 바꾸는 것도 좋은 방법이다.

참새들이 전깃줄에서 찍찍거린다.
참새들이 모여앉아 노래 부른다.

여기까지는 누구나 할 수 있는 표현들이다. 새가 운다, 노래한다, 찍찍거린다 등의 표현은 이미 보편적이다. 이런 표현들을 제외하고 제3의, 제4의 언어를 찾으려고 노력하는 것이 글을 잘 쓰기 위한 노력이다.

참새들이 가느다란 줄을 타면서 재잘재잘 수다를 떤다.

참새들이 전깃줄을 응접실 삼아 격렬한 토론을 한다. 그러다 감정이 상했는지 한 마리가 날아가자 이어서 모두 자리를 뜬다.

이처럼 새로운 묘사나 신선한 묘사를 하고 싶다면, 기존의 묘사들이 아니라면 무엇으로 묘사할까를 고민해야 한다. 아니면 역으로 사람의 말을 참새의 말로 바꿀 수도 있다.

동네 아가씨들이 제 세상 만난 듯이 참새처럼 찍찍거린다.
우리 이웃의 험상궂은 아저씨가 아줌마와 종일 짖어댄다.

이와 같이 생각을 전개하여 이미지를 만들어보자. 여기에서는 한 폭의 그림이라는 점에 유의하자. 여러 그림을 펼치려 말고 그림 한 점에 집중하여 세밀화를 그리는 것이다. 그러면 아름다운 글, 생동감 있는 글이 나온다.

'보기 좋은 떡이 먹기도 좋다'는 말처럼 글의 겉모습도 아름다울수록 좋다. 그것이 묘사다. 묘사를 잘 하려면 무엇을 보든 관심 있게, 세밀히 보는 습관을 가져야 한다. 그런 다음 꼼꼼하게 글로 그림을 그리듯 써야 한다.

섶다리를 예로 들면, 나무 등걸 놓으면 밑이 성성하게 보인다. 거기에 솔가지를 덮고, 그 위에 흙을 덮어야 한다. 그래야 보기 좋은 섶다리가 완성된다. 글도 마찬가지다. 등걸이라는 생각의 문장을 드문드문 놓은 다음, 등걸과 같은 성근 생각에 좀 더 촘촘한 생각의 문장을 덮고, 그 위에 다시 좀 더 세밀한 생각의 문장들을 채워야 한다. 그렇게 밑그림으로 시작해 구체화시키는 그리기가 좋은 묘사다. 그 순서를 따라 멋지고 아름다운 심상을 만들어보자.

그다음엔 내용을 담는다. 이를테면 어떤 대상에 자신의 생각 담기이다. 여기서 어떤 대상은 누구나 알 수 있거나 볼 수 있거나 감각할 수 있는 것으로 보조관념이다. 그리고 여기에 대응하는 나의 생각은 원관념 또는 메시지다. 이 과정에 문학의 기본인 비유가 자리한다.

이 비유를 알고, 비유를 이용하면 글에 삶을 담을 수 있다. 삶의 이치가 담긴다. 앞에서 이야기한 대로 세상을 비유의 대상으로 바라보면 그 대상이 죽은 것이든 부동의 것이든 생각이 있는 존재, 움직이는 존재, 말하는 존재, 인격을 갖춘 존재로 다가온다.

얼마나 신나는 일인가. 죽은 것을 살려내는 것, 없는 세상을 만들어내는 셈이니 말이다. 처음엔 쓸데없는 일인 것 같고, 말장난인 것 같지만 자꾸 연습하고 의도적으로 반복해나가다 보면 나중엔 무엇을 보든 자동적으로 비유할 수 있고, 이미지를 그릴 수 있다.

대상을 새로운 시각으로 보면 색다름을 느끼고, 느끼면 알게 되고, 알게 되면 깨닫고, 깨달으면 그 대상에서 삶의 의미를 발견할 수 있다. 그것이 문학적 글의 탄생 과정이다. 글은 이처럼 감각(모양, 생리, 효능)을 심리(삶, 나의 과거, 나의 생각, 나의 것, 내가 본 것, 내가 느낀 것, 내가 깨달은 것)로 변환하는 것이다. 어떤 대상에 삶의 의미를 부여하는 것이다. 그래서 비유의 대가였던 예수는 늘 비유를 들어 대중에게 설교를 하곤 했다. 물론 인기 만점이었다.

2. 이미지와 의미를 결합하기

앞에서 이미지 만들기는 묘사라고 했다. 묘사는 수식어를 붙이는 일이라고 했다. 이 대표적인 수식어들은 감각어들로 의성어와 의태어 등이 대표적이라고 했다.

묘사는 하나의 대상을 정하고, 그 대상에게 살을 입히는 일이다. 대상은 뼈대만 있다. 골자만 있다. 거기에 살 붙이기가 필요하다. 묘사는 앙상한 뼈대에 다양한 살을 입히는 작업이다. 그 작업은 형용사들과 부사들이 담당한다. 또 달리 말하면 묘사는 몸에 옷을 입히는 것과 같다. 색깔도 다르고, 모양도 다르고, 용도도 다른 다양한 옷을 입혀 나름의 그림을 완성하는 작업이다. 광의적으로 보면 직업의 옷, 학벌의 옷, 명예의 옷 등 얼마든지 다양하다.

> 이목구비가 뚜렷하고 키가 훤칠한
> 흰 티셔츠에 신축성 좋은 청바지를 입은
> 재벌집 아들이라는 소문이 자자한
> 서울의 명문 사립 S대를 나온
> 말발로 치면 사기꾼 뺨치는   철수
> 쾌활한 성격에 앞 뒤 가리지 않는 도전적인
> 연봉이 1억이 넘는 대기업에 다니는
> 매주 한 번 이상은 등산을 할 만큼 산을 좋아하는

철수라는 대상에 형용사절을 입혔다. 그러자 철수라는 추상적인 대상이 구체적인 모습으로 다가왔다. 묘사는 이처럼 어느 순간에 대상을 정지시켜놓고 다양하고 개성 있는 옷을 입히는 작업이다. 물론 이런 식으로 형용사절로 연이은 글을 쓰라는 것은 아니다. 이렇게 다양한 옷을 찾은 다음엔 주어를 철수로 하여 하나하나 단문으로 문장을 만들어도 좋다.

> 철수는 이목구비가 뚜렷하고 키가 훤칠한 훈남이다. 패션 감각도 뛰어나서 늘 흰 티셔츠에 신축성 있는 청바지를 즐겨 입는다.

이런 식으로 이미지 묘사를 했다면, 이제 유사한 상황별로 순서를 다시 정하면서 대상을 묘사하면 된다. 이때 무조건 묘사하는 것이 아니라 내가 애초에 이 글에 담으려는 의미와 연결이 가능한 묘사만 해야 한다. 즉, 묘사를 내가 쓰려는 의미와 어떻게 연결시킬 것인지를 고민해야 한다. 유의미한 묘사, 의도 있는 묘사를 고민해야 하는 것이다. 소설에서 어떤 사건의 작은 단서가 복선이 되듯이, 묘사는 의미 담기의 씨앗이어야 한다.

'도무지 시작과 끝이 어디인지 알 수 없을 만큼 얽히고설킨 꼬불꼬불한 라면 발'이라고 썼다면

> 시작과 끝을 모른다.
> 얽히고설켜 있다.
> 꼬불꼬불하다.

이 묘사는 의도적이다. 즉, 라면을 보면서 우리 삶을 생각하건데 라면 발은 우리 삶의 미로와 같다는 의미로 읽힌다. 그러면 이 묘사와 의

미는 자연스럽게 연결되어 괜찮은 글이 되는 것이다.

〈컵라면을 먹으며〉

_ 최복현

꼬일 대로 꼬여서 도무지 풀 수 없는 삶의 미로를 피하여
산에 올라 컵라면을 불려 먹는다.

꼬불꼬불 얽혀서 어느 끝이 시작인지
어느 끝이 끝인지 그게 왜 궁금하다.

하긴 알 필요도 없이 후루룩 삼키면 그만인데
삶의 미로는 후루룩 한 번에 삼킬 수는 없지만
산길을 따라 저 세상으로 내려가야만 한다.

컵라면에는 여러 측면이 있지만 내가 원하는 시를 쓰기에 적합한 묘사만을 골랐다. 시작과 끝을 모름, 얽히고설켜 있음, 꼬불꼬불함이다. 이 세 가지 제재로 컵라면을 묘사하여 의미를 담은 것이다.

3. 시간과 공간을 부여해 의미 담기

우리는 묘사를 의미로 연결하기를 시도해보았다. 이제는 이미지를 비유로 바라보아 의미 담기로 넘어가 보자.
우리가 묘사하려는 대상이 있다고 하자. 그 대상을 묘사하면서 비유

의 대상으로 바라보기는 앞에서 이야기 했다. 이제 이 대상에게 시간과 공간을 부여하자. 어떤 존재가 있다면 그 존재의 조건엔 반드시 시간과 공간이 있어야 한다.

현재는 '지금'이라는 시간과 '여기'라는 공간, 그리고 '나'라는 존재가 한 곳에 있을 때를 이른다. '지금 여기에 있는 나'가 현재이자 실존이다. 따라서 모든 것의 존재는 이 틀을, 운명 지어진 이 울타리를 벗어날 수 없다. 우선 시간을 생각해보자. 물질적 대상을 잡아서 시간을 부여하기는 쉽다. 시계를 예로 들어보자.

시계는 틀과 바늘 및 부품들의 결합이다. 여기서 주인공으로 뽑기 쉬운 시계바늘을 주인공으로 뽑았다면 시계 바늘의 공간은 시계 틀의 안이다. 이것과 빗대면 우리는 시계의 틀처럼 정해진 공간 안에 존재한다. 이렇게 시계와 시간이 우리 삶과 만난다. 시침, 분침, 초침과 같은 시곗바늘들이 시계 틀이란 집, 또는 공간에 살고 있다.

이처럼 우리 자신들도 세상이란 집에서, 또는 회사라는 공간에서 시곗바늘처럼 열심히 움직인다. 여기까지 생각했다면 우리는 대상을 비유로 바라본 것이다. 이것만으로도 글을 쓰는데 유의미하다.

여기서 한 걸음 더 나아가자는 것이다. 이번에는 시간을 제대로 부여하기다. 앞에서는 고작 존재에게 현재라는 시간만을 부여하였다. 이제는 그 대상에 과거와 미래까지도 부여하자는 것이다.

꽃의 {
현재는 꽃이다
과거는 씨앗이다.
미래는 열매다.
}

씨앗, 꽃, 열매는 모두 꽃에 속한다. 이것들을 적당히 연결해서 글을 쓰면 보다 깊은 의미를 담을 수 있다.

〈산유화〉

_ 김소월

산에는 꽃피네.
꽃이 피네
갈봄 여름 없이
꽃이 피네.

산에
산에 피는 꽃은
저만치 혼자 피어 있네.

산에서 우는 작은 새여
꽃이 좋아
산에서 사노라네.
산에는 꽃이 지네.
꽃이 지네.
갈 봄 여름 없이
꽃이 지네.

위 시는 꽃이 피어남이란 과거의 시간, 피어 있는 얼마간의 현재라는 시간, 그리고 꽃이 지는 미래의 시간까지의 순환 과정을 쉽고 명확하게 그려냈다. 시간의 흐름이 부여된 것이다. 덕분에 우리는 이 시에서 인생의 순환과정을 제대로 음미할 수 있다.

피상적으로는 꽃 이야기지만 심층적으로는 인생 이야기다. 삶을 제대로 담은 시이다. 사람이 태어나 살아가노라면 더불어 살아가는 것처럼 보이지만 실제 인생은 혼자 가는 길이다. 그래서 때로 힘들고 외로워 울 때도 있지만 삶이 죽음보다 나으니 산다는 의미다. 그러다 끝내는 그 좋은 삶을 접고 영면에 든다는 뜻이다.

그러니까 이 시는 꽃 이야기라는 피상을 갖고 있지만 실제 화자의 의도는 우리의 삶이다. 표층과 심층의 만남, 작가만의 특수한 생각이나 작가의 경험 그것이 비유를 넘어 상징이 된다. 이 시는 대상인 꽃에 공간을 부여했으며, 꽃에 시간을 부여했다.

이처럼 어떤 대상에 시간을 부여하면 인생이 저절로 담긴다. 그러니까 시를 쓸 때 어떤 대상을 정하고 그 대상에게 공간을 부여하고, 흐름에 따른 시간을 부여하자. 그러면 시에 깊은 의미가 담기게 된다.

멋있는 시를 쓰겠다는 욕심으로 굳이 난해하게 쓰려고 하지 말자. 겉모습만 어렵고 삶을 담지 못한 시라면 그 시는 씹을수록 쓴맛만 난다.

그냥 겉으로 보기엔 쉬워도 거기에 의미를 담았다면 그 시는 씹을수록
신선한 맛이 느껴진다.

〈바다를 닮은 사람을 만나고 싶다〉

_ 최복현

인생의 절반을 산 지금
그 바다 같은 사람 하나 만나고 싶다.
많은 것을 갖고 있으면서 침묵하고 있는 사람
많은 생각을 하고 있으면서 무심한 척 하는 사람
그래서 언제 그 비밀을 드러낼지 모르는 바다를 닮은 사람

겨울 바다를 닮은
여름 바다를 닮은
봄 바다를 닮은
가을 바다를 닮은

늘 같아만 보이는
그러나 많은 것을 감추고 있는
많은 것을 담고 있는
그런 사람을 만나고 싶다.

이 시에서는 바다의 속성을 안에 감춘 것이 많은 것으로 보았고, 그
것을 많은 것을 감추고 있는 사람에 빗대었다. 거기에 앞에서 무엇인가
의 대상을 정했다면 시간과 공간을 부여하라고 했는데, 그 시간을 변조

하여 다른 의도를 담았다.

원래는 봄, 여름, 가을, 겨울의 순서이지만 겨울의 냉정과 여름의 열정을 대비시켜 강조했고, 봄의 생동감과 가을의 추락을 대비하여 강조했다. 계절이 바뀌듯이 사람도 바뀔 테지만 진득한 이는 바다처럼 좀체 자기 속내를 드러내지 않기에 내가 무엇을 이야기하든 그 보호자가 되기에 충분하다.

이번에는 딱히 드러나지 않은 대상을 정하고 시간과 공간을 부여하는 연습을 해보자.

〈양파를 벗기며〉

_ 최복현

잘 어울리는 구릿빛 몸을 따라
우아하게 그려지는 너의 곡선

그 안에 감추어진 너의 향을 느끼려
너를 살며시 벗기면 눈부시도록 하얀
또 하나의 색다른 네 모습

조심스레 아주 조심스레
너를 한 꺼풀 더 벗겨내면
눈이 시려 눈물이 난다.
그래도 그래도
사뭇 더하는 호기심으로
너의 속내를 더 벗겨내려면

이번엔 콧등마저 시큰해지며
줄줄 눈물 흐른다.

기어코
네 깊은 속 다 들여다보기도 전
네 속내를 다 알기도 전
손을 멈추고 물러나고야 만다.

　양파라는 대상을 정하고 양파에 공간과 시간을 부여했다. 여기에 삶
이 담겼냐고? 이 시를 읽을 때 독자는 단순히 양파로 읽지 않을 것이
다. 우리 삶의 이야기로 받아들일 것이다. 양파의 속성들은 나와 있으
니 보조관념들이다. 원관념은 감춰져 있다. 이는 상징이다. 그런데 여
기서 독자에게 좀 더 친절하려면 '여자의 마음' 정도의 제목을 붙여보
자. 그러면 제목이 원관념이 되어 비유가 되는 것이다.
　'그리움'에 대한 글을 쓴다고 해보자.

그리움의 과거는 이별
이별의 과거는 사랑
사랑의 과거는 만남
만남의 과거는 인연
인연의 과거는 우연

이런 식으로 모든 것을 생각하라. 그리고 이것을 순서대로 엮어보자.

우연히 그를 만났네.

우연인 줄 알았는데 다시 만났네.

그래 두 번의 우연은 인연인 거야.

우리의 만남은 이어지고 이어졌네.

그렇게 정들어 사랑했네.

서로 사랑한다는 게 그리 쉬운가

한마디의 오해로 헤어졌네.

헤어졌는데 잊히지 않네.

아, 그리운 사람아

쉽지 않은가? 모든 것에 시간과 공간을 부여하고 생각하라. 그러면 무엇이든 쉽게 쓸 수 있을 것이다. 이처럼 어떤 대상이든 대상을 잡으면 시간을 부여하고 그것을 바탕으로 글을 쓰라. 처음에는 유치하다고 생각될지 모르지만 이런 틀을 이용해 연습하면 차츰 글쓰기가 수월해진다.

어떤 우연으로 어느 여름 그를 만났다. 그냥 우연인 줄 알았다. 그런데 다시 그를 우연히 거리에서 만났다. 우연이 겹치면 인연이라던가? 그의 다정한 눈빛이 좋아 그를 사랑했다. 그 사랑도 그 깊은 사랑도 한 순간의 오해로 이별을 했다. 이제 아프지 않을 때도 됐는데 미치도록 그립다. 그가 그립다.

이처럼 이 문장들은 일렬로 늘어놓으면 모두 인과관계로 이어져 있음을 알 수 있다. 여기에 더 문장과 문장 사이를 좀 더 촘촘하게 메우면 글은 얼마든 길어질 수 있다.

어떤 대상에게 공간을 부여하고, 시간을 부여하여 생각하기. 그것이 글을 쉽게 잘 쓸 수 있는 좋은 방법이다.

[최 선생의 글쓰기 tip 10]   감성적인 글

1 글 속에 줄기만 담지 말고 살을 붙여라.

2 사건을 쓰려 말고 사연을 담아라. 소소한 사연을 담으라는 것이다.

3 과거의 일이라도 현재의 관점에서 현재 시제로 써보라.

4 정성스럽게 사진 한 장 찍었다. 그림 그렸다. 라고 생각하고 거기에 생각과 분위기 등을 담아라.

5 내 머릿속 장면 그대로가 독자에게 생생하게 그려질 만큼 디테일하게 써라.

6 내가 먼저 울어야 독자를 울릴 수 있다. 부끄러워 말고, 쪽 팔려 말고 자기 속을 탈탈 털어 쓸 용기를 내라.

7 슬픔도 배어 있고, 아픔도 배인 글이 감동을 준다.

12강

창의적인 글쓰기 4

1. '왜?'라고 물으며 대상을 해석하기

'왜?'라고 물으면 안 보이던 세상이 보인다. 안 보이던 이야기들이 보인다. 글을 읽을 때에도 왜라고 물으면서 읽으면 더 많은 것을 읽어낼 수 있고, 무엇을 보든 '왜?'라고 물으면 많은 것을 발견할 수 있다.

스스로 그 무엇에 대해 '왜?'라고 묻고 그 질문에 대한 답을 스스로 찾기, 그것이 세상을 많이 알 수 있는 방법이다. '왜?'라고 묻는 만큼 새로운 것을 발견할 수 있고, 그 발견한 것을 스스로 해석하는 만큼 남보다 많은 것을 깨달을 수 있다. 세상에 대한 깨달음, 그 깨달음들이 좋은 글의 재료이다.

〈프란츠 카프카〉

_ 오규원

```
- MEMU -
샤를르 보들레르          800원
칼 센드버그             800원
프란츠 카프카           800원

이브본느프와           1,000원
에리카 종              1,000원

가스통 바슐라르         1,200원
이하브 핫산            1,200원
제레미 리프킨           1,200원
위르겐 하버마스         1,200원
```

시를 공부하겠다는
미친 제자와 앉아
커피를 마신다.
제일 값싼
프란츠 카프카

이 시를 쓴 이는 이 글을 쓸 때 이런 질문을 던졌을 것이다. 왜 카페 메뉴에 사람들 이름이 들어갔지? 왜 이 사람들 이름에 따라 가격이 다르지? 적어도 이러한 '왜'에서 이 시를 쓴 영감을 얻었을 것이다. 따라서 우리는 역으로 아래와 같은 질문을 던지며 읽어야 한다.

① 시를 공부하는 것은 왜 미친 짓일까?

② 이 시에서 메뉴를 인용한 이유는 무엇일까?

③ 시의 제목을 프란츠 카프카로 한 이유는 뭘까?

④ 시에서 왜 카프카를 여러 번 언급했을까?

⑤ 인문학과 자연과학의 가치는 어느 쪽이 높을까?

　자본주의는 무엇이든 물질적 가치로 환산한다. 사람도 거기에서 예외가 아니며, 사람마다 가치가 다르다. 위의 시, 화자가 차용한 메뉴에서 첫 그룹은 남성 작가들이다. 두 번째 그룹은 여류 작가들로 남성보다 가치 우위에 있다. 세 번째 그룹은 석학들이다. 가장 비싼 그룹이다. 이처럼 자본주의는 모두를 물질적 기준으로 환산한다. 사람까지도 그러하기 때문에 자본주의 시대에 시는 생계수단이 되지 못한다. 시를 공부한다는 건 어리석은 일이 되어버렸다.

　하지만 화자는 시를 가르치는 선생이다. 따라서 이것은 역설적인 표현이다. 아무리 자본주의 시대라 해도 인문학의 가치는 당장의 돈과 바꿀 수는 없어도 그 이상의 가치가 있다는 것이다.

　그것을 보여주기 위해 화자는 프란츠 카프카를 강조하며, 거기에 주제를 얹고 있다. 카프카는 자신의 작품이 자본주의에서 평가되는 것을 싫어했다. 하여 자신의 작품을 모두 소각해달라고 친구에게 부탁했으나 그 친구가 너무 아까워 공개한 것이다. 카프카의 고향 프라하는 세계인들의 관광지가 되었고, 그의 이름을 달면 대단한 상품가치를 보장받는다.

　우리나라 강원도 평창 봉평(이효석)의 메밀꽃 마을, 춘천의 김유정 마을도 그 한 예다. 당대에 당장의 가치는 없어도 인문학은 어떤 물질적 가치를 뛰어넘는다. 이것이 이 시의 의미다.

같은 문장을 읽어도 어떤 이는 그 문장 속에서 많은 의미를 찾아내고, 어떤 이는 피상적인 의미 외에는 발견하지 못한다. 한 편의 시에서 한 권의 소설을 발견하고, 한 줄의 글에서 한 사람의 인생을 찾아내는 것, 이것이 바로 해석의 능력이다. 해석은 의미 없어 보이는 것을 의미를 가진 것으로 만들고, 가치가 있는 무엇으로 만든다.

시인이 자연을 보며 자연을 통해 시를 쓸 수 있는 것, 소설가가 일상에서 소설 한 편을 쓸 수 있는 것, 화가가 세상 또는 자연을 묘사할 수 있는 것, 그 모든 것은 각자가 지닌 해석 능력 덕분이다.

시인들은 대상들의 목소리를 읽는 능력, 움직임을 읽어내고, 향기를 읽어낸다. 같은 것을 보고도, 같은 소리를 듣고도, 같은 냄새를 맡고도 새로운 그 무엇을 창작해낸다.

새로운 가치를 만들어낸 작품을 읽어내고, 저자들이 감추어놓은 그 의미를 발견해내는, 즉 해석을 필요로 하는 것들이 바로 고전이다. 인문 고전의 책들은 피상적인 것 외에 심층적인 의미를 감추고 있다. 작가들이 감추어 놓은, 아니 조금은 모호하게 숨겨놓은 작품 속 의미를 찾아내는 일이 제대로 된 독서다. 숨은 의미를 읽어내는 재미가 인문을 접하는 즐거움이다. 바로 우리가 살아가는 모습의 반영임을 발견할 수 있기 때문이다.

캐면 캐는 만큼의 새로운 의미들이 글 속에 있다. 그것을 캐내는 즐거움을 발견하기 시작하면 책 읽기가, 세상 읽기가 재밌게 다가올 것이다. 읽기를 즐겁게 해주는 것은 바로 해석의 힘이다. 그 해석이 가져다주는 즐거움을 맛보는 시간, 글을 열 배 즐기는 방법이며, 글을 발견하는 방법이다.

'왜?'라고 묻는 힘, 그 힘으로 발견해내는 해석, 그 해석을 표현하기가 글쓰기이며, 그런 글쓰기야말로 창의적인 글쓰기의 전부다.

개성적으로 글을 쓰려면 남다른 생각을 해야 하는데, 남다른 생각을 하려면 자신이 가진 편견을 내려놓아야 한다. 편견은 자신이 갖고 있는 정보 때문에 생긴다. 살면서 습득해온 경험과 정보를 잣대로 삼아 대상을 판단하기 때문에 아예 다른 생각을 하지 못하는 것이다.

이럴 때는 저 대상이 지금 내가 생각하는 것이 아니라면 저것은 무엇일까? 하는 생각으로 대상을 볼 줄 알아야 한다. 상상력과 포용력이 필요하다. 그러면 자신이 알고 있는 것을 제외한 다른 것을 찾을 수 있다. 거기에서 개성이 나온다.

상상력의 산물인 개성을 살리려면, 비유하려는 두 대상의 거리를 최대한 멀리 하되 독자가 이해할 수 있도록 유기적으로 연결하면 된다.

2. 개성적으로 생각하기

글쓰기는 '생각 쓰기'다. 자신의 생각을 쓰는 것이다. 물론 여기엔 조건이 있다. 나의 생각을 쓰되, 내가 쓴 생각을 독자가 읽고, 이해하고 받아들일 수 있도록 써야 한다는 조건이다.

이렇게 나의 생각은 독자를 넘어, 독자가 읽음으로써 우리로 나아간다. 이를테면 나의 개성이 너를 지나 우리라는 보편으로 이어지는 것이다. 그러니까 나의 생각이 너의 생각으로 발전하고, 우리의 보편적인 생각으로 나아가는 것이 글이다.

그렇다면 자신의 생각을 어떻게 정리하면 글이 되는가? 어떻게 하면 너의 생각으로, 나아가 우리의 생각으로 발전할 수 있을까?

우선 나의 생각이 얼마나 창의적이냐 개성적이냐에 달려 있다. 개성적으로 생각하는 것은 곧 창의적인 생각이다. 이런 창의적인 생각이 개인과 사회 인류 발전의 원동력이 되어왔다.

그런데 아무리 창의적인 생각을 해냈다고 하더라도 그 생각이 너라는 독자가 전혀 이해할 수 없다면, 도무지 받아들일 수 없다면 아무 의미가 없다. 창의적인 생각을 합리적으로, 쉬운 말로 그럴듯하게 설명할 수 있어야 창의성을 뒷받침할 수 있다. 따라서 논리 전개의 치밀함이 있어야 하고 그 생각을 전개하고 발전시킬 때 꼼꼼한 설명이 뒷받침되어야 한다.

강조하건데, 논리적 꼼꼼함으로 독자를 설득해야 한다. 그렇지 않으면 창의적인 생각, 독특한 생각은 아무런 가치 없는 황당무계한 생각이거나 허황한 망상에 다름 아니다. 이는 창의적인 생각을 얼마나 조직적인 생각으로 설득력 있게 뒷받침하느냐의 문제다. 조직적인 생각은 나를 너와 연결하여 우리로 나가게 하는 가교 역할을 하고 소통을 가능하게 하는 논리이기 때문에 중요하다. 조직적인 생각, 곧 논리는 논리적인 글쓰기에만 필요한 것이 아니다. 모든 글에 필요하다. 사소하게 보이는 문장의 순서, 문장 부호, 접속사의 사용, 이런 것들도 생각을 조직적으로 연결하는 도구들이다.

이 조직적인 생각 여부에 따라 글은 보편으로 나가거나 개인적인 생각에 머물 수 있다. 만일 아주 독특한 나만의 생각을 잘 조직화하여 읽는 이를 설득할 수 있다면, 그것은 보편적 생각이 된 것이다. 글의 궁극적 목적은 개성적인 생각을 보편적인 생각으로 바꾸는데 있다고 했다.

이를 간단하게 정리하면 아래와 같다.

① 창의적인 생각 : 이게 뭔 소리여? → 개성적

② 조직적인 생각 : 그럴듯해 → 설득

③ 합리적인 생각 : 아, 그런 뜻이, 맞는 말이네 → 보편적

글은 창의성, 조직성, 합리성이 조화롭게 어우러져야 한다. 이 조건이 성립한다면 아주 엉뚱한 발상이어도 좋다. 다만 여기에서 설득 논리가 빠지면 곤란하다. 그러면 그건 글이 아니라 황당무계하거나 허황되거나 말도 안 되는 난삽한 글이 되고 만다. 글은 창의적일수록 좋다. 그다음엔 그 창의적인 생각을 얼마나 조직적으로 전개하고, 그 글이 얼마나 합리적인 결과를 도출하는가가 글의 생명력이다.

자신의 독창적인 생각을 다른 이에게 제대로 전달할 수 있다면, 창조의 기쁨, 배설의 기쁨을 누릴 수 있다. 살면서 무엇을 얻거나, 무엇을 보거나, 그 무엇에서 깨달은 또는 느낀 자신의 정보들(교훈, 즐거움, 깨달음)을 전달하는 것이 글이다. 우리의 개성적인 활동들이 진부한 일상을 새롭게 만들며, 진부한 것에 자신의 생각을 얹으면 세상은 달라진다. 새롭게 살아난다.

〈나의 하나님〉

_ 김춘수

사랑하는 나의 하느님, 당신은
늙은 비애다.
푸줏간에 걸린 커다란 살점이다.
시인 릴케가 만난
슬리브 여자의 마음속에 갈앉은

놋쇠 항아리다.

손바닥에 못을 박아죽일 수도 없고 죽지도 않는

사랑하는 나의 하느님, 당신은 또

대낮에도 옷을 벗는 어리디 어린

순결이다.

삼월에 젊은 느릅나무 잎새에서 이는

연둣빛 바람이다.

이 시는 은유로, 원관념 나의 하느님이 보조관념 늙은 비애·커다란 살점·놋쇠 항아리로 연결되어 있다. 무척 거리감이 있다. 그 거리를 좁혀주기가 보조관념을 수식하는 말들이다.

사랑하는 나의 하느님은 늙어서 죽었다. 이제는 아주 순진한 여인이나 기억할 만한 고철에 불과하다는 의미는 신성 모독적이다. 이는 화자의 주장이 아니라 니체적인, 무신론자들의 주장일 것이다. 때문에 화자는 두 번째 사랑하는 나의 하느님을 부른 다음, 살아 있는 하느님을 상정하면서 시인 자신의 의도를 풀어낸다. 원관념 나의 하느님, 보조관념 죽지 않는 하느님 / 어리디 어린 순결 / 연둣빛 바람으로 연결하여, 이 세상에 현현한 예수 그리스도를 표현한 것이다.

전반부	후반부
늙은 비애	죽지 않는 영원자
(푸줏간에 걸린) 살점	(십자가에 달린)어린 순결
(슬라브 여인의 마음속에 가졌던) 놋쇠 항아리	(생명을 깨우는) 연둣빛 바람

따라서 이 글엔 전반부와 후반부의 사이엔 '하지만'이란 역접이 숨어 있다. 전반부는 다른 이의 주장이고, 후반부는 화자의 견해다.

남다른 글, 좀 더 창의적인 글을 쓰려면 세상에 질문을 던져야 한다. 항상 당연한 것에도 '왜'라고 질문을 던지니까 새로운 무엇이 탄생하는 것이다. 인문학은 그렇게 쓰였다. 따라서 그렇게 읽어야 한다.

인문학은 사람이 쓰고, 사람이 읽으라고, 사람의 이야기를 하는 것이다. 따라서 문학이나 인문학에서 사물이든, 동물이든 식물이든 그 무엇을 이야기하든 사람의 이야기, 삶으로 읽어야 한다.

3. 조직적으로 생각하기

우리는 개성적인 글쓰기에서 원관념과 보조관념의 거리 넓히기를 시도했다. 이 넓어진 거리, 그 거리가 너무 넓어서 독자가 도무지 그 글이 뜻하는 바를 모른다면, 그 글은 실패한 글이다. 그 거리를 좁혀주는 것이 조직적으로 생각하기, 또는 유기적으로 연결하기이다.

유기적으로 연결한다는 것은 적절히 문장의 순서를 잡아서 산만하지 않게 하기, 자연스럽게 읽히게 하기와 관련이 있다.

조직적으로 생각하기는 '의미의 거리를 좁혀주기'이다. 그 거리를 좁힐 대로 좁혀서 더 이상의 설명 없이도 독자가 쉽게 그 글을 소화한다면 산문이라 할 것이고, 그럼에도 독자가 해결해야 할 여백이 남았다면 시라고 할 수 있다.

아주 기발한 발상을 했다고 하자. 그것을 은유적으로 표현하니 아주 멋지다. 자신이 보기엔 그 의미가 무엇인지 알겠으나 그 누구도 그 의미를 파악할 수 없다면 그건 글이 아니다. 적어도 작가는 그 의미를 파악할 만큼의 설명이나 정보를 주어야 한다. 일일이 독자를 찾아다니며 설명할 수는 없으니까 말이다. 글은 여백을 남기는 것이어야지 검은 구렁을 남겨서는 안 된다.

〈껌딱지〉

_ 최복현

창동역 지하보도에 껌딱지들이 덕지덕지 붙어 있다. 긁어도 깔끔하게 긁어내지지 않을 만큼 다부지게 눌러 붙어 흉물스럽다. 사람들의 발에 밟힐수록 더 착 달라붙는다. 교양 있어 보이는 중년 여인네의 입속에서 질겅질겅 씹혔을 껌, 하이힐의 멋쟁이 아가씨의 그 탐나는 입속에서 씹혔을 껌, 남 말 하기 좋아하는 이웃집 할매의 입속에서 잔인하게 씹혔을 껌, 단물을 다 빼앗긴 이런 저런 사연으로 씹혀지고 버려진 껌들이 보도에 다부지게 이제는 껌딱지로 눌러붙은 꼴이 흉물스럽다.

보도에 덕지덕지 달라붙은 검푸른 껌 자국, 사람들이 씹어댄 입 자국을 감추고, 단물 빠지고 뻣뻣해진 채 검푸른 멍 자국 같은 껌딱지로 보도는 흉물스럽다. 다시는 버림받지 않으려 단단히 착 달라붙어서 잘 긁어낼 수도 없는 껌딱지들의 달라붙은 삶의 모습이 꼭 멍 자국을 닮아서 씁쓸하다.

이렇게 저렇게 맞거나 얻어터진, 어딘가에 부딪쳐 생긴 멍 자국, 그게 딱 검푸른 멍 자국 같다. 어찌 몸에만 멍이 생기랴. 그게 어찌 살면서 주먹으로만 얻어터지랴. 때로 말로 얻어터지는 일이 더 많은 게 우리 삶이지. 그렇게 말로 믿었던 사람에게 씹히고, 겉으로 위하는 척하는 이들의 뒷담화로 씹히고, 달리 말할 수 없어 가슴앓이로 마음에 무늬 져 있을 자국들도 딱 이 껍딱지를 닮았을 거다. 벙어리 냉가슴 앓듯할 말을 다 못하여 가슴앓이로 생긴 멍 자국도 이렇게 가슴속에 덕지덕지 달라붙어 떨어지지 않고 있겠다 싶어 껍딱지 보는 마음이 서럽다. 말로 씹히고 씹혀 멍들어 가슴앓이를 하며, 가슴속 멍 자국들을 잊은 척 살아가는 삶의 나날들이 아프다.

　이 시에서 화자는 껍딱지를 우선 멍 자국으로 연결했다. 참 엉뚱한 발상이다. 그럼에도 그 엉뚱함을 메워주는 문장들을 써 넣음으로써 그 간극이 메워져서 설득력을 얻는다. 껍딱지 ― 멍 자국 ― 멍든 마음으로 연결하고, 씹기 ― 씹히기 ― 버려지기 ― 밟히기로 연결하여 설득한다. 이렇게 엉뚱한, 이를테면 객관적 대상과 주관적 대상의 거리를 좁혀주는 것이 글을 유기적인 것으로 연결하는 힘이다.

　조직적으로 잘 쓴 글은 이해도 쉽고, 술술 잘 읽힌다. 노래 가사들을 보면 특히 조직적으로 잘 되어 있다. 우선 주장이 있고, 이어서 그 이유를 밝힌다. 예를 들어 전영록의 〈사랑은 연필로 쓰세요〉라는 노래를 불러보자.

(주장)　꿈으로 가득 찬 설레이는 이 가슴에
　　　　사랑을 쓸려거든 연필로 쓰세요.
(이유)　사랑을 쓰다가 쓰다가 틀리면 지우개로 깨끗이 지워야 하니
　　　　까. / 처음부터 너무 진한 잉크로 사랑을 쓴다면 / 지우기가
　　　　너무너무 어렵잖아요.
(결론)　사랑은 연필로 쓰세요.

이렇게 논리 주장, 설득, 결론 순서로 연결이 되어 있어서 입에 잘 붙는 노래가 되는 것이다.

우선 주장을 던지고 그 이유를 들어 설득하는 것, 설명하는 것이 조직적으로 연결하기이다. 조직적으로 생각하는 것은 우선 주장을 하고, 그 주장을 뒷받침할 문장들의 배열의 문제와 설명 방식의 문제이다. 그 주장이 타당하다는 생각이 들게끔 독자를 설득해내는 것이다.

여기엔 이유 설명, 부연설명, 보충 설명, 예 들기 등의 방법이 있다. 또한 여기에서 갖춰야 할 논리는 무엇보다도 문장 순서들이다. 이를 잘 지키면 글이 따로 놀지 않고 조화를 이룬 한 덩어리가 된다. 글은 한 몸, 한 덩어리인 유기체다.

4. 보편적으로 생각하기

글이 무엇에 대한 모방이라는 차원에서는 아름다우면 족할 수 있었다. 하지만 오늘날에는 이 차원을 넘어서야 좋은 글로 인정을 받는다. 그만큼 아름다운 창작물이 넘쳐난다는 뜻이다. 그러니 이제는 형식미를 넘어, 내포의 미를 창조할 줄 알아야 한다. 좋은 글쓰기의 기본을 이렇게 정리하고 넘어가자.

① 글은 읽는 사람이 이해하기 쉽고 명확하게 써야 한다.
② 형식은 쉽지만 그 안에 2차적인 의미를 담아야 한다.

누가 읽어도 글이 이해하기 쉬운 것 같으나 다시 조금만 생각하면서 읽으면 그 글 속에 독자가 해석해야 할 2차적 또는 3차적 의미가 담겨져 있어야 좋은 글이다. 그걸 염두에 두고 글을 써야 좋은 글을 쓸 수 있다.

글의 소재, 글 쓸 거리는 우리 주변에 소박하게 널려 있다. 그것들을 달리 보려는, 다시 말하면 이전까지 보던 방식과 다른 방식으로 생각하면 그것은 즉시 글의 소재가 된다. 생각의 변화가 별 것 아닌 것 같지만, 남과 다르게 보는 눈을 갖게 한다.

어떤 사람에게 '아침 이슬'은 슬픈 눈물로 보이지만, 어떤 이에게는 영롱한 구슬로 보일 수 있다. 똑같은 소재라도 마음가짐에 따라 달라 보인다. 물론 아예 관심조차 없는 이에겐 이슬은 보이지도 않는다.

글이란 보편에서 개성으로, 다시 보편으로 나아가는 것이다. 이는 빗물이 샘이 되어 나오는 과정과 같다. 예를 들면 소나기가 내린다. 그 소나기는 보편적이다. 그 빗물이 땅속으로 스며든다. 그 땅속은 개성이다. 샘물이 나온다. 샘은 다시 보편이다.

이처럼 빗물이 땅속으로 스며들었다가 샘이 되는 과정과 글쓰기의 과정은 유사하다. 빗물이 글의 대상이라면, 땅속은 나의 마음이다. 샘은 나의 글이다. 이처럼 글은 보편에서 시작하여 작가의 개성을 띠고 다시 보편으로 나아가는 것이다.

글이 작가의 개성이나 주관에만 머문다면 그건 독자와의 소통을 포기한 것과 같다. 때문에 글은 작가의 개성과 일반적인 보편성을 갖추고 조화를 이루어야 한다. 개성적인 생각을 처음 접하는 독자는 "이게 뭔 소리여?"라고 느낄 것이다. 이것을 해석 가능하게 설명을 보태주면 독자는 "그럴듯해"로 고개를 끄덕이고, 이어서 "말이 되네"로 나아갈 것이다. 이렇게 "뭔 소리여, 그럴듯해, 말이 되네"가 성립되게 하는 것이

글이다. 이런 연결 과정을 통해 개성에서 출발한 글이 보편성을 띠게
된다.

1 시로 쓰고 싶은 소재를 잡아라.

2 그 장면을 한 장의 그림, 한 컷의 사진으로 상상하라.

3 머릿속 상상의 그림을 종이에 복사하라.

4 운율에 맞도록 글자 수를 맞추어라.

5 그려낸 상황과 유사한 사람의 일을 떠올려라.

6 떠올린 일을 마지막 연으로 써라. 아니면 마지막 문장으로 써라.

7 한 편의 사연을 담아라.

13강

수준 높은 글쓰기 1

1. 글이란 뜨거운 마음을 차가운 문장에 담는 것

당신은 무엇을 말하고 싶은가? 당신은 어쩌면 오늘도 하고 싶은 말을 미처 다하지 못한 채 하루를 마감하고 있을지도 모른다. 글이란 그 '하고 싶은 말'에서 비롯된다. 당신은 누군가에게, 혹은 자신에게 하고 싶은 말이 있었을지 모른다. 당신은 목구멍 끝까지 올라왔던 말을 억지로 누르고 삭힌다. 그 말들이 소중한 글감이다.

배구에는 시간차 공격이 있다. 글도 시간차가 있다. 말은 즉각적이지만 글은 시간차가 있다. 그 시간의 사이에 우리는 차분해진다. 조금 더 상황을 객관적으로 들여다보게 된다. 그러나 기억하자. 마음이 차가워지는 것이 아니라 마음은 여전히 돌솥처럼 온기를 품고 있다. 다만 우리 눈이 우리 마음을 차갑게 바라보는 것이다. 글을 쓰는 것이 어려운 이유는 뜨거운 마음을 차가운 문장에 담아야 하기 때문이다.

차가운 문장이 있고 뜨거운 문장이 있다. 가슴을 후비는 문장이 있고 마음을 둔중하게 울리는 문장이 있다. 가슴을 들뜨게 만드는 문장이 있고 말문을 닫게 만드는 문장이 있다. 감각적인 문장은 힘이 세다. 그 문장들은 우리의 정수리를 뚫고 들어와 한순간 우리를 차갑게 얼리기도 하고, 뜨겁게 달아오르도록 만들기도 한다. 마치 뜨거운 물에 손을 담그면 '앗 뜨거' 반응을 보이듯이 날카로운 면도날처럼 스윽 살갗을 베는 순간적이고 직감적인 느낌을 주는 문장이 있다. 다음의 예는 어느 랍비의 이야기다.

로마군이 랍비가 있는 어느 마을을 싹 쓸어버리려고 준비 중이었다. 이대로 가면 마을이고 뭐고 다 없어질 판임을 깨달은 랍비는 죽은 것으로 가장하고 관 속에 숨어 마을을 빠져나가 로마 장군을 만나 제발 학교 하나만큼은 남겨 달라고 간청했다.

로마 장군이 말하길 "만일 한마디로 내 마음을 움직일 수 있다면 허락하마."

그러자 랍비 왈, "네가 당하고 싶지 않은 일은 다른 사람에게 시키지 말라."

그 말에 로마 장군은 학교는 부수지 말고 보호하라는 명령을 내렸다.

그것이 한 문장이 가지는 효력이다. 힘이다. 한 문장의 효력은 광고에서도 얼마든지 확인할 수 있다. 홀로 존재하는 그 문장 속에 담긴 것을 메시지라고 한다. 글이란 문장 속에 메시지를 던지는 것이다.

엄마가 냉장고에 포스트잇을 붙여놓았다. '사랑하는 우리 딸, 밥 잘 챙겨먹어.' 이런 메시지가 적혀 있다고 가정해보자. 우리는 이 메시지를 여러 상황과 결부시켜본다. 예컨대 어제 딸과 싸웠다면 이 글은 화해의 메시지가 된다. 또는 어제 딸이 남자친구와 헤어졌다면 이 글은 위로와 용기의 메시지가 된다.

우리는 글을 쓸 때 독자를 가정하지 않을 수 없다. 이 글이 필요한 사람(그 독자는 자기 자신이 되기도 한다)에게 단순히 표현 욕구에 의해서 쓴 글이라고 할지라도, 그 글에는 반드시 누군가의 귀에 대고 외치고 싶은 욕구가 담겨 있다. 그래서 독자를 가정하지 않은 글은 있을 수 없다. 지구에 살고 있는 사람이 나 혼자뿐이라면, 다른 생명체를 기대할 수 없는 상황이라면, 우리가 쓰는 글은 아무리 유려한 문장이라도 의미가 없기 때문이다.

글 안에 메시지가 담겨 있는 것은 당연하고, 그 메시지는 누군가의 귀를 향한 것이며, 누군가의 눈을 향한 것이다. 귀를 통하든 눈을 통하든 그 사람의 마음에 들어가 그가 그것을 받아들이게 하는 묵시적이든 명시적이든 메시지를 담아 전달하는 것이 글이다.

글은 어떤 형태로든 의사소통의 수단이다. 그러니까 그것을 읽게 될 사람을 잠재적으로 정해놓고 그에게 말을 걸어야 한다. 그러기 위해서는 적절한 형식을 고르고, 그가 받아들이기에 용이한 문장을 골라야 한다. 아주 흥분된 상태에서 문장을 쓴다면 읽는 입장에서는 제대로 이해하기 어려울 수 있으며, 혼란스러울 수 있다. 때문에 우리가 문장에 담아야 할 내용은 말하지 않고는 견딜 수 없는, 꼭 말하고 싶은 뜨거운 마음들이어야 한다. 그 뜨거운 내용들을 차갑게 가라앉혀 자리를 잘 잡은 문장 속에 녹여 넣어야 한다. 차가운 문장 형식이어야 독자가 이해하기 쉽다.

의사소통을 위해 약속된 형식인 문장이라는 틀에 뜨거운 마음을 담아야 한다. 마음으로 글을 쓰고 머리로 글에 의미를 담도록 하라. 그것이 뜨거운 마음을 차가운 문장 속에 담는 일이다.

2. 깊이 있는 글이란 삶에 생각을 얹은 글

거리에서 구걸하는 사람에게 당신의 눈이 멎었다면, 당신은 그를 도울 수 있다. 그를 위해 당신은 물질을 소비한다. 하지만 그냥 지나치면 아무런 소비도 일어나지 않는다.

싸움 현장을 보고 그 싸움에 말려들 수도 있고, 그냥 피할 수도 있다. 그 현장에 참여자가 됨으로써 불편한 일을 겪을 수도 있다. 그러면 그것은 없을 수도 있는 고통을 겪은 것이다. 하지만 그런 번거로운 일들이 우리의 의식을 깨우고 의식을 확장시켜주고 깊이 있는 사고를 하도록 이끈다.

생각하며 살고 생각하면서 일하면, 비록 어린애라도 어른보다 더 성숙할 수 있다. 반면 생각 없이 살면 어른이 되어도, 노년에 이르러서도 철없는 아이보다 나을 게 없다. 사람에겐 무엇보다 생각이 중요하다.

〈사랑니〉

_ 최복현

네가 떠난 오늘 하늘이 유난히 파랗다.
한 번도 남으로 여긴 적 없는 33년
네가 떠난 거리에서 유쾌한 콧노래를 부른다.

끝내 아리고 슬픈 고통을 남긴
뻥 뚫린 너의 흔적
세월이 흐른들 채워질 리 없어도
너를 잊는 일은 빙수처럼 시원하다.

너는 나에게 사랑받을 자격이 없었고,
너는 나의 사랑이 아니었음을 지금 알았다.

그래도 너만은 나의 사랑니가 아니었으면 했는데……

사랑니 뽑기는 일반인들에겐 특별하지 않다. 하지만 작가는 생각하며 사는 사람이다. 때문에 사소한 일도 특별하게 다가온다. 사랑니를 뽑는 행위를 단순히 고통을 멎게 하는 방법에 한정하지 않고, 근원적인 의미를 삶과 인간관계와 연결한 것이다. 이처럼 조금만 시각을 달리하면 삶의 의미를 담은 글, 자기 삶에 생각을 얹는 글쓰기가 가능하다.

인간의 의식은 고통을 겪는 과정에서 고통과 함께 깨어난다. 성숙하려면 그만큼의 고통을 수반한다. 고통은 자각을 불러온다. 이 자각이 글쓰기의 밑바탕이 된다. 자각은 어려운 게 아니다. 어디에 있든, 무엇을 하든 생각하며 살면 된다.

예컨대 평소와 달리 몸이 이상하게 아프면 덜컥 겁을 먹는다. '이러다 죽는 건 아닐까?' 이런 느낌을 받는다. 사람은 나약한 존재임을 느낀다. 그 순간 우리는 나뭇가지에 걸린 잎처럼 한 점의 바람에 펄럭거리며 떨어질 수 있는 존재가 된다. 오 헨리의 〈마지막 잎사귀〉는 이런 식으로 탄생한다.

우리는 자신과 전혀 관계없는 사람들의 아픔과 슬픔에도 눈물 흘린다. 같은 감정을 느끼기 때문이다. 인간은 감정의 동물이기에 TV에 나오는 불쌍한 사람들의 이야기를 접하면서 자신을 대입한다. 만일 내가 아프고, 이러다 죽는 것은 아닐까 두려움에 휩싸여 있다면 다른 사람이 아플 때의 심정을 짐작할 수 있기 때문이다.

살아면서 수많은 고통이나 혹은 문제 해결을 필요로 하는 사건을 만난다. 그렇게 주어진 상황들을 별 생각 없이 지나치면 그것은 나의 것이 아니다. 나의 것, 나의 정보, 나의 지식은 그 무엇에 대한 관심에서 비롯된다. 관심을 갖는 만큼 그것이 무엇이든 생각이 실리고, 몸과 마음도 자연스럽게 반응을 한다. 그러한 반응은 때로 피할 수도 있었을 고통이나 문제에 부딪치게 만들기도 한다. 번거로운 일이 발생하더라도 생각 없이 살아서는 안 된다. 생각하면서 하는 고생은 나중에 자신의 자산이 되지만, 생각 없는 고생은 그야말로 개고생이고 만다. 글을 쓰려면 고생을 하든 무엇을 하든, 자기 삶에 생각을 실어야 한다. 그 모든 것이 글쓰기에 소중한 자산이 될 것이다. '아픈 만큼 성숙해진다'는 노래 가사가 있다. 옳은 말이지만 아픔을 겪는다고 절로 성숙해지는 것은 아니다. 그 아픔을 어떻게 받아들이느냐 하는 마음의 자세에 달려 있다.

수준 높은 글쓰기 2

1. 경험이 글을 만든다

글은 책상 앞에서 쓰는 것이 아니다. 글은 머리로 쓰는 것도 아니다. 글은 발로 쓴다. 많이 다닌 만큼? 그것도 맞는 말이다. 많이 본 만큼? 그것도 맞는 말이다. 그리고 하늘이 트여 있는 만큼? 그것도 맞는 말이다. 중요한 것은 경험을 해야 한다는 사실이다.

새로운 자극을 주지 못하는 곳에 틀어박혀 모니터의 껌벅이는 커서만 바라보면서 글이 써지기를 바란다면 그건 어리석은 일이다. 방 안에 있지 말고 밖으로 나가야 한다.

물론 한 장소에 꼼짝 않고도 새로운 경험을 할 수 있다. 충분히 가능하다. 다만 무료하게 시간만 죽여서는 안 된다. 자신의 삶을 반추하면서, 잊고 있던 생각들이나 사연들, 추억들이라도 끄집어내려 노력해야 한다. 지난 일들도 세월이 흐른 만큼 다른 관점으로 바라볼 수 있으니 새로운 경험이 될 수 있다.

산에 오르는 기분은 어떨까? 산 정상에서 아래를 내려다보면 어떤 생각이 들까? 난생처음 바다를 보면 기분이 어떨까?

산에 오르면 우리는 인간이 작다는 사실을 깨닫는다. 물론 모두가 같은 생각을 하는 건 아니다. 같은 것을 보고도 느끼는 차이가 생기는 까닭은 각자의 경험이 다르기 때문이며, 받아들이는 태도가 다르기 때문이다. 쌍둥이도 성격이 다르고 받아들이는 것도 다르다. 볼록거울에 비치는 이미지와 오목거울에 비치는 이미지는 다르다. 구조가 다르기 때문이다. 고로 각각의 개인은 모두 세상을 다르게 본다.

① 키가 큰 사람이 보는 세상과 키가 작은 사람이 보는 세상
② 뚱뚱한 사람이 보는 세상과 마른 사람이 보는 세상
③ 건강한 사람이 보는 세상과 병약한 사람이 보는 세상
④ 남자가 보는 세상과 여자가 보는 세상

호르몬의 분비에 따라 세상을 보는 방식도 달라진다. 이런 조건들이 우리의 인식을 결정한다. 우리는 인식하는 대로 세상을 바라본다. 그런 인식을 깨는 경험이 우리 인생에 몇 차례 존재한다.

우리가 겪지 못한 일은 잘 이해하기 어렵다. 때문에 경험이 필요하다. 무작정 경험을 쌓는다고 인식이 넓어지는 것은 아니다. 인식과 생각의 변화가 병행되어야 한다. 즉, 정신에 영향을 미치지 않는 경험은 경험이 아니다. 예전과 다른 인식을 가질 때, 새로운 시각을 가질 때 우리는 새로운 경험을 하고, 새로운 세상을 만날 수 있다.

정보를 얻는 일, 그것은 간접 경험이나 직접 경험의 과정이며 결과이다. 그 무엇을 인식하고 경험하는 일이다. 그런 점에서 독서는 매우 큰

경험이다. 책을 읽고 인생이 바뀌었다면 그것도 큰 경험이다. 좋은 책을 읽는 것은 그만큼 인식의 세계를 확장하고 깊게 하는 역할을 한다.

글쓰기도 '많이 보는 것과 깊이 보는 것'에 토대를 두고 있다. 따라서 인식의 세계를 넓혀주는 '세상 보는 법'이 중요하다. 세상은 아는 만큼 보이고, 알고자 하는 만큼 볼 수 있기 때문이다. 세상은 보려고 하는 만큼 볼 수 있으니 더 많이 보려고 노력해야 한다. 스스로 움직여서 체험하여 인식의 세계를 확장하는 방법도 있지만 직접 다 볼 수도 없고, 체험할 수도 없으니 다른 이들이 쓴 책을 봄으로써 보다 넓고 깊은 인식의 세계를 다져나가야 한다. 따라서 생각이 담긴 체험, 좋은 책을 읽는 것은 좋은 글을 쓰는 지름길이다.

2. 본 것, 느낀 것을 기억하라

음식을 많이 먹은 사람은 그만큼 많이 배설할 것이다. 물론 그 배설물의 질은 무엇을 먹었느냐에 따라 다르다. 제대로 꼭꼭 씹어 먹은 사람의 배설물 양은 줄어들 것이고, 아무렇게나 먹은 사람은 먹은 것을 그대로 쏟아낼 것이다. 어떤 형태의 배설물이든 무엇을 먹었느냐가 좌우한다.

먹고 싸기, 이것은 글쓰기와 유사하다. 경험을 많이 해서 정보를 얻었든, 직접 어떤 상황에 부딪쳐 보았든, 아니면 어떤 매체나 책을 통해서 간접적으로 정보를 섭취했든 글감은 섭취한 정보에 의해 결정된다.

우리가 음식물을 섭취했다 치자. 배설하는 것이 섭취한 것의 전부는 아니다. 혈액에 실려 몸의 각 부위에 전달되어 살이 되고 뼈가 되는 것들이 있다. 글쓰기에 비유하면 그것이 바로 글쓰기의 진액이다. 음식물이 잘 소화될 수 있도록 섭취하여 영양분으로 저장할 수 있도록 한 것처럼, 우리 마음에는 밖에서 유입된 정보를 잘 정리해서 성찰의 모습으로 바꾼 양식이 있다. 이러한 정보들이 보는 눈을 깊게 하고 넓게 만드는 힘이다. 이러한 과정이 자동적으로 작용할 수 있을 때 좋은 글을 쓸수 있다. 물론 그것이 모두 좋은 글감은 아니다. 정말 좋은 글감은 내재되어 있는 것과의 만남으로 생성된다.

유입한 정보 중 무엇이 기억에 남았는가? 남아 있는 것을 굳이 정리하려고 하지 말고 있는 그대로 종이에 옮겨보자. 우리가 기억하는 것은 문장이 아니라 의미이다. 우리는 문장이 입을 통해 배로 넘어간 음식으로 취급해야 한다. 입을 떠나 안으로 들어간 것은 살이 되거나 뼈, 또는 배설물이 된다. 그러니 음식을 먹은 것이 중요한 것이다. 음식물은 어떤 결과든 갖고 나타날 것이기 때문이다. 단지 그 음식을 먹은 경험을 누군가에게 전달하려 시도하면, 그것이 글이 되어 나온다.

글은 독자에게 경험이 되도록 해주어야 한다. 즉 독자의 마음에 울림을 주거나 이미지를 남겨주어야 한다. 내 경험, 직접이든 간접이든 살면서 얻은 경험을 누군가에게 전하고 싶은 간절한 생각을 할 때, 내 속에 내재되어 있던 경험들이 글의 모습을 하고 나타난다.

그때 우리는 비로소 하나의 문장을 얻게 된다. 때로는 탄성에 그칠때도 있고, 때로는 선명한 이미지로 다가오기도 하고, 때로는 구체적인단어나 문장으로 다가올 때도 있다. 이러한 감정을 파블로 네루다(칠레의 시인으로 노벨 문학상을 수상했다)는 〈La poesía〉(시詩)라는 시에서 이렇게 노래하고 있다.

그러니까 그 나이였어…… 시가 나를 찾아왔어. 몰라, 그게 어디서 왔는지, 모르겠어, 겨울에서인지 강에서인지. 언제 어떻게 왔는지 모르겠어. 아냐 그건 목소리가 아니었고, 말도 아니었으며, 침묵도 아니었어. 하여간 어떤 길거리에서 나를 부르더군, 밤의 가지에서, 갑자기 다른 것들로부터, 격렬한 불 속에서 불렀어, 또는 혼자 돌아오는데 말야그렇게 얼굴 없이 있는 나를 건드리더군…….

　　이런 느낌이 없다면 우리의 글쓰기는 지루한 되풀이가 될 뿐이다. 문장력으로 포장하려는 죽은 글이 되기 쉽다. 사실을 전달하는 것이 목적인 글에서조차 '느낌'이 없다면 글은 살아 있다고 할 수 없다.

　　글은 세상과 내 마음이 만나는 것, 부대낌이며, 반응이며, 교감이다. 세상이 무기물의 형태로 남아 있지 않고 유기물로 바뀌어 내 안으로 들어와 꿈틀거리기 시작한다면 글이 나를 찾아온 것이다. 네루다에게 시가 찾아온 것처럼 말이다.

　　글은 글대로 나는 나대로 따로 노는 것이 아니라 둘이 만나는 일이다. 내가 글을 만나고 글이 나를 만나는 일이다. 내가 세상을 만나고 세상이 나를 만나 응답하는 일이다. 세상이 내 안에 살아 있고 내가 세상 안에 살아 있어서 서로 반응하며 몸부림치는 것이다. 때문에 글은 내가 세상에 대해 몸살을 앓을 때 찾아온다. 그러니 우리는 세상에 대해 깨어 있어야 한다. 눈을 뜨고 있어야 한다. 그렇게 세상을 응시하고 느껴야 한다. 그럴 때 탄생하는 것이 문장이니, 문장들의 조합이 곧 글이다.

15강

수준 높은 글쓰기 3

1. 본 것들과 느낀 것들의 충돌

글은 융합의 결과이다. 경험의 융합과 인식의 확대가 하나의 느낌으로 찾아오면, 우리는 문장을 쓸 준비를 마치게 된다. 이러한 융합, 무엇과 무엇이 만나서 하나로 합쳐지는 현상, 나의 경험과 또 다른 경험이 합쳐지는 일, 나의 이 느낌과 또 다른 느낌이 만나 합쳐지는 일, 그것이 융합이다.

이를테면 지금 무언가를 보고 느낀 점이 있다. 이 느낌이 즉각 글이 되었다면 내면에서 이미 다른 느낌과 융합이 된 결과다. 기존에 가진 정보와 새로운 정보가 제 짝을 이루어 새로운 것을 만들어낸 것이다. 글은 이렇게 융합의 과정을 통해 생겨난 산물이다. 우연인 것 같지만 내 성격이 만들어낸, 내 독특한 사고가 만들어낸 인연의 산물이다.

"사랑이 무엇이냐고 물으신다면 눈물의 씨앗이라고 말하겠어요"라는 노래 가사를 보자. 이것도 융합의 과정을 통해 생겨난 문장이다. 사랑이란 관념이 사랑의 아픔의 경험과 만나 이루어진 융합이다. 그가 사랑이란 단어를 생각했을 때, 이미 그의 내면에는 사랑의 아픔이란 경험이 내재되어 있었다는 반증이다.

이렇게 글은 과거에 경험으로 내재되어 있던 그 무엇과 새로운 정보가 들어오면서 만나는 조합이다. 그것이 문장이다. 여기서 사랑이란 단어는 현재의 정보이고, 눈물의 씨앗이란 정보는 과거의 정보이다. 과거와 현재의 만남, 그 만남으로 과거와 현재가 융합한 것, 그것이 문장이다. 글은 하나의 정보가 아니라 여러 개의 정보가 합쳐진 결과이다. 그러므로 우리는 모든 경험들, 모든 정보들을 소중하게 생각해야 한다.

경험과 인식에는 시간 차이가 있을 때가 있다. 살다 보면 문득 과거의 경험이 뇌리를 스치며 '그때 그게 이런 의미였구나' 하고 깨닫는 때가 찾아온다.

쉽게 말하면 아르키메데스가 욕조에 몸을 담갔을 때(현재), 그는 왕관을 떠올렸다(과거의 경험). 이 두 개의 서로 다른 경험이 결합될 때, 즉 과거의 경험과 오늘 그때를 상기시키는 어떤 경험과의 결합이 이루어져 새로운 발견이 찾아온 것이다. 그 사이 우리의 인식이 성숙했다면 과거의 그 의미는 새롭게 재해석된다. 그러면서 우리는 하나의 메시지를 얻게 되는데 그것이 바로 좋은 글의 재료가 되는 것이다.

지금 내 안에 내재된 수많은 정보가 잠자고 있지만 외부에서 어떤 정보가 들어오느냐에 따라 내 안의 어떤 정보와 짝짓기를 하여 밖으로 나갈 것이다. 이때 내재되어 있던 정보는 글의 씨앗이다. 그 씨앗을 싹 틔우게 만드는 충격이 새로운 정보, 또는 사건이다. 그것이 결합하여 글로 발전한다.

달리 말하면 내재된 정보는 구슬이다. '구슬이 서 말이라도 꿰어야 보배'란 말이 있듯이, 새로운 정보를 계기로 그것을 꿰는 것이 글의 시작이다. 때문에 우리는 만나게 해야 한다. 나의 과거와 나의 현재, 이런 경험과 저런 경험, 너와 나의 생각, 이런 모두를 만나게 해야 한다.

새롭게 내 안으로 들어오는 단어와 내 안에 내재되어 있던 단어의 만남, 새로 발견된 근사한 문장과 내 안에 이미 들어와 있던 문장의 만남, 새로운 충격으로 다가온 정보와 내 안에 잠자고 있던 케케묵은 듯한 정보의 만남, 이런 만남들로 새로운 문장이 탄생한다. 이는 다시 말하면 새로운 의미 하나가 나에게 다가와 내 안에 죽어 있던 의미를 깨움으로써, 새로운 의미를 가진 새 문장으로 탄생하는 것이다.

그러므로 우리는 늘 사고하며, 상황에 부딪치며, 열심히 생각하며 살아야 한다. 그렇게 새로운 정보들이 자꾸 들어와야 우리 안에 죽어 있던 정보를 깨어내서 살아 있는 제3의 새로운 정보로 탄생된다. 새로운 정보 하나가 유입된다는 것은 이렇게 적어도 세 개의 정보를 의미 있게 만드는 일이다. 이런 심리적 시스템을 이해하고, 이런 시스템을 작동할 수만 있다면 이미 글쓰기 공장을 작동시키고 있는 셈이다. 이것이 바로 창의력이다. 잠자고 있는 정보, 죽어 있는 정보가 아이디어에 불과하다면 그것을 깨워 새로운 것을 만들어내는 것, 그것이 창의력이다.

[최 선생의 글쓰기 tip 13]   나와 외부를 연결하는 글쓰기

---

1 생물·사물·자연 그 모두가 곧 인간의 몸, 삶이라고 생각하라.
2 인간 몸의 부위가 곧 자연의 부위와 같다는 은유를 발견하라.
3 인간의 몸과 자연을 빗대어 연결하라. 예를 들면 바늘에도 귀가 있고, 사람에게도 귀가 있다.

2. 감춰진 사실 발견하기

자전거에서는 바람이 느껴진다. 자전거의 아름다운 곡선은 바람을 닮았다. 그래서 자전거를 보면 그 옆을 스쳐가는 바람이 느껴지곤 한다. 자전거에서 바람의 냄새가 난다는 것은 자동차를 타고 달렸던 그 기억 때문이다. 그 기억이 어느 날 문득 자전거를 새롭게 바라보도록 만든다.

개나리를 바라보면 참새가 떠오른다. 나뭇가지에 올망졸망 피어 있는 그 개나리는 마치 노랗게 지저귀는 참새와 같다. 개나리를 보면서 참새처럼 재잘거리는 모습을 보았다면 그것은 김현승의 〈아버지〉라는 시를 읽었기 때문이거나 혹은 내가 아버지가 되었기 때문이다. 세상이 단순히 달라져 보이는 것이 아니라 나에게 무언가 변화가 있었기 때문에 보이는 세상이 달라진다. 세상과 나는 조우한다. 어제까지는 관심도 끌지 않던 풀 한 포기가 오늘 문득 내 눈에 들어왔다면 나에게 무슨 변화가 생긴 것이다. 세상이 그 전과는 달리 새롭게 보인다.

우리는 나무를 통해서 우주 끝까지 여행을 할 수 있다. 나무는 상상력의 원천 가운데 하나로 우리는 나무에 올라 하늘 끝에 닿을 수도 있고, 나무뿌리를 통해 땅속으로 들어갈 수도 있다. 우리는 나무와 서로 이어져 있음을 알 수도 있고(아바타), 나무가 꿋꿋하게 서 있는 모습에서 의지를 발견할 수도 있다. 나무에는 많은 상징이 담겨 있다.

그러나 중요한 것은 그것을 언제 어떻게 발견하느냐 하는 점이다. 우리가 무언가 아이디어를 찾을 때 전혀 새롭게 해석되지 않는 관념 속에 빠져 허우적거린다. 익숙한 모습에서 벗어나 새로운 것을 만나지 않으면 우리는 단 한 걸음도 새로운 것을 찾을 수 없다. 이럴 때는 달라진 세상으로 나를 만나게 하라.

밖으로 나가 찬바람을 쐬면서 머리를 식히거나, 공간을 바꾸고, 환경을 바꾸며 묵묵히 있다 보면 신기하게도 우리의 뇌는 답을 찾아줄 때가 있다. 물리적인 공간만이 아니다. 인식의 영토를 넓힐 수 있는 것이라면 책이든 뭐든 좋다. 지식과 경험, 나를 바꿀 수 있는 어떤 것을 흡수해야 한다. 얼마나 고민하고, 얼마나 연구했는지에 따라 우리는 더 깊이 숨어 있는 새로운 것을 발견할 수 있다. 머릿속에서 찾으려고 하면 답은 결코 찾아지지 않는다. 그렇게 찾아질 문제라면 오래 고민할 필요도 없기 때문이다. 바로 일상이 깨지는 순간에야 가능해진다.

일상적인 것이 낯설어지는 순간 우리는 글을 만날 수 있다. 일상이 어떻게 낯설게 변하냐고? 문득 당연한 것으로 받아들이던 것에 대해 문득 내가 '왜?'라고 물을 때 일상은 깨진다.

> 한 알의 모래알에서 세상을 보고
> 한 송이 들꽃에서 천국을 보라
> 그대의 손에 무한을 쥐고
> 한순간의 시간에서 영원을 잡아라.

윌리엄 블레이크의 시이다. 하나님이 모든 것을 창조한 후에 인간을 마지막으로 창조한 까닭은 무엇일까? 인간을 모든 만물보다 나중에 만들어놓은 이유는 겸허한 마음을 가지고 먼저 만들어진 것들을 보면서 삶의 이치를 깨달으라는 뜻일 것이다. 만물 중에 가장 늦게 만들어진 인간은 앞선 존재들, 앞선 사물들을 보며 삶의 이치를 깨닫고 거기서 삶의 지혜를 얻어야 한다. 모든 자연물, 식물, 동물을 가만히 들여다

보면 어느 것 하나도 삶의 이치를 보여주지 않는 것이 없다.

사과가 떨어지는 것에서 만유인력을 발견한 이, 꿈에서 심리학을 발견한 이, 마늘 한 통에서 가정의 의미를 발견한 이, 조금만 사물을 유심히 보면 우리 삶의 기본 원리를 자연 속에서 발견할 수 있다. 그러므로 세상 모든 것들 속에서 삶의 이치와 삶의 지혜를 발견해야 한다. 그것이 인간을 마지막에 만드신 조물주의 뜻일 것이다. 삶의 이치를 그처럼 깨닫는 작가는 지혜로운 자이며, 신의 말씀을 듣는 자다. 그러니 시인이 되려는 사람들은 자부심을 가져도 좋다.

살아 움직이는 존재들은 물론이거니와 비록 그것이 죽어 있는 것이든, 말 못하는 식물일이든, 아예 생명이 없는 사물이든, 그러한 자연물 하나하나 모두에는 삶의 이치가 숨겨져 있다.

'한 알의 모래알에서도 세상을 보았다'는 시인의 말처럼 글을 쓰는 일은 바로 그런 작은 대상 하나하나를 찾아내고, 그것들 속에서 새로운 의미를 발견해내는 일, 자기를 발견해내는 일, 인간을 발견해내는 일, 세상을 발견해내는 일이다. 그런 생각을 가지고 산다면 글은 우리에게 성큼성큼 다가와 어서 써달라고 어리광을 부리거나 투정을 부릴 것이다.

3. 새로운 개념 만들어내기

시편 기자는 "여호와는 나의 목자이다"라고 썼다.

이 말은 사람들의 뇌리에 들어 있는 여호와라는 단어의 의미와 사람들이 실제로 볼 수 있는 목자의 느낌과의 괴리를 잘 보여준다. 지금이야 이 문장이 보편화하였지만, 여호와라는 유일신이자 위대한, 감히 범접할 수 없는 신을 목자와 연결한다는 것은 굉장한 괴리였다. 여기엔 두 개의 경험이 만난다. 여호와 '위대한 신'이라는 본질적인 경험과 '목자'라는 실제의 경험이다. 이 이질적인 경험이 새로운 조합을 이룬 것이다. 여호와는 상징이다. 그럼에도 '여호와는 나의 목자'라는 문장은 낯설다. 이 낯설음이 새로운 개념을 만들어준다. 여호와는 진부하고 먼 고리를 끊고 새로운 단어 친근한 존재, 우리에게 가까운 존재라는 의미에 새롭게 결합된다. 서로 친숙하지 않았던 두 단어의 결합은 우리에게 새로운 이미지를 제공한다. 신의 사전적 의미는 그대로이지만, 사회적·시대적 의미는 변한다.

이처럼 서로 친숙하지 않은 두 개의 개념이 결합하면서 새로운 이미지, 개념을 만들어내는 것이 창조적인 사고다. 이런 이질적인 만남, 새로운 변주, 그것이 글의 매력을 결정한다. 친숙하지 않은, 아니 아주 이질적인 두 개념의 결합일수록 그 문장은 보다 신선한 문장이 된다. 그 다음엔 그 이질적인 결합을 친숙한 결합으로 만드는 것이 글쓰기이다. 따라서 글쓰기는 이질적인 결합을 친숙하게 느낄 수 있도록 만드는 능력의 산물이다. 그것이 설득이다. 낯선 개념들을 그냥 길가에 버리는 게 아니라 잘 거두어 둘의 사이를 좁혀주고 서로 친근한 관계로 느끼게 하는 게 글쓰기이다. 그 거리에 따라 시와 산문의 경계가 생긴다.

단어는 관계 속에서 의미를 드러낸다. 홀로 존재하는 단어는 의미가 없다. 어머니라는 단어의 의미는 각자에게 다르게 다가온다. 젊은 날 방황하던 성 어거스틴에게는 눈물로 기도하는 어머니, 백범 김구에게는 어른이 된 자식에게도 매를 들었던 철저하고 교육적인 어머니, 맹자에게는 자녀교육을 위해 어떤 불편도 감수할 만큼 자녀 교육을 위해 최선을 다했던 어머니, 한석봉에게는 항상 오만하지 말고 겸손하게 노력을 해야 한다는 가르침을 몸소 보여줌으로써 깨닫게 만드는 교육자로서의 어머니였다.

우리는 어머니의 전부를 알지 못한다. 그저 우리가 어떤 상황에 처했을 때 어머니는 모성의 한 편린을 우리에게 드러내 보일 뿐이다. 우리는 그 순간 어머니를 조금 알게 된다. 내가 알고 있는 어머니는 내 어머니의 전부가 아니다. 어떤 상황이냐에 따라 어머니는 나에게 다른 모습을 보여줄 것이다.

몇 해 전 개봉한 영화 〈고령화 가족〉의 시놉시스 부분에서 엄마는 전화로 아들에게 "담벼락에 꽃이 예쁘게 피었다"고 말한다. 그리고 나서 영화 중간 중간 그 꽃을 클로즈업한다. 그리고 거의 끝날 즈음 엄마는 "담벼락에 핀 꽃이 참 예쁘지. 엄마를 닮아서"라고 말한다.

바로 여기서 "담벼락에 핀 꽃은 엄마다"란 등식이 나온다. 엄마란 정보가 담벼락에 핀 꽃이란 정보, 또는 그 개념들이 짝을 이루었다. 이 둘은 처음에는 이질적인 짝이지만 친근한 짝으로 바꿀 수 있다. 즉, 외관상의 모습을 넘어서 내포적인 의미를 통해서이다.

겉모습은 아름답고 화려하지만 담벼락 속에 뿌리를 내리고 사는 꽃의 삶은 모질다.

자식들에게 늘 삼겹살을 마음껏 먹도록 해주는 엄마는 언제나 웃고 있지만 그렇게 해주기 위해 엄마는 보이지 않는 곳에서 힘든 고통을 감내했다.

위의 두 문장을 대비시켜 보자. 충분히 친근한 의미가 된다. 글이란 A라는 개념과 B라는 이질적인 개념의 결합을 친근한 개념이 되도록 수식해주는 것이다. 이는 바로 A는 B의 이러 이러한 점을 닮았다는 표현에서 시작된다.

즉, 담벼락에서 아주 힘겹게 그 속에 뿌리를 내리면서도 아름답게 피어난 꽃이, 마치 겉으로는 웃고 있어도 보이지 않는 곳에서는 온갖 어려움을 감내하는 엄마의 모습을 닮았다는 표현으로 발전한 것이다. 따라서 글을 쓰고 싶은 소재가 있다면 그것을 지칭하여 ' ~은 ~을 닮았다. 이유인 즉, ~하기 때문이다'라는 생각으로 시작하면 글쓰기가 되는 것이다.

많은 사례들이 알려주듯, 우리는 창조적 사고란 어제와 다른 하나의 경험임을 알게 되며, 늘 새롭게 해석될 때만 의미가 있다는 사실을 깨닫게 된다. 글이란 것도 이처럼 하나의 정보가 우리 안에 남아 있던 것과 만나면서 내가 예측하지도 못했던 새로운 의미를 던져준다.

만일 우리가 어린아이와 같다면 우리는 순간순간을 새롭게 느낄 수 있을 것이다. 글을 쓴다는 것은 우리가 어린아이처럼 된다는 말이다. 세상 모든 것에 놀라움을, 세상 모든 것에 감탄을, 세상 모든 것에 호기심을 잊지 말아야겠다. 늘 깨어 있어야 한다. 시간에 잠식되어 습관에 젖지 말아야 하며, 지금 이 순간도 깨어서 세상을 바라보아야 한다. 일상적인 관념을 깨는 일, 그래서 새로운 관념을 발견해내는 일, 그것이 글을 쓰는 기본 자세다. 나를 죽어 있는 관념의 노예로 만들지 않는다면 어린왕자가 의자를 조금씩 이동시키며 노을을 바라보았듯이 우리는 같은 노을에서도 무수한 감동을 느낄 수 있다.

1 책상에 올라서고 의자를 책상으로 삼아라.

2 서서 보던 하늘 누워서 보아라.

3 앞으로 걷지 말고 뒤로 걸어라.

4 걷지 말고 기어라.

5 운전하지 말고 대중교통으로 출근하라.

6 일찍 귀가하지 말고 늦게 귀가하라.

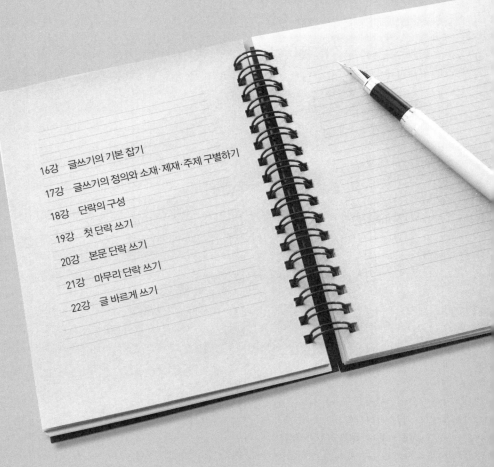

제 3 부

실전 글쓰기

16강

글쓰기의
기본 잡기

(1) 누가 읽을 것인가?

글쓰기는 무엇보다도 소통의 수단임을 기억하자. 글은 누군가에게 읽게 할 표현수단이므로 먼저 읽을 대상을 정하고 써야 한다. 독자가 없는 글은 가치가 없다. 아무리 멋지고 훌륭한 글이란 자부심을 가져도 그것을 읽을 대상이 없다면 아무 의미가 없다. 그러므로 글을 쓰기 전에, 글을 쓰는 목적을 생각하기 전에, 누구에게 읽힐 것인지를 먼저 정해야 한다. 그러고 나서 글을 읽을 대상의 연령이나 지적 수준 등을 고려하여 거기에 맞는 글의 수준과 형식을 정해야 한다. 이에 따라 소재나 제재가 달라질 수 있다. 그다음에 그 대상에게 그 무엇을 어떻게 전할 것인지를 결정해야 한다.

(2) 왜 글을 쓸까?

왜 이 글을 쓸 것인지를 생각하는 것, 그것이 글의 목적이며, 글의 주제다. 글을 쓰는 목적은 독자에게 어떤 의도를 가지고 접근하느냐의 문제다. 왜 이 글을 쓰려고 하는지, 이 글을 읽을 이들에게 무엇을 이야기 할지를 생각해야 글에 대한 목적이 생긴다. 그 목적을 명확히 하려면 우선 독자에게 무엇을 전달할 것인지를 정해야 한다. 지식이나 정보를 전달할 것인가, 독자를 설득하여 어떤 행동을 일으키게 할 것인가, 단순히 자신의 감정이나 정서를 표현할 것인가, 독자에게 어떤 카타르시스를 줄 것인가, 이러한 질문을 하며 글의 목적을 찾는다.

(3) 무엇을 쓸 것인가?

진정한 글의 가치는 아름다운 미적인 면을 넘어서서 의미의 단계까지 올라가야 한다. 그러려면 글의 대상으로 삼고자 하는 것을 볼 때 거기에 인생과 삶, 자신의 모습 등을 비쳐봐야 한다. 고대 작가들은 '글은 자연의 모방'이라 했고, 그 자연을 어떻게 아름답게 모방하느냐에 관심을 가졌다. 하지만 현대엔 모방도 모방이지만 무엇을 담아낼까가 더 중요하다.

(4) 어떻게 쓸 것인가?

우리는 무엇을 쓸 것인가에서 은근슬쩍 어떻게 쓰느냐를 언급했다. 어떻게 쓰느냐는 바로 기교를 말하는 것으로 대상을 해석하여, 그 해석한 개념 또는 관념을 어떻게 연결시키느냐이다. 이 정도만 갖추어도 그럴듯한 글을 쓸 수 있다.

(5) 소재란 무엇인가?

소재란 구체적인 재료의 있는 그대로의 원래 모습이다. 어떠한 설명이나 해석이 가해지지 않은 상태, 글쓰기의 바탕이 되는 구체적인 재료를 말한다. 어떤 구체적인 대상, 즉 사람·식물·동물 등 구체적인 어떤 대상의 행동이나 구체적인 사건 등 모든 것이 소재가 될 수 있다.

(6) 제재란 뭘까?

공즉시색, 즉 없는 줄 알았으나 인연으로 인식된 것이니, 이는 제재라는 동기가 생겼다는 의미이다. 제재란 어떤 소재에 대한 새로운 발견으로 이어진다. 소재는 구체적인 대상이며, 원래의 상태다. 이 원래의 상태를 소재로 삼아 글을 쓸 수 있다. 글을 쓰기 위해 작가는 소재가 지닌 여러 속성이나 측면을 살펴보게 된다. 그러면 그 소재의 여러 속성을 발견할 수 있다. 이렇게 어떤 소재에 대한 속성들의 발견, 그것이 제재이다.

① 소재 : 글쓰기의 바탕 – 구체적인 얘깃거리
② 제재 : 소재의 여러 측면 – 글쓴이가 주로 관심을 가지는 측면
③ 주제 : 중심 의미, 중심 사상 – 글쓴이가 어떤 의미나 가치를 부여한 것

하나의 소재에 제재는 여럿일 수 있다. 심성적으로 느끼는 제재, 생물적 또는 생태적으로 느끼는 제재가 있으니, 그 수많은 제재 중에서 특정한 제재를 선택하는 것이 작품을 쓰는 방법이다. 글에는 소재는 하나지만 제재는 여럿이다. 주제는 다시 하나다. 이는 하나의 소재를 가지고 그 소재에서 찾을 수 있는 가치들을 여럿 발견하여, 그 여럿의 가치들을 하나로 묶어낼 수 있는 중심 가치 하나로 집약해 마무리하는 것이 글이다.

(7) 주제란 뭘까?

앞에서 글을 쓰기 전에 왜 이 글을 쓰려 하는지 물으라 했다. 어떤 글을 쓸 때 주 목적이 되는 것이 바로 주제이다. 글을 쓰는 사람과 글을 쓰지 않는 사람의 차이는 주제가 있느냐 없느냐는 아니다. 그 주제를 살리기 위해 소재를 찾고 제재를 만들려 애쓰느냐 그렇지 않느냐가 문제다. 누구나 살아 있는 사람이라면, 어떤 문제가 생기면 그 문제를 놓고 한마디 못할 사람이 없다. 그러니까 누구나 주제 의식은 있다. 그것을 파악하지 못하고 있을 따름이다. 주제 파악을 못하니 글을 못 쓴다. 또한 할 말만 하고 말아야 하는데, 그 이상을 말하는 사람이 있다. 그 사람은 주제 넘은 사람이다. 한마디로 끝내야 하는데, 여러 마디 하는 사람이다. 주제는 하나여야 한다. 따라서 주제 넘어서도 안 되고, 주제 파악 못해서도 안 된다. 처음에 글을 써야겠다 마음 먹었을 때 그 한마디가 주제였을 가능성이 높다. 그것을 살리기 위해 소재를 잘 선택하고 제재들을 잘 찾아내야 한다. 소재와 제재는 주제를 살리는 데 목적이 있다.

[최 선생의 글쓰기 tip 15]　세상보기

1 사물이 곧 너라고 여겨라.

2 너를 자연에 비추어라.

3 생물·동물을 곧 너의 거울에 비추고 그 모습이 너라 여겨라.

4 이것이 곧 삶의 모습이며 욕망의 모습이라 여겨라.

5 이것이 곧 너의 스승이다. 삶의 이치를 알려주고 의미를 깨우쳐 주는 스승이다.

17강

글쓰기의 정의와
소재·제재·주제 구별하기

1. 글쓰기의 정의

글이란 '내 생각을 언어의 틀에 담는 것이다'라고 정의할 수 있다. 이 문장을 '나는 내 생각을 글이라는 그릇에 담는다'로 바꿔보자.

① 이때 '나는', 즉 작가는

- 대상을 자세히 보는 관찰자 → 자세히 보라.
- 대상의 말을 주의 깊게 듣는 경청자 → 잘 들어라.
- 대상에게 인격을 부여하는 애니미스트 → 생명을 부여하라.
- 대상에게 애정을 갖는 휴머니스트 → 인간을 써라.
- 대상을 자기 나름대로 정의하는 안내자 → 정의를 내려라.
- 대상에서 삶의 위치를 깨닫는 철학자 → 의미를 찾아라.
- 대상을 자기 나름의 기준으로 보는 각성자 → 자신을 돌아보라.
- 대상의 미래 모습을 예측하는 예언자 → 삶의 방향을 찾아라.

- 대상의 과거 모습을 반추하는 성찰자 → 대상을 과거·현재·미래의 관점에서 보라.
- 대상에게 왜라고 질문하는 질문자 → 당연한 것도 다시 캐물어라.
- 대상을 남달리 낯설게 만드는 이방인 → 남이 보지 못한 것을 보라.
- 대상의 여러 면을 두루 쪼개보는 분석자 → 자세히 보고 가지치기를 하라.
- 대상을 자신의 내면에 비춰보는 연결자 → 외적인 것과 내적인 것을 연결하라.

② '내 생각', 즉 내적 정보는

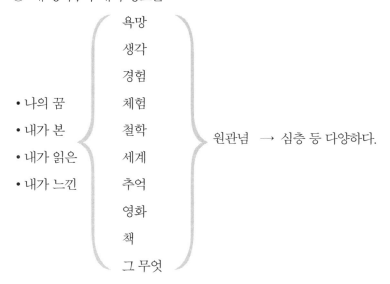

이 다양한 내적 정보가 글의 내용이다. 예를 들면 뚝배기 속에 담긴 장이다. 뚝배기는 글의 소재다. 그 뚝배기에 담긴 내용물이 장인데, 그 장을 내 글의 내용이라 할 수 있다. '뚝배기보다 장맛'이란 말이 있듯이, 글의 겉모양이라 할 단어들의 나열보다 그 단어들에 담긴 의미가

더 중요하다. 비록 미사여구가 아니어도, 투박한 단어들이라 해도 그
단어에 어떤 의미를 덧붙여내느냐가 중요하다.

③ 글의 '그릇'은 이렇게 정리할 수 있다.

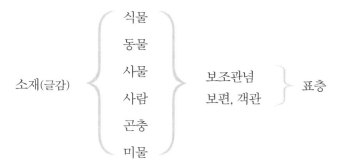

나는(작가는) 나만의 정보를 글의 그릇에 담는다. 따라서 글은 세상의
모든 것들에 나의 삶을 연결 짓는 일이다. 내 생각을 세상의 그 무엇에
담아낸다. 세상의 그 무엇에 대해 정의를 내리고 상대의 공감을 이끌어
낸다. 이것이 제대로 된 글이다.

2. 소재

자신의 생각을 그릇에 담을 때 그 그릇을 소재라 한다. 글의 그릇은
앞에서 언급한 일종의 보조관념들 예를 들면 식물, 동물, 사물, 사람, 곤
충, 미물 등, 무엇이든 소재가 될 수 있다. 글을 담을 그릇이면 된다.
물론 소재는 보조관념에 속하기 때문에 내 글을 읽을 사람이 알 수
있는 것이어야 한다. 때문에 소재는 표층적이며 보편적이고 객관적인

경우가 대부분이다. 이런 소재와 제재와 주제를, 이들을 어떻게 유기적으로 연결하여 주제 담기에까지 나아갈 것인가 문제이다.

그에 앞서 '글은 왜 쓰지?'라는 근본적인 질문을 던진다면 그것은 누군가에게 내 의견을, 내 생각을, 내 의도를 전달하기 위한 것이란 답이 나올 것이다. 누군가? 그가 바로 독자이다. 독자와의 공감은 무척 중요하다.

독자와의 공감을 이루려면 먼저 독자를 배려해야 한다. 따라서 독자가 이해할 수 있는 말로, 독자가 원하는 내용으로, 독자의 입장을 고려해야 한다는 말이다. 늘 설득력 있는 비유로 말씀하셨던 예수는 우리 모두의 롤 모델이라 할 수 있다. 예수라면 다음과 같이 하셨을 것이다.

연설 자리에 가면 먼저 그곳에 모인 이들이 누구인가를 살펴본다. 그들의 대다수가 이해할 수 있을 정도의 수준, 모여 있는 이들이 좋아할 내용을 먼저 생각한다. 우선 청중들을 둘러볼 것이다. 농부들이 많이 모였다면 농사짓는 일을 예로 들어 자신이 전하려는 메시지를 말할 것이다. 어부들이 많이 모였다면 고기 잡는 이야기로 연설을 시작할 것이다. 이렇게 친근하게 관심 있는 이야기로 일상적인 것들 중에서 선택한 것으로 접근한 다음, 그 이야기들 또는 그것들의 원래 의도, 그 이야기를 꺼낸 까닭을 이야기할 것이다. 그것이 비유이며 설득 방식이다.

그러니까 독자와의 공감은 어떤 메시지를 전할 때, 메시지를 받을 사람을 배려하여 보다 친근하고, 보다 흥미 있게 전할 수 있는 예를 찾는 아주 훌륭한 방식이 비유다. 원래의 메시지를 예를 들어 설명한다는 것은 자신이 전하려는 메시지를 자기 스스로 완벽하게 터득했다는 의미이기 때문이다.

이처럼 대중을 고려하려면 늘 준비가 되어 있어야 한다. 풍부한 이야기 거리들, 분위기를 파악할 수 있는 센스, 그 이야기 거리들을 그들 수준에 맞게 자유자재로 구사할 수 있는 능력이 있어야 한다. 그런 제약들로부터 자유로울 때 훌륭한 연사가 될 수 있다. 바꾸어 말하면 글쓰기의 달인이 될 수 있다.

글쓰기란 이처럼 그 무엇을 자기 나름대로 분석하고 해석하여 자기만의 방식으로 독자를 잘 설득하는 것이다. 여기에 동원된 예들은 소재이다. 메시지가 먼저 있고, 그 메시지를 담을 대상을 찾는 것이니, 주제를 먼저 정하고, 그 주제를 담을 소재를 나중에 찾는 방식이다.

세상에 하고 싶은 말은 누구나 많다. 그 많은 말과 생각을 담아낼 적절한 예나 소재를 찾기가 녹록지 않다. 따라서 글쓰기를 잘하느냐 못하느냐는 적절한 소재를 잘 찾느냐 못 찾느냐, 그 내용을 담아낼 글의 그릇을 잘 찾아내느냐 못 찾아내느냐에 달려 있다.

위에서 이야기한 대로 소재를 찾는 여러 방식이 있지만, 소재를 찾으려면 먼저 내가 하고 싶은 말을 한 문장으로 정리한 다음 그 문장을 설명하기 위해서 적당한 예가 없을까를 생각하는 게 좋다.

예를 들면 '~은 ~이다'라고 한 문장을 던지고 나서 '예를 들면 ~는' 식으로 발표를 해보라는 의미다. 말하기에서도, 글쓰기에서도 마찬가지다.

　　내 남편은 탱가리다. 예를 들면 탱가리란 물고기는 뭔가 닿기만 하면 부리인지 날개인지로 쏘아댄다. 그러면 그 쏘인 부위에서 피가 나면서 아프다. 내 남편도 무슨 말을 하든 아프게 쏘아붙인다.

이런 식으로 시작하라는 말이다.

예를 들어 말하려 시도하면 소재가 보일 것이다. 위에서 일단 정의를 내리고 나니까 소재로 탱가리가 떠오른 것처럼 말이다.

소재를 구체적으로 정리해보자.

① 가능한 글쓸 거리 (중에서)
　　잠재적 글거리
　　｛ 느낌이 통한
　　　 시선이 멎은
　　　 의미부여한
　　　 말하고 싶은 ｝
　　　　것을 뽑아,
　　　　쓰려는 글의 대상
　　　　으로 삼은 것이다.

② 내가　전달하고자 하는
　　　　발견한
　　　　생각해낸
　　　｛ 삶의 이치를
　　　　 삶의 의미를
　　　　 삶의 견해를 ｝

③ 누군가에게 전달하기 위해 찾아낸
　　｛ 적당한 대상
　　　 적절한 예
　　　 적합한 설명도구 ｝ 라고 할 수 있다.

④ 소재는

그 대상의 원래의 상태들로
구체적인 대상들로
글이나 생각을 담은 그릇으로
　　｛ 사물
　　　 생물
　　　 물건
　　　 사건
　　　 글 ｝ 들을 일컫는다.

3. 제재

(1) 대상을 쪼개 보기

　제재는 글감으로 선택한 대상, 즉 소재의 여러 측면이나 속성을 말한다. 이 제재를 찾으려면 내가 본 것, 또는 글감으로 선택한 대상에 대한 자신의 느낌, 자신의 깨달음, 그 무엇의 발견과 같은 측면을 많이 살려야 한다. 그러려면 그 대상을 우선 쪼개보기, 뜯어보기, 분석해보기를 하고, 그 쪼개진 면들을 향해 적절하게 '왜?'로 물어야 한다.

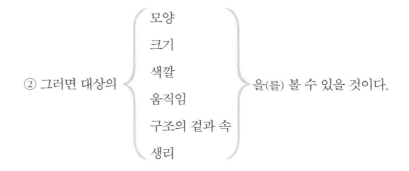

① 우선 대상의 속성을
- 뜯어보자.
- 쪼개보자.
- 분석해보자.

② 그러면 대상의
- 모양
- 크기
- 색깔
- 움직임
- 구조의 겉과 속
- 생리

을(를) 볼 수 있을 것이다.

③ 그 쪼개진 면들을 보면서 자기 안의
- 그 무엇과 닮았다.
- 그 무엇과 다르다.

　이처럼 대상을 쪼개면 좀 더 구체적인 것들이 보이고, 그것을 살펴보면 뭔가 그 전과는 다른 느낌이 온다. 느낌이 오면 그 측면을 알게 되고, 그것을 알게 되면 깨달음이 온다. 이것이 그 대상의 심리적 측면이다. 대상의 속성(생물적 속성)을 알고자 하는 시도는 심리적 측면과 연결된다.

④ 생물적 속성에 걸리지 않는 또 다른 속성은 실용적 측면이다. 그 대상이 무엇에 쓰이는 것인가, 어떤 용도인가, 그 측면들이 얼마나 가치가 있는가를 생각하면 이 생물적인 속성 또한 심리적인 측면으로 연결된다.

대상 { 생물적 측면 / 실용적 측면 / 심리적 측면 } 의 과정이 성립되는 것이다.

이런 과정을 통해 발견한 측면들이 제재이니, 이는 소재를 쪼갠 여러 측면 또는 속성, 주로 관심을 갖는 측면이라 할 수 있다. 이렇게 얻은 측면들을 잘 활용하는 것이 수준 높은 글쓰기다.

그 측면을 잘 활용하려면, 그것을 잘 해석하고, 설명하려 애써야 한다. 그 방법이 우선 삶과 연결하기, 삶과 연결하여 구체화하기다. 그러면 그 대상에 의미가 부여된다. 따라서 글은 대상을 내 안으로 끌어들여 나를 녹여 넣어 밖으로 표출하는 것이다. 내 생각을 글이란 틀·형식·소재·대상에 담아내는 것이다.

정리하면, 글은 세상의 그 무엇(소재거리)을 정의하고, 그 정의를 누구에게나 자기 식으로 설명·설득하여 독자로부터 공감을 이끌어내는 것이라 할 수 있다.

(2) 대상을 보는 각도를 다양화하기

제재를 잘 찾으려면 우선 세상을 '왜'로 보아야 한다. 세상을 보는 기준을 가져야 한다는 뜻이다. 나름의 개똥철학이라도 가지라는 것이다. 내가 생각할 때 저건 아닌데, 하는 생각은 그 무엇을 부정적으로 보았다는 의미이다. 내가 가진 기준보다 못할 때 나는 속으로 분노하거나 욕을 한다. 그럴 땐 겉으로 욕하거나 비난하지 말고 글로 표현하라는 말이다.

반면 그 무엇을 볼 때 저렇게 해야 하는데, 저렇게 살아야 하는데, 그런 생각을 했다면 그 무엇을 긍정으로 본 것이니, 내가 생각하는 기준보다 그 사건은 내 기준 위에 있다는 의미다. 이처럼 적어도 세상을 볼 때, 그 무엇을 볼 때 긍정으로 보거나 부정으로 보아야 한다. 그리고 그것을 말로 하기보다는 글로 표현하는 것이 좋다.

다음으로 견자가 아닌 관찰자가 되어야 한다. 견자는 그 무엇을 볼 때 의도적으로 보는 게 아니라 우연히 눈에 들어온 것은 의미 없이 본다. 그러니까 특별히 보이는 게 없다. 하지만 관찰자는 그 무엇을 보든 의도적으로 본다.

한 번 보고 마는 게 아니라 보고 또 본다. 여러 번 보면서 자세히 뜯어본다. 그렇게 보면 처음엔 아무 생각 없이 바라보다가 나중엔 새롭게 바라볼 수 있다. 무엇을 보든 자세하게 보려하자. 의도적으로 말이다. 그러면 평범한 사물이나 현상이 새롭게 다가온다.

① 개미가 개미로 보이지 않고 사람으로 보인다.

② 껍딱지가 껍딱지로 보이지 않고 사람의 그 무엇으로 보인다.

③ 담배꽁초가 그냥 꽁초가 아니라 버림받은 사람으로 보인다.

자세히 본다는 것은 새로움을 발견하는 것이다. 그 발견의 즐거움을 마음껏 누리자. 그걸 글로 옮겨 쓰면 멋진 글이 된다. 그래도 그 무엇이 진부한 것, 일상적인 것으로밖에 보이지 않는다면 이제는 자신의 편견을 버리자. 지금 알고 있는 게 아니라면 그 대상이 무엇일까 생각해보자는 것이다.

생텍쥐페리가 코끼리를 삼키는 보아뱀을 그려놓고 똑똑한 어른들에게 이게 무엇이냐고 묻는다. 어른들은 여지없이 모자라고 답한다. 어른들은 모자를 본 적이 있고, 모자란 단어를 알고 있기 때문이다. 하지만 아이들은 모자를 본 적도 없고, 모자를 모른다. 그러니까 상상을 한다. 아이들은 '모자'란 대답 대신 상상에서 얻은 답을 말한다.

우리도 우리가 아는 것을 내려놓고 다른 답을 찾아보자. 어떻게? 모자처럼 보인다면 '저것이 모자가 아니라면 무엇일까?'라고 속으로 물어보라. 그러면 모자가 아닌 다른 답을 찾을 수 있다. 그것이 새롭게 보는 또 하나의 방법이다. 저것이 왜 모자인가, 다른 것일 수도 있지, 그런 생각으로 바라보자는 말이다.

당연한 것, 확실한 것에도 '왜?'라고 묻기, 그게 아니라면 무엇일까? 라고 묻기, 그것이 새로운 생각을 열어주는 열쇠이다. 그 생각은 우리가 그 무엇을 바라보는 각도를 다양하게 바꾸어준다. 당연한 것의 거부는 다른 각도로 바라볼 수밖에 없게 만들기 때문이다. 그것이 자기만의 눈을 갖게 하는 출발점이다.

(3) 대상에게 질문 던지기

세상, 또는 대상을 바라볼 때 비판적 시각으로 바라보되 자세하게 관찰하며 '질문을 던져보기'이다. 앞에서 언급했듯이 당연한 것, 확실한 것에 대해서도 '왜?'라고 묻고, '그것이 아니라면?'이라는 전제를 놓고 제3의 나름의 답을 찾음으로써 '앎의 각도를 바꾸기'이다. 그러면 내가 가진 고정관념이 깨지고 새로운 시각으로 바라볼 수 있다. 자신만의 눈으로 세상을 보는 개성적인 생각이 나타난다.

이렇게 평범한 사물이나 현상을 새롭게 바라볼 수 있는 창의적 사고력이 생겼다면 이제는 그것을 자신만의 생각으로 '꼼꼼하게 따져보기'를 하자. 자연현상, 사회현상, 삼라만상, 사람들의 삶, 그 모든 세상을 나 자신만의 생각이나 지식 또는 경험으로 '다시 생각하기'이다. 그러면 발상의 전환이 이루어진다.

① 대상 → 관찰 – 의문제기 – 다양한 각도로 바라보기에 이르렀다.
② 새로운 대상 → 꼼꼼하게 쪼개보며 이치 따져보기다.

②의 단계에선 대상은 새로운 대상으로 느껴진다. 상식의 틀이 깨졌고, 규범적 사고에서 벗어났다는 말이다. 삶에 대한 적극적 사고로 새로운 해석이 시도되었다는 의미이다. 어쩌면 엉뚱한 발상일 수도 있다. 그러면 일단은 성공이다. 남들이 내린 결론이라고 할 수 있는 삶의 공식이나 관습 또는 전통을 재해석한 셈이니까.

여기서 우리는 하나의 생각의 공식을 발견한다. 내 생각이 바뀌면 세상이 달라진다는 공식이다. 세상은 그대로 있어도, 대상이 그대로 있어도, 내 생각을 바꾸면 세상도 바꿀 수 있다는 공식이다. 일상이 깨지면 그 일상은 새로운 생각을 준다는 공식이다.

예를 들어 어제와 같은 숲길을 걷는다고 해보자. 어제는 동건이와 걸었다. 오늘은 태희와 걷는다. 두 산책이 같을까? 다른 의미가 부여될 것이다. 변한 것이 없어도 상황을 바꾸면, 조건을 바꾸면, 사람을 바꾸면, 생각을 바꾸면 세상은 달라진다.

(4) 육안과 심안으로 보기

우리는 글을 통해 작가가 어떤 사람인지 짐작할 수 있다. 그가 세상을 어떻게 바라보는지 파악할 수 있다. 본다는 것은 단순히 눈동자를 이리저리 굴리면서 대상을 찾는 것이 아니다. 그 대상을 어떻게 인식하느냐이다. 이를 달리 말하면 많이 보려면 인식의 세계를 넓히라는 의미이다.

고흐의 그림은 어떻게 탄생했을까? 고흐는 상상력이 뛰어난 사람인가? 아니다. 고흐의 눈에는 세상이 불타오르는 것처럼 보였다. 그는 보이는 대로 그림을 그렸다.

모네의 수련은 어떻게 탄생했을까? 모네는 한때 백내장을 앓았다. 뿌연 시야로 세상을 바라보니 그림도 그렇게 그릴 수밖에 없었다. 자신에게 보이는 것이 그대로 자신의 머리에 입력되고, 그것이 캔버스로 투사되어 그림이 되었다.

그림은 화가가 세상을 본 눈의 반영이다. 물론 물리적인 눈을 의미하는 게 아니라 그의 심리적인 눈을 의미한다. 세상을 눈으로 보긴 해도 보는 이에 따라 달리 표현되는 것은 각자 물리적인 눈 외에 마음의 눈이 있기 때문이다. 마음의 눈은 사람 수만큼 있으니 다양한 작품들이 탄생되는 것이다.

글 역시 보이는 만큼 써진다. 보이는 만큼에 방점을 찍어보자. 이 말은 글을 쓰려면 많이 보라는 의미이기도 하며, 반면 어떻게 보느냐의 의미이기도 하다. 아무리 여기 저기 다니면서 많은 것을 본들 제대로 보지 못하면, 자기 나름의 관점이 없이 본다면, 글을 쓸 거리가 없을 것이다. 그러니 무엇을 보든 생산적으로 보려고 노력해야 한다. 알려고 하는 만큼 더 알 수 있고, 보려고 하는 그 이상을 볼 수 있어야 한다.

인식을 바꾸는 것만이 경험이요, 보는 눈을 기르는 방법이다. 경험은 우리가 어떤 사람인지 알게 해준다. 우리는 감각이 없으면 우리 몸을 느낄 수 없다. 감각을 통해 외부의 물체와 접촉하면서 우리는 우리 몸에 대한 이미지를 갖는다.

두더지는 흙을 파고 들어가면서, 흙뿐 아니라 자신의 몸도 느낀다. 사람은 세상과 사람에 부대끼면서, 접촉하면서 자신이 누구인지 깨닫는다. 새는 바람을 타고 날면서, 바람뿐 아니라 자신의 몸을 느낀다. 존재는 자신이 어디에 있는지 누구인지 알게 된다. 사람은 경험을 통해 자신이 누구인지 알게 된다.

'아는 만큼 보인다'는 말이 있다. 세상은 바로 인식, 앎으로 보기 때문이다. 많이 볼 수 있도록, 깊이 볼 수 있도록 보는 방법을 성숙시켜야 한다. 경험과 학습을 통해 우리의 인식은 성장한다. 어떤 경험을 하느냐, 어떤 체험을 하느냐에 따라 우리의 인식도 성장한다. 저절로 성장하고 성숙하는 것이 아니라 어떤 생각으로 세상을, 상황을, 대상을 보느냐에 따라 인식의 범위와 깊이가 달라진다.

여기서 한 걸음 더 나아가 보는 만큼을 넘어서 보려고 하는, 알려고 하는 일로 나아가야 한다. 보는 눈을 기르려면 세상을, 대상을 쪼갤 줄 알아야 한다. 하나의 대상을 그냥 그 대상으로 놓고 보는 것이 아니라 그 대상의 속성을 쪼개보아야 한다. 다시 말해 하나의 대상을 여러 개로 나누라는 것이다. 꽃을 그냥 꽃으로 보지 말고 그 꽃의 속성을 나누어보고, 그 꽃이 미치는 역할을 생각해보라는 뜻이다. 어떤 식으로든 그것을 파고들고 따지고 들어 쪼개야 한다.

봄에만 피는
잎보다 먼저 꽃을 내는
열매를 맺지 못하는   꽃
앉은뱅이로 살다마는   등으로 나눈다.
벌에게 꿀을 주는

그러면 내가 본 꽃 한 송이는 여러 개로 재탄생한다. 그것이 남다르게 보는 방법이다. 단순히 꽃의 외양만 보는 것이 아니라 그 외의 것들로는 무엇이 있을까 생각해보는 것이다. 그러면 남들은 하나로 보는 것을 나는 여러 개를 보는 셈이다. 그다음엔 쪼갠 것에 '왜'라고 물으며 삶과 연결하여 해석하기이다.

이렇게 남이 하나밖에 볼 수 없는 것을 여러 개를 볼 수 있다면 남보다 잘 보는 셈이며 많이 보는 셈이다. 그러니 무엇을 보든 쪼개 보자. 그러기 위해선 그것을 자세히 보려는 노력, 여러 관점에 관심을 가지려는 노력이 필요하다.

세상은 아는 만큼 보이지만, 보려는 만큼 더 볼 수 있다는 것을 상기하자. 많이 보려 노력하는 일, 그것은 대상을 여러 각도로 보는 일, 여러 관점으로 보는 일, 여러 특성을 찾아보는 일이다.

4. 주제

이렇게 얼추 글이 어느 정도 꼴을 갖추었다면 이제는 주제를 살려야 할 차례다. 주제는 글을 쓰는 진정한 이유로 "나는 왜 이 글을 쓰지?" 라고 물었을 때 명쾌하게 찾아낸 한 문장이다. 달리 말하면 글쓴이의 중심 생각이자 앞에서 쪼개놓은 제재들을 하나로 통합할 수 있는 것을 말한다.

① 나는 왜 이 글을 쓰지.
② 아! 이 글을 쓰는 진정한 이유를 알았다.
③ 내가 중요하게 생각하는 이 문제가 독자도 중요하게 생각하는 문제일까?
④ 관심 있어 할까?
⑤ 잘 아는 문제일까?
⑥ 그래, 이 글의 핵심은 이거야.
⑦ 한 문장으로 정리해보자.

이렇게 얻어진 한 문장이 주제이다. 이 과정을 거치면서, 그 글을 한 문장으로 합할 수 없고 삐져 나가는 게 있다면, 그것은 사족이다. 그러면 과감히 빼버려야 한다. 한 문장으로 불충분하다면 보충해야 한다. 연결이 매끄럽지 않다면 순서 바꾸기를 하거나 보완해야 한다. 소재와 제재, 주제의 과정을 요약한다면 다음과 같다.

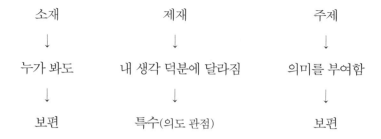

소재	제재	주제
↓	↓	↓
누가 봐도	내 생각 덕분에 달라짐	의미를 부여함
↓	↓	↓
보편	특수(의도 관점)	보편

이처럼 글은 보편에서 출발하여 화자의 의도와 관점이라는 특수한 면이 작동하는 과정을 거쳐 고유한 생각을 담고, 다시 누구나 읽어도 좋을 누구에게나 해당하는 보편적인 것이 되는 것이다.

다른 이들의 가슴에 울림을 주는 글, 공감을 얻는 글, 감성을 살리는 글을 쓰고 싶다면, 한 대상을 붙잡고 그 대상을 너로 불러, 나와 동일한 인격을 부여해야 한다. 그런 다음 좀 더 울림을 주고 싶다면 그 대상을 내 안으로 끌어들여, 내가 곧 그 대상이 되어야 한다. 그 안에 들어가 그 자체가 되어 물아일체, 타아일체의 감정을 경험해야 한다. 따라서 글을 쓴다는 건 애니미스트가 되는 일이며 휴머니스트가 되는 일이다. 멋진 철학자가 되는 것이다.

자, 이제 삶의 이치를 발견하고, 삶의 의미가 살아났다면, 애써 쓴 글에 방점을 찍을 차례다. '주제 살리기'다.

주제는 제재에 대해 어떤 의미나 가치를 부여하여 글 전체의 중심 의미로 삼은 것이다. 이때 전체적인 내용의 통일성을 이뤄야 한다. 주제를 잘 담아냈다는 말은 시작도 잘했고, 중간 글도 잘 썼고, 마무리도 잘했다는 의미다. 어떤 글이든 주제는 하나여야만 하는데, 여러 제재를 한 가지 주제로 통합하는 것이 그다지 쉽지는 않다. 어쩌면 글을 쓰는 이들이 겪는 가장 어려운 문제가 주제를 제대로 잡고, 그 주제를 제대로 담아낸 글을 쓰는 일이다.

주제란 제재들의 어머니라 할 수 있다. 글 속에는 여러 제재들, 보기에 따라서는 주제로 느낄 수 있는 것들이 있다. 이런 제재들을 하나로 묶는 장치 없이 글을 마무리한다면, 그 글은 주제가 없는 글이다. 장르에 구분 없이 글 한 편에는 반드시 주제는 하나여야 하기 때문이다.

예를 들면 아름다운 문장들로 가득한 시 한 편이 있다고 하자. 낭송하기엔 딱 좋은 시다. 글귀들이 사람들의 심금을 울릴 수도 있다. 그 역할만으로 글의 충분조건을 갖추었다고 생각하는 이들도 있을 것이다. 하지만 그 경우 하나로 통일성 있게 묶지 못했다면 그 글은 미완의 글이다. 내용은 좋으나 난삽한 글이다. 글을 쓸 때 마지막 방점, 화룡점정은 주제를 잘 살리는 것이다. 주제는 제재들을 하나로 통합할 수 있는 작가의 중심 생각이기 때문이다. 그것이 글을 쓰는 진정한 이유이다. 작품의 중심 사상이며 핵심 내용이다.

내가 쓴 글이 진정 완성도 있는 글, 주제를 제대로 잘 살렸는지 알아보려면, 그 글을 한 문장으로 정의할 수 있는지를 보아야 한다. 만일 한 문장으로 스스로 정의할 수 없다면, 삭제할 것을 찾아서 삭제하고, 보충할 것은 보충하고, 바꿀 것은 찾아 바꿔야 한다.

처음 글을 쓸 때 글을 쓰려는 의도를 한 문장으로 가주제를 정하고 써야 하는 이유가 여기에 있다. 가주제문을 정하고 쓰면 다음과 같은 이점이 있다.

① 글의 방향을 분명히 할 수 있다.
② 글의 범위를 구체화할 수 있다.
③ 글의 결론을 먼저 정할 수 있다.

④ 글의 주제를 명확하게 할 수 있다.

주제가 정해지지 않았다면, 혹은 어떻게 정해야 하는지 모른다면 우선 가주제문을 작성하고 쓰는 게 좋다. 그렇다고 가주제문이 반드시 글의 제목은 아니다. 물론 글 내용 중 어딘가에 들어갈 문장이며, 반복될 수도 있는 문장이다.

가주제는 잠정적인 주제로, 나중에 주제가 될 수도 있다. 이 주제문을 작성할 때는 하나의 체언과 하나의 서술어로 된 문장이어야 한다. 쉽게 말하면 주어와 술어로 된 홑문이어야 한다는 말이다. 여기에 보다 구체화하기 위해 수식어나 관형어로 한정한다.

그다음에 그 주제를 뒷받침할 소재를 고를 때 구체적인 사건이 떠오를 때까지 사건을 구체화한다. 구체화는 수식어들을 촘촘하게 쓰면 가능하다. 주제문의 종류는 크게 두 가지로 나눌 수 있다.

① 정의문 : A는 B이다.
② 당위문 : A는 B해야 한다.

여기 A나 B에 수식어로 한정하면 좀 더 그 주제를 구체화할 수 있다. 여기에 쓰인 두 개념의 교집합이 글의 범위이다. 이 정도면 논리적인 글을 작성하기엔 무리가 없을 것이다. 구체적인 예로 주제 잡기가 좀 더 까다로운 문학적인 글을 살펴보자.

봄에는 꽃이 핀다.

↓ (소재 구체화)

봄이면 도봉산에는 많은 꽃이 핀다.

↓

할미꽃을 보니 어머니가 그립다.

이렇게 글의 범위를 정했다면 교집합은 도봉산에 피는 봄꽃들이다.

교집합을 구하면 산울 가에 개나리, 제비꽃, 애기똥풀꽃, 산중턱에 양지꽃, 바람꽃, 진달래, 할미꽃 등이 된다.

그다음엔 각 꽃들의 설명을 곁들이면 꽃 하나로 한 단락쯤 넉넉히 채울 수 있다. 여기에서 주제를 살리려면 언급한 꽃들 중에 의미 부여를 한, 어머니를 연상케 한 꽃 하나를 골라내어 부연설명하면서 마무리하면 된다.

① 봄이면 도봉산에 많은 꽃들이 핀다. 봄에 피는 꽃들은 모두 밝고 화사한 느낌을 준다. 그런데 할미꽃만은 유독 칙칙한 느낌을 준다. 양지 바른 곳에 피었으나 구부정한 품새도 그렇거니와 색깔도 어두운 느낌이다. 그 때문에 슬픈 전설을 안고 있기도 하겠지만, 할미꽃을 보면 허리를 잘 펴지 못하는 어머니 생각이 문득 난다.

② 화사한 꽃들 중에 애기똥풀을 보면 어머니 생각이 문득 떠오른다. 어린 시절, 어머니는 애기똥풀을 꺾어 내 손톱을 칠해주곤 하셨다. 우리 집 주변에 흐드러지게 피어 있던 노란 애기똥풀의 꽃을 여기에서 만나니 기분이 새롭다.

이처럼 간단히 써보았으나 글을 더 생동감 있게 쓰려면 앞에 소개한 각각의 꽃들의 모양이나 색깔을 들며 꽃 하나하나를 모두 묘사하는 것이다. 그리고 글을 마무리할 때 잠정적인 주제로 삼을 것을 강조하기 위해 할미꽃을 다시 언급한다. 할미꽃의 전설을 인용한 다음 어머니 이야기와 적절히 연결하면서 마무리한 게 ①의 경우이고, 애기똥풀로 주제를 살린 게 ②의 경우다.

〈민들레〉

_ 최복현

나는 예쁜가요.

나는 귀여운가요?

이 딱딱한 시멘트 틈새를 용케 찾아 나온 나는 어떤가요?

자박 자박 자박 따각 따각 따각

이게 뭔 소리냐고요?

어둠 밖에서 아련히 들려오는 소리였어요.

소리에 놀라 깨어난 친구들이 바깥세상을 찾아

이리 저리 요리 저리 고개를 쳐들었어요.

어디에도 나갈 길이 없었어요.

모두들 지쳐서 포기하거나

시도조차 엄두를 못낸 친구들도 있었어요.

그래도 나만은

그래도 나만은 운이 있을 걸

나에겐

나에겐 길이 있어 있다고 응 있을 거야.

애써 고개를 쳐들고 갈 데까지 가보자 그렇게 길을 내었어요.

아 환희로워라

밝은 세상이었어요.

여기요 자 난 참 예쁘죠.

모두 어둠 속에서 포기할 때 난 믿었어요.

나에게 만은 길이 있다고요.

그거 알아요?

세상에서 가장 무서운 건

남들처럼 나에게도 길이 없다는 생각

그런 포기란 게 제일 무서운 거란 걸요.

그래도 나에게 만은 길이 있다.

그게 가장 아름답고 힘센 생각이에요.

어때요

난 참 예쁘죠.

아니면 귀여운가요?

아니면 대견스럽죠.

이 글은 모 교도소에 인문학 강의를 갔다가 나오며 쓴 글이다. 시멘트 바닥 사이를 용케도 비집고 나와 핀 민들레꽃이 참으로 대견해 보였다. 그 모습이 마치 교도소의 벽 저쪽에 갇힌 수인들의 모습을 연상케 했다. 그 안에 있는 수인들 중 어느 누군가는 민들레처럼 희망을 가지고 언젠가 저 벽을 나올 것이란 생각이다. '그러면 그는 대견한 사람이다'란 의미를 민들레에 담았다.

주제 담기, 시작할 때 쓴 문장을 다시 마무리에 반복해보았다. 그러고도 무리 없이 읽힌다면 이 마지막 연에 주제가 담긴 것이다. 시작과 끝의 반복에서 중간에서 삐져 나가는 게 없다면 주제 제대로 살린 것이다. 중요한 건 다시 언급하기이다. 주제는 적어도 두 번 이상 반복해 살리자.

〈선풍기〉

_ 최복현

돌고 돈다.
또 돈다.
어제도 돌았고
오늘도 돈다.

빨리 돌라면 빨리
천천히 돌라면 천천히
그만 돌라면 그만 돈다.

돌고 돈다.

또 돈다.

주인이 돌라는 대로 돌고 돈다.

이 글에선 '돈다'와 '돌리는 대로'의 조응이다. 이를테면 자율적으로 도는 게 아니라 타율에 의한 돌기이다. 이 글의 주제를 보다 명확하게 하고 싶다면 제목을 '회사원'이라 붙이자. 마지막 문장은 주인이 '돌라는 대로 돌고 도는 선풍기'라고 하자. 그럴듯한 글이 될 것이다.

결국 주제는 내가 벌려놓은 이야기들을 내가 정말 전하고 싶은 하나의 생각으로 제대로 정리할 수 있느냐의 문제다. 글도 하나의 몸이라고 생각하고, 그 몸에서 벗어난 것이 있다면 과감히 쳐내야 한다는 의미다. 단순하게 시작하여 중간에 좀 벌려놓았어도 마지막엔 그것들을 하나로 모아야 한다는 생각, 주제는 여하튼 삶의 모습으로, 사람살이의 의미로 연결되어야 한다는 생각으로 마무리하자.

[최 선생의 글쓰기 tip 16] 주제 확인하기

1 글 속의 에피소드들이 하나로 합해지나 살펴보라.
2 글 속의 사연들이 하나로 합해지나 살펴보라.
3 글 속의 소주제가 하나로 합해지나 살펴보라.
4 글 속의 측면들이 하나로 합해지나 살펴보라.
5 글을 한 문장으로 정의해보라.
6 주제는 가능하면 일반적 문장에 개성적 수식어를 찾아 넣어라.
7 명문장을 찾아 적고 거기에 수식어를 붙여라.

18강

단락의 구성

본문을 이루는 모든 단락에는 하나의 주제가 있다. 이 주제를 소주제 또는 화제라고 한다. 이 소주제를 하나의 문장으로 나타낸 것을 소주제 문이라고 한다. 그리고 이 소주제를 전개하는 문장을 뒷받침 문장이라고 한다. 소주제와 뒷받침 문장의 관계는 소주제를 중심으로 여러 뒷받침 문장 또는 하나의 뒷받침 문장이 한 치의 오차도 없이 집약된다.

단어들이 밀접하게 결합하여 문장이 되고, 문장들이 모여 단락이 된다. 하나의 중심 생각으로 모인 단락이 모여 글이 되는데, 단락에서의 중심 생각은 소주제, 이 소주제들이 글 전체의 중심 생각인 주제를 떠받친다. 따라서 글은 길든 짧든 한 편에는 주제가 하나이다. 시든, 소설이든, 수필이든 한 편에는 주제가 하나여야 한다. 각 단락 역시 단락 하나에 소주제는 하나여야 한다.

사람은 사회적 동물이다. 일찍이 아리스토텔레스가 지적한 것처럼 사람은 누구나 사회집단을 이루어 사는 존재다. 물고기가 물을 떠나서는 살 수 없듯이 사람은 가정, 마을 나아가 국가라는 공동체를 떠나서는 하루도 살기 어렵다. 사람이 나날이 먹는 음식, 입는 옷, 그리고 사는 집 등 삶의 기본 요소는 혼자의 힘으로는 도저히 마련될 수 없기 때문이다. 우리는 모두 이런 사람에 속함은 말할 것도 없다. 남녀노소 빈부귀천을 막론하고 모두 예외 없이 사람으로 자처한다. 그러니 우리는 모두 글자 그대로 사회적 동물이다. 우리는 다 같이 얽히고설켜 서로 돕고 뭉쳐서 살아가야만 하는 공동체적 운명을 지니고 있다. 곧 '나'는 '너'를 떠나서는 근본적으로 존재할 수 없는 것이다.

단락은 원고 쓰기에서 형식적으로 한 칸 들여쓰기를 한다. PC 작업에서는 엔터를 친 곳이 단락의 경계가 된다.

단락은 하나의 중심생각(소주제)을 드러내야 한다. 따라서 중심생각이 바뀔 때에는 들여쓰기를 하거나 엔터를 쳐야 한다는 의미다.

단락은 전체 글 속에서 기능에 따라 일반 단락과 특수 단락으로 나눈다. 일반 단락은 전달하고자 하는 실질적인 내용을 전개하는 단락으로 전체 글에서 본문에 해당한다.

특수 단락은 특수 목적을 위해 배치하는 단락으로 글의 시작인 도입 단락, 글을 끝맺음하는 마무리 단락을 말한다.

① 글의 시작 : 도입 단락
② 글의 끝맺음 : 마무리 단락

글 전체를 하나로 묶어놓은 주제는 여러 개의 소주제로 나뉘고, 그 소주제는 각기 단락을 이루어 여러 개의 뒷받침 문장으로 전개된다. 소주제에 따라서는 단일한 단락으로 서술하기 곤란한 경우도 있다. 그러면 어쩔 수 없이 소주제를 다시 나누어야 한다. 이런 식으로 생각하면 소주제를 뒷받침하는 문장이 다시 그 문장을 뒷받침하는 문장을 필요로 한다는 것을 알 수 있다.

소주제문은 단락에서 다루어질 내용의 핵심을 나타내는 문장을 말한다. 그리고 뒷받침 문장은 소주제문을 부연하거나 논증하거나 예증하는 등 단락 내에서 소주제문을 떠받드는 모든 문장을 말한다.

> 지조를 지키기란 참으로 어려운 일이다. 자기의 신념에 어긋날 때면 목숨을 걸고 항거하여 타협하지 않고, 부정과 불의한 권력 앞에는 최저의 생활, 최악의 곤욕을 무릅쓸 각오가 없으면 섣불리 지조를 입에 담아서는 안 된다. 정신의 자존자시(自尊自恃)를 위해서는 자학과도 같은 생활을 견디는 힘이 없이는 지조는 지켜지지 않는다. 그러므로 지조의 매운 향기를 지닌 분들은 심한 고집과 기벽(奇癖, 기이한 성벽)까지도 지녔던 것이다. 신 단재(신채호) 선생은 망명 생활 중 추운 겨울에 세수를 하는데 꼿꼿이 앉아서 두 손으로 물을 움켜다 얼굴을 씻기 때문에 찬물이 모두 소매 속으로 흘러 들어갔다고 한다. 어떤 제자가 그 까닭을 물으매, 내 동서남북 어느 곳에도 머리 숙일 곳이 없기 때문이라고 했다는 일화가 있다.
>
> _〈지조론〉, 조지훈

이 글에서 바로 첫 문장인 '지조를 지키기란 참으로 어려운 일이다' 가 소주제문이고 나머지 문장들은 이 소주제문을 부연설명한 뒷받침 문장들이다.

그러니까 글을 잘 쓴다는 것은 소주제문을 잘 정하는 것은 물론 자신이 정한 소주제문을 잘 설명하거나 설득력 있게 펼치느냐의 문제다.

[최 선생의 글쓰기 tip 17] **깔끔하고 생동감 있게 글쓰기**

1 글쓰기에 앞서 범위를 정하라.

2 송어 가두리 양식장에서 송어를 잡아라.

3 순서를 잘 정하라.

4 같은 단락 내에서 역접 접속사와 결론 접속사는 한 번만 써라

5 하던 이야기는 한 곳에서 끝내라. 다른 이야기하다 다시 이야기하면 유사어가 쓰인다.

6 접속사 대신 문장으로 채워라.

7 단락 간격 띄우는 대신 문장으로 채워라.

8 같은 문장 내에서 같은 단어나 유사 단어는 한 번만 쓰라.

9 수필 쓸 때의 주어 '나'는 생략하라. 단, 의미의 중의성 문제가 생기면 꼭 쓰라.

19강

첫 단락 쓰기

    막상 글을 쓰려면 첫 문장을 쓰기가 쉽지 않다. 첫 문장 쓰기란 곧 첫 단락 쓰기의 의미이기도 하다. 이 첫 문장은 글의 전체적인 인상에 영향을 미치기 때문에 잘 써야 한다.

    모든 글에서 첫 문장은 아주 중요하다. 첫 문장은 글 문을 여는 일로 첫 문장에서 독자들은 작가의 내심을 살짝 엿보게 된다. 따라서 첫 문장을 잘 이끌어낸다면 글의 3분의 1은 성공한 것이나 다름없다. 또한 첫 문장을 어떻게 쓰느냐는 글의 주제를 결정하는 데에도 영향을 미친다. 첫 문장을 잘 쓰려면 다른 작가의 좋은 글을 참고하는 것도 좋은 방법이다. 꼭 자기의 생각으로 글의 첫 문을 열어야하는 건 아니다. 다른 좋은 글을 인용하며 시작하는 것도 좋은 방법이다.

    이 첫 단락은 특수 단락으로 본문에 자연스럽게 연결되도록 써야 한다. 그렇지 않다면 첫 단락을 단도직입적으로 본론으로 들어가는 편이 낫다.

1. 첫 단락 쓰기

(1) 호기심을 자극하는 첫 문장쓰기

먹을 만큼 살게 되면 지난날의 가난을 잊어버리는 것이 인지상정(人之常情)인가 보다. 가난은 결코 환영(歡迎)할 것이 못 되니, 빨리 잊을수록 좋은 것일지도 모른다. 그러나 가난하고 어려웠던 생활에도 아침 이슬같이 반짝이는 아름다운 회상(回想)이 있다. 여기에 적는 세 쌍의 가난한 부부(夫婦) 이야기는, 이미 지나간 옛날이야기지만, 내게 언제나 새로운 감동(感動)을 안겨다 주는 실화(實話)들이다.

_〈가난한 날의 행복〉, 김소운

그것이 헛된 일임을 안다.

그러나 동경과 기대 없이 살 수 있는 사람이 있을까? 무너져버린 뒤에도 그리움은 슬픈 아름다움을 지니고 있다.

_〈먼 곳에의 그리움〉, 전혜린

나무는 덕(德)을 지녔다. 나무는 주어진 분수에 만족할 줄을 안다. 나무는 태어난 것을 탓하지 아니하고, 왜 여기 놓이고 저기 놓이지 않았는가를 말하지 아니한다. 등성이에 서면 햇살이 따사로울까, 골짜기에 내려서면 물이 좋을까 하여, 새로운 자리를 엿보는 일이 없다. 물과 흙과 태양의 아들로, 물과 흙과 태양이 주는 대로 받고, 후박(厚薄)과 불만족(不滿足)을 말하지 아니한다. 이웃 친구의 처지에 눈떠 보는 일도 없다. 소나무는 소나무대로 스스로 족하고, 진달래는 진달래대로 스스로 족하다.

_ 〈나무〉, 이양하

엄마가 죽었다. 어쩌면 어제였을지도 모른다.

_ 〈이방인〉, 까뮈

(2) 의도를 드러내며 곧장 들어가는 첫 문장

글의 의도를 곧바로 나타내는 방법으로, 글쓰기에 자신 있는 이들이
주로 쓴다. 우회하지 않고 자신의 주장을 독자에게 곧바로 주입하는 방
법이다. 본론으로 직접 들어가는 방식이다.

수필(隨筆)은 청자연적(靑瓷硯滴)이다. 수필은 난(蘭)이요, 학(鶴)이
요, 청초(淸楚)하고 몸맵시 날렵한 여인(女人)이다. 수필은 그 여인이
걸어가는, 숲 속으로 난 평탄(平坦)하고 고요한 길이다. 수필은 가로
수 늘어진 포도가 될 수도 있다. 그러나 그 길은 깨끗하고 사람이 적
게 다니는 주택가(住宅街)에 있다.

_ 〈수필〉, 피천득

뒤에 서술할 근거가 독자를 설득시킬 수 있을 만큼 자신이 있을 때
쓸 수 있다.

동양인은 폭포를 사랑한다. 비류 직하 삼천척(飛流直下三千尺)이란
상투어가 있듯이, 위에서 아래로 떨어지는 그 물줄기를 사랑한다.
으레 폭포수 밑 깊은 못 속에는 용이 살며 선녀들이 내려와 목욕을

한다. 폭포수에는 동양인의 마음속에 흐르는 원시적인 환각의 무지개가 서려 있다.

서구인들은 분수를 사랑한다. 지하로부터 하늘을 향해 힘차게 뻗어 오르는 분수, 로마에 가든 파리에 가든 런던에 가든, 어느 도시에나 분수의 물줄기를 볼 수 있다. 분수에는 으레 조각이 있고 그 곁에는 콩코르드와 같은 시원한 광장이 있다. 그 광장에는 비둘기 떼가 날고 젊은 애인들의 속삭임이 있다. 분수에는 서양인의 마음속에 흐르는 원초적인 꿈의 무지개가 서려 있다.

_〈폭포와 분수〉, 이어령

(3) 인용하는 글로 시작하기

우화, 예화, 시, 명언 등을 인용하면서 시작한다. 그러면 막혀 있던 생각이 떠오를 수도 있고, 인용한 대목을 풀이하면서 글을 이어갈 수 있는 장점이 있다. 또한 독자들의 호기심을 이끌어내기에도 좋다. 예를 들면 이솝우화 같은 이야기로 시작하는 글이 있다.

(4) 대화체로 시작하기

대화체로 글을 이끌면서 현장감과 호기심을 주는 방식이다.

"자네, '피딴'이란 것 아나?"

"피딴이라니, 그게 뭔데……?"

"중국집에서 배갈 안주로 내는 오리알[鴨卵] 말이야. '피딴(皮蛋)'이라고 쓰지."

"시퍼런 달걀 같은 거 말이지. 그게 오리알이던가?"

"오리알이지. 비록 오리알일망정, 나는 그 피딴을 대할 때마다, 모자를 벗고 절이라도 하고 싶어지거든……."

"그건 또 왜?"

_〈피딴문답〉, 김소운

(5) 줄거리를 요약해서 보여주기

책이나 영화 또는 드라마 리뷰를 할 때 쓰는 방법이다. 내용이나 줄거리를 간략하게 서두에서 보여주고 시작한다.

괴테의 시 가운데 〈앉은뱅이꽃의 노래〉라는 시가 있다.

어느 날, 들에 핀 한 떨기의 조그만 앉은뱅이꽃이 양의 젖을 짜는 순진무구한 시골 처녀의 발에 짓밟혀서 시들어버리고 있다. 그러나 앉은뱅이꽃은 조금도 그것을 서러워하지 않는다. 추잡하고 못된 사내 녀석의 손에 무참히 꺾이지 않고 맑고 깨끗한 처녀에게 밟혔기 때문에 꽃으로 태어났던 보람이 있었다는 것이다.

_〈행복의 메타포〉, 안병욱

시나리오 형식을 도입해 서두를 장식할 수도 있다. '#'을 넣어 장면 표시를 한다. 소설이나 영화 등의 리뷰를 쓸 때는 쓰려는 글과 연결 가능한 다른 작품의 줄거리나 일부 내용 또는 그 책의 인상적인 문구로 시작하는 것도 좋다.

(6) 영화, 책 이야기나 개인적인 경험 털어놓기

글의 도입에 많이 쓰는 사례로는 개인적인 경험이 많다. 살아오면서 겪은 사건이나 일화, 사연뿐 아니라 자신의 경험은 아니어도 다른 사람에게서 전해들은 사건들로 시작하는 것도 좋은 방법이다.

> 구두 수선(修繕)을 주었더니, 뒤축에다가 어지간히도 큰 징을 한 개씩 박아놓았다. 보기가 흉해서 빼어 버리라고 하였더니, 그런 징 이래야 한동안 신게 되고, 무엇이 어쩌고 하며 수다를 떠는 소리가 듣기 싫어 그대로 신기는 신었으나, 점잖지 못하게 저벅저벅, 그 징이 땅바닥에 부딪치는 금속성 소리가 심히 귓맛에 역(逆)했다. 더욱이, 시멘트 포도(鋪道)의 딴딴한 바닥에 부딪쳐 낼 때의 그 음향(音響)이란 정말 질색이었다. 또그닥 또그닥, 이건 흡사 사람이 아닌 말 발굽 소리다.
>
> _ 〈구두〉, 계용묵

어릴 적 일화나 성장기 진통, 청춘의 설레던 경험담, 인상 깊었거나 감동을 자아냈던 책, 음악, 영화 이야기를 꺼내는 방식 역시 많이 쓰인다. 반대로 첫사랑의 기억 혹은 이별의 아픔은 책이나 영화의 소재가 되기도 한다.

2. 첫 단락 쓰기 실전 연습 요령

첫 단락을 도입 단락으로 삼아 분위기를 잡고 들어가기 연습을 해보자. 아래 제시하는 요령대로 순서에 따라 쓰려는 글에 맞게 연습하자.

(1) 유추로 시작하는 첫 단락

① 일단 예를 제시하고

② 그 예의 내용을 쓴 다음

③ 예에 담긴 의미를 서술하면서

④ 본문과 자연스럽게 연결되도록 쓰는 방법이다.

⑤ 본문 쓰기로 연결한다.

　(①일단 예를 제시하고) 누구나 한번쯤 조각퍼즐을 맞춰본 경험이 있을 것이다. (②그 예의 내용을 쓴 다음) 여러 개의 조각을 모두 제 위치에 놓으면 하나의 그림이 완성되는 퍼즐이다. (③예에 담긴 의미를 서술하면서) 만일 하나의 조각이라도 부족하거나 위치를 잘못 잡아 맞추면 그림은 완성되지 않는다. (④본문과 자연스럽게 연결되도록 쓰는 방법) 우리 사회도 마찬가지이다. (⑤본문 쓰기로 연결) 퍼즐에서 조각 하나 하나가 다 맞아야 하나의 완성된 그림이 되듯이, 사회를 구성하는 모든 개인도 있어야 할 자리가 따로 있고, 각자 나름의 가치를 지니고 있다.

　이처럼 유추로 시작하는 도입 단락은 논리적인 글쓰기에 좋은 유형이다. 여기서 ④를 잘 기억해자. 도입 단락에서 본문으로 자연스럽게 연결하는 방법이 ④이다. 슬쩍 본문으로 끌어 들어가기이다.

(2) 문제를 제시하면서 글 열기

① 우선 현실에서 일어난 사건을 제시하고

② 사건에 대한 부연설명하고

③ 사건에 담긴 문제를 제시한 다음
④ 본문에 자연스럽게 연결한다.

　　(①우선 현실에서 일어난 사건을 제시하고) 올 봄에는 메르스 사건이
광풍처럼 지나가면서 우리 사회를 심한 갈등과 혼란 속에 빠뜨렸다.
(②사건에 대한 부연설명하고) 정확한 정보를 공개하니 안 하니 갈등
을 빚었고, (③사건에 담긴 문제를 제시한 다음) 메르스 전염성에 대해
서도 공기 감염이 되니 안 되니로 논란이 일면서 온통 사회 전체가
메르스에 초집중하면서 일상생활에 일대 혼란을 가져왔다. 이번 메
르스 사태에서도 드러났지만, 언젠가부터 우리 사회는 어떤 문제든
두 편으로 나뉘어 갈등하고 있다. (④본문에 자연스럽게 연결) 이번 메
르스 사태와 마찬가지로, 아니 메르스 사태에 드러난 네 편 내 편의
양 극단의 논리는 우리나라의 고질적인 양당체제에 기인한다. 우리
나라는 제도적·법적으로 그리된 것은 아니지만 구조적으로 양당체
제가 자리 잡을 수밖에 없도록 되어 있다.

　이렇게 문제제기를 하면서 글을 여는 방법은 논리적 글쓰기에 적합
하다. 사설이나 시사문제를 서술할 때 좋다.

(3) 정의 또는 개념으로 시작하는 방법
① 정의를 내린다.
② 그 정의를 보충하거나 부연설명한다.
③ 논의할 대상을 1~2개 정도 제시하면서
④ 자연스럽게 본론으로 연결한다.

(①정의 내리기) 사회란 무엇인가? 사회는 한 개인과 다른 개인이 떼려야 뗄 수 없는 상호 교류하는 관계이다. (②그 정의를 보충하거나 부연설명) 이 관계 속엔 서로 보완적인 관계만 있는 것은 물론 아니다. 서로 상충되고, 갈등하는 관계도 있을 수 있다. 그럼에도 개인은 그 관계망에서 벗어나서 존재할 수는 없다. (③논의할 대상을 1~2개 정도 제시) 그렇기 때문에 개인이 다른 개인과 맺는 상호관계는 매우 중요하다. (④자연스럽게 본론으로 연결) 그 관계로 인해 개인의 행복과 불행의 원인이 될 수도 있고, 사회적으로 넓혀보면 행복한 사회와 갈등 사회의 원인이 될 수도 있기 때문이다.

이 방법에서는 이처럼 개인의 의견으로 어떤 문제에 대한 정의를 내리는 것으로 시작할 수도 있지만, 미처 그런 정의가 안 떠오른다면 이미 밝혀진 정의를 앞세울 수도 있다. 자본주의의 사전적 의미는 '~ '라는 식으로 말이다. 이 방법 역시 논리적 글에 적합하다.

(4) 다른 주장을 반박하면서 시작하기
① 내 주장과 다른 주장을 소개한다.
② 그 주장을 반박한다.
③ 내가 주장할 내용의 핵심을 제시한다.

(①주장과 다른 주장을 소개) 대부분의 사람들은 직장을 찾을 때 자신이 가장 잘할 수 있는 일을 찾으라고 한다. (②그 주장을 반박) 하지만 내가 가장 잘하는 일과 내가 좋아하는 일이 꼭 일치하는 것은 아니다. (③내가 주장할 내용의 핵심을 제시) 잘하는 일과 좋아하는 일이

일치된다면 걱정할 일은 아무것도 없을 테지만 그렇지 않다면 처음 직장을 잡을 때 잘하는 일을 선택할지 좋아하는 일을 선택할지를 잘 판단해야만 한다.

[최 선생의 글쓰기 tip 18] 본문 채워나가기

1 주제문에 나온 개념들의 교집합, 그것은 두 개념 간의 유사점, 동질감이다.
2 그 유사점이 단락의 소주제이다. 그것으로 하나씩 단락을 구성하라.
3 단락을 구성하려면 교집합의 쌍들을 찾아내야 한다.
4 쪼개지 않으면, 분석하지 않으면 소주제를 만들 수 없다.

20강

본문 단락 쓰기

 이전에는 원고지나 백지에 필기구로 직접 순서대로 썼으나 요즘은 주로 컴퓨터로 글을 쓰기 때문에 글쓰기가 훨씬 편리하다. 삭제와 이동, 보충이 쉬워져서 이제는 굳이 순서대로 쓰지 않아도 된다. 이런 이점을 살려 몸말을 먼저 쓰고 첫 단락을 나중에 쓰는 것도 좋다.

 단락으로 이야기하자면 일반 단락과 특수 단락이 있다. 일반 단락은 글의 몸말에 해당하며 글의 길이는 일반 단락에 좌우된다.

 특수 단락은 도입 단락과 마무리 단락이다. 도입 단락은 전체적인 글의 분위기를 잡는 단락으로 반드시 있어야 하는 건 아니다. 본론으로 들어가서 글을 시작하고 마무리까지 하는 경우도 많다. 도입 단락을 쓰면 좋은 이유는 본론으로 들어가기 전에 독자들의 주의를 환기시킬 수 있다는 점이다.

 도입 단락을 잘 쓰면 독자에게 전개할 글에 대한 흥미를 줄 수 있다. 도입 단락은 글의 분위기 유도와 전개할 글의 암시 정도면 좋다. 보다 흥미로운 도입 단락을 쓰려면 자신의 생각만으로 쓰는 것도 좋지만 다

특수 단락	도입 단락 현재 시제가 좋다	혼자만 알고 있다.	• 쓰고자 하는 내용으로 안내하기 • 취지 설명하기 • 첫 문장 잘 쓰기	현재 나는 내가 이야기할 사건 또는 대상을 어떻게 생각하나?
일반 단락	전환 단락	소주제문 : 단일한 개념		
	정리 단락			
	뒷받침 단락 묘사, 서사 단락	이유, 인과, 예증, 지정, 설명, 설득, 비교, 대조	• 왜냐하면, 즉 • 이를테면 • 구체적으로 말하면 • 자세히 말하면 • 예를 들면……	• 어떻게 독자를 설득할까? • 설명할까? • 내 주장을 정당화할까?
특수 단락	마무리 단락 현재 시제가 좋다	독자도 안다는 전제 • 같이 생각해보기 • 자기 생각 정리하기 • 각오 다지기 • 대안 제시하기	• 도입 단락을 다시 확인 • 글의 범위를 다시 확인 • 정리하고 대안 제시	• 현재에서 생각하기 • 미래에 각오 다지기 • 대안 제시하기

른 작가들이 쓴 글을 인용하거나, 또는 명언이나 속담을 이용하는 것도 좋다. 자신의 생각만으로 쓴다면 세상 돌아가는 이야기, 날씨나 기온 또는 계절이야기, 주변 이야기도 좋다. 또는 본문에 쓴 사건이나 에피소드를 만나게 된 동기를 쓰는 것도 좋은 방법이다.

도입 단락은 그 글의 첫인상과 같기 때문에 보다 흥미를 끌 수 있도록 써야 한다. 주의할 점은 본문과 자연스럽게 연결되어야 한다는 점이다. 첫인상을 좋게 한다는 생각으로 본문과 관련이 없는 문장들을 나열해선 안 된다. 글도 하나의 유기체라 생각하고 문장과 단락, 단락과 단락이 자연스럽게 연결되도록 써야 한다.

본문은 두괄식으로 쓰는 게 훨씬 쉽다. 일단 쓰려는 대상을 쓴 다음 서술어는 그다음이다. 이를테면 '어머니'에 관한 글을 쓰려면 좀 더 구체적으로 좁힌다. '나의 어머니'라고 하면 좀 구체적이다. 여기에 구체적인 수식어를 붙여야 한다. '날마다 나를 위해 기도하는 나의 어머니'라는 소재로 글을 쓴다면 '나의 어머니는 나를 위해 날마다 기도하신다'로 시작하는 것이다. 이렇게 구체화하면 글은 쉽게 나오기 마련이다. 그래도 쓸 말이 떠오르지 않으면 이 서술어를 뒤집어 명사구로 만들어본다. '날마다 나를 위해 기도하시는 나의 어머니'이다. 이제 이 문장이 글의 범위이다.

여기서는 두 개의 집합이 있다. 기도라는 집합과 나의 어머니라는 집합이다. 나의 어머니와 기도 두 개의 집합에서 공통으로 해당하는 집합, 즉 교집합이 글의 범위이다. 이 범위를 벗어나지 않게 글을 쓴다면 좋은 글을 쓸 수 있다. 글이 길든 짧든 모든 글은 하나의 중심 생각, 즉 하나의 주제로 묶을 수 있어야 한다. 그러기 위해서는 글을 하나의 집합으로 보는 것이 좋다.

다시 말하면 전체 집합이 글의 범위가 아니라 교집합이 글의 범위여야 한다는 말이다. 때문에 글을 쓰기 전에 쪼갠 제재들 중 쓰려는 글에 어울리지 않은 제재들은 과감히 버리고, 유의미한 것들로만 써야 한다.

이제 글의 범위를 확정했다면 본문의 첫 문장부터 써보자. 글의 대상인 '나의 어머니'를 문두에 놓고 그 뒤에 나올 만한 모든 조사나 보조사를 붙이고 문장 연습을 해보자. 이 연습은 이 글 한 편 완성하기에 앞서 문장을 이해하는 데 도움이 된다.

나의   어머니는
        어머니가
        어머니를

어머니만

어머니조차

어머니에게

어머니로부터

어머니밖에

어머니마저

이렇게 대상 뒤에 조사나 보조사를 붙이고 문장 연습을 해보자. 그 뒤에 따라오는 문장들은 모두 다른 문장임을 알게 될 것이다. 그다음엔 두 번째 집합인 '기도'를 가지고 똑같이 문장 연습을 해보자.

어머니의   기도는

기도를

기도에서

기도만

기도밖에

기도 덕분에

이런 식으로 하면 여러 문장이 만들어진다. 이 문장들 중에서 쓰려는 글에 해당되는 문장들만 골라내서 쓰면서, 그 사이 사이를 촘촘하게 새로운 문장들로 채워가면 좋은 글을 쓸 수 있다. 그 사이 사이에 들어갈 문장들은 만들어놓은 문장들에 대한 이유나 원인, 결과, 자세한 설명, 구체적인 예 등이 될 것이다.

이러한 연습을 통해 문장의 원리를 이해하고, 글의 원리 또는 틀을 이해하면 글쓰기의 달인이 되기는 빨라질 것이다.

[최 선생의 글쓰기 tip 19] 글 중간 쓰기

1 쓰고자 하는 대상(단어)을 써라.

2 붙일 수 있는 조사나 보조사를 모두 붙여라.

3 이어서 문장을 만들어라.

4 그 문장을 구체화하거나 설명하라. '예를 들면'이나 '즉', '구체적으로 말하면', '이를테면', '왜냐하면'으로 문장을 시작하라.

5 불필요한 구절들은 생략하라.

6 문장의 순서들을 살펴라. 시작이 있고 중간이 오고 끝이 있다.

　봄, 여름, 가을, 겨울의 순서 / 씨앗, 생장, 결실, 휴식의 순서

　꿈, 모험, 성숙, 성찰의 순서 / 여행, 자아발견, 깨달음의 순서

21강

마무리 단락 쓰기

1. 마무리 단락 쓰기 요령

(1) 마음을 움직이는 마무리 글쓰기

마무리 글을 잘 쓸 수 있다면 글의 절반은 성공한 셈이다. 그만큼 마무리가 중요하다. 마무리 글은 독자가 작가에게 느끼는 인상이다. 내용이 아무리 좋아도 마무리가 좋지 않으면 독자에게 여운을 주지 못한다. 따라서 마무리할 때는 첫 문장을 쓸 때와 마찬가지로 정성을 다해야 한다.

(2) 독자의 허를 찌르는 반전으로 마무리하기

인상 깊은 결말을 남길 수 있도록 해야 한다. 그중 하나는 독자의 허를 찌르는 결말이다. 극적인 반전을 통해 강렬한 인상을 주는 방법이다.

그는 고요한 꿈나라에서 평화롭게 잠들은 세상을 저주하며, 홀로 이 머리를 풀어뜨리고 우는 청상(靑孀)과 같은 달이다. 내 눈에는 초생달 빛은 따뜻한 황금빛에 날카로운 쇳소리가 나는 듯하고, 보름달은 치어다 보면 하얀 얼굴이 언제든지 웃는 듯하지마는, 그믐달은 공중에서 번듯하는 날카로운 비수와 같이 푸른빛이 있어 보인다. 내가 한(恨) 있는 사람이 되어서 그러한지는 모르지마는, 내가 그 달을 많이 보고 또 보기를 원하지만, 그 달은 한 있는 사람만 보아주는 것이 아니라 늦게 돌아가는 술주정꾼과 노름하다 오줌 누러 나온 사람도 보고, 어떤 때는 도둑놈도 보는 것이다. 어떻든지, 그믐달은 가장 정(情) 있는 사람이 보는 중에, 또는 가장 한 있는 사람이 보아주고, 또 가장 무정한 사람이 보는 동시에 가장 무서운 사람들이 많이 보아준다. 내가 만일 여자로 태어날 수 있다 하면, 그믐달 같은 여자로 태어나고 싶다.

_〈그믐달〉, 나도향

여자는 왜 그리 남자를 믿지 못하는 것일까. 여자를 대하자면 남자는 구두 소리에까지도 세심한 주의를 가져야 점잖다는 대우를 받게 되는 것이라면, 이건 이성(異性)에 대한 모욕이 아닐까 생각을 하며, 나는 그다음으로 그 구두 징을 뽑아버렸거니와 살아가노라면 별(別)한 데다가 다 신경을 써 가며 살아야 되는 것이 사람임을 알았다.

_〈구두〉, 계용묵

(3) 물음을 던지며 글 마무리하기

물음을 던지면서 의미를 부여하는 방식으로 '~한 것은 ~것이 아닐까'라는 형식으로 끝맺는다.

> 너무 행복에 대해서 관심을 갖지 않는 편이 좋다. 행복에 개의치 않고 보람 있는 인생을 살려고 애쓰고 또 인생의 보람을 위해서 정성스럽게 일하노라면 뜻밖에도 행복의 여신이 아름다운 미소를 지으면서 우리를 찾아올 것이다. 행복의 길은 행복에 해당하는 행동을 하는 것이요, 행복을 누릴 자격이 있는 사람이 되려고 애쓰는 일이다. 인생의 보람을 위해서 살고, 보람 있는 인생을 사는 것이다. 보람, 이것이 행복의 중요한 열쇠가 아닐까.
>
> _ 〈앉은뱅이 꽃의 노래〉, 안병욱

(4) 인용을 하면서 끝내는 방법

본문과 잘 어울리는 시나 명언, 구절로 여운을 남기며 마무리한다.

> 나에게 있어 먹은 일종 향료일 뿐이다. 옛날 먹의 고향 중국서는 과시(科試) 글씨에 남열(濫劣)한 자는 묵수 일승(墨水一升)을 먹이는 법이 있었다 한다. 내 글씨는 묵수일두(墨水 一斗)를 먹어 마땅할 것으로 한 자를 제대로 성자(成字)할 자신이 없는 것이다. 다만 먹을 가는 재미, 붓을 흥건하도록 묻혀보는 재미, 그리고 먹 내를 맡을 뿐, 이것으로 지족(知足)할 염치밖에는 없는 것이다. 명필동파(東坡)는 천진난만시오사(天眞爛漫是吳師)라 하였다. 나는 낙필(落筆) 이전에서 천진난만을 몽유(夢遊)할 뿐이다. 촉 긴 붓과 향기로운 먹만 있으

면 어디서든 종토(淨土)일 수 있는 것이다…….

_〈필묵〉, 이태준

(5) 풍경이나 날씨 등을 묘사하며 끝내는 방법

별다른 설명 없이 정경을 묘사하여 여운을 남기며 끝을 맺는 방법이다. 주로 감상문이나 문예적인 글에 적합하다.

> 그는 비틀비틀 앞으로 고꾸라질 듯 다시 걷기 시작하였다. 그렇게 그와 공산군의 모습이 뒷산 잔솔밭 뒤로 사라졌다. 그로부터 5분쯤 지나서였다. 솔밭 뒤에서 총소리가 몇 방 요란스레 새벽하늘을 흔들었다. 총소리에 놀란 송아지는 으쓱 머리를 쳐들었다. 귀를 쫑긋쫑긋 움직였다. 커다란 송아지의 두 눈에는 겁이 잔뜩 서렸다. 그러나 한참이나 그러고 서 있던 송아지는 아무 일도 없다는 듯 다시 풀을 뜯으며 말뚝 둘레를 천천히 돌고 있었다.

_〈어떤 사형수〉, 이범선

2. 마무리 단락 쓰기 실전 연습

(1) 본문 내용을 요약하여 정리하여 마무리하기

본론에서 이미 밝힌 결론을 간추려 되풀이한다. 이런 결론은 글 전체의 주제일 수도 있고 그 주제를 여러 갈래로 하위 구분한 소주제들일 수도 있다. 이 방법은 분명하게 글을 요약하며 설명해주는 방식으로, 잘 정리한 느낌을 준다.

이 방법을 쓸 때는 각 단락에서 일단 소주제문을 뽑고, 소주제문을 뒷받침하는 문장에서 수식어를 뽑아 한 단락에서 한 문장씩 만들어 낸다.

(2) 주제로 쓸 문장 하나를 더 강조한다

'지금까지 논의한 것 중에서 특히 ~은' 식으로 강조한다.

> 그러므로 '은근'은 한국의 미요, '끈기'는 한국의 힘이다. 은근하고 끈기 있게 사는 데에 한국의 생활이 건설되어 가고, 또 거기서 참다운 한국의 예술, 문학이 생생하게 살아날 것이다.
>
> _〈은근과 끈기〉, 조윤제

(3) 글의 주제와 관련된 어구 등으로 여운 남기기

주제를 뚜렷이 상기시키는 대신에 관련된 표현으로 여운을 남기면서 끝맺는다.

(4) 글을 마무리하면서 남은 문제점, 요망사항이나 전망을 곁들이기

때로는 본론에서 서술한 내용을 간추리지 않고 독자에게 바라는 점이나 앞으로의 전망만을 적고 끝맺는 수도 있다. 물론 필자의 요망이나 전망은 글의 주제에 얽힌 것이어야 한다. 전혀 관련이 없는 것이 되어서는 안 된다.

위에 제시한 네 가지, 즉 (1),(2),(3),(4) 순서대로 글 한 편을 정리하면서 끝맺는 방법이 있고, 이 네 가지 중 적어도 한 방식을 선택하여 끝맺을 수도 있다.

　마무리하기에 앞서 앞에서부터 지금까지 쓴 글을 읽어봐야 한다. 제대로 글의 범위를 지키며 썼는지, 자신의 중심 생각을 잘 살렸는지를 살펴야 한다. 비단 문학적인 글이라 해도 글의 범위를 지키는 것은 필수다. 또한 문장의 순서와 단락의 순서가 유기적으로 잘 연결되어야 한다.

　이 정도를 확인했다면 다음엔 중심 생각인 주제를 다시 확인하면서 끝맺음하면 된다. 마무리하기는 새로운 문제를 제기해서는 곤란하다. 이제까지 써온 글을 대략적으로 정리하고, 그중에서 강조하고 싶은 것을 들춰내어 반복하면서 주제를 돋보이게 하는 게 좋다. 거기다 덧붙이고 싶다면, 앞으로의 각오나 다짐 또는 지금 상황에서의 여운 정도를 남겨두는 게 좋다.

[최 선생의 글쓰기 tip 20] 깔끔하게 글 정리하기

1 주어를 문두에 둔다는 고정관념을 버려라.

2 주어와 서술어는 가급적 가까이 위치하게 하라. 문장을 짧게 하거나, 주어를 서술어 가까이 이동시키거나, 보어를 앞세워 가급적 서로 가까이 위치하게 하라.

3 문장 내에 유사 단어가 쓰이지 않게 하라. 같은 단어가 두 번 이상 쓰였다면 한 단어군으로 합쳐라.

4 상황 설명 문장을 앞에 두고, 동작 행위 문장들은 뒤쪽으로 옮겨라.

5 상황 설명 문장은 상황 보어로 바꾸어라.

6 '~고 있다, ~인 것이다, ~하는 것이다'는 동작 서술어로 바꾸어라. 이를테면 '이다', '한다'로 바꾸라.

22강

글 바르게 쓰기

글은 자신을 설득하기 위해서가 아니라 독자를 설득하는 데 목적이 있다. 독자를 설득하려면 글을 멋있게 쓰기, 거창하게 쓰기가 중요한 것이 아니라, 어떻게 독자를 잘 설득하고, 쉽게 이해시킬 것인가가 중요하다. 그러려면 간단하고 명료한 글일수록, 자연스러울수록 좋다.

좋은 글은 어려운 내용이든, 깊이 있는 내용이든 쉽게 쓴 글이다. 이해하기 쉽고, 명확하게 쓴 글이다. 다시 말하면 어려운 것을 쉽게 설명하는 강사가 명강사이며, 어려운 것을 쉽게 풀어 간단하고 명료하게 쓰는 작가가 훌륭한 작가라는 말이다.

동어 반복은 피하는 게 좋다. 동어 반복은 글을 산만하고 지루하게 만든다. 수사적 의도가 있거나 문장을 올바로 조직하기 위해 반복을 피할 수 없는 경우를 제외하고는 동어 반복은 되도록 하지 않는 것이 좋다. 이를테면 어휘의 삭제나 대체를 통해 동어 반복 피하기, 반복되는 어휘 중에서 없애버려도 의미를 전달하는 데 영향을 주지 않는 어휘는 모두 제거하기, 반복되는 어휘를 비슷한 의미의 다른 표현이나 유사어

194 • 콕 집어 알려주는 달인의 글쓰기

로 대체하기로 해결한다.

(1) 중복되는 말은 피해야 한다.

같은 단어, 같은 표현, 같은 구나 절이 중복되지 않도록 유의해야 한다. 그리고 앞문장과 뒷문장의 서술어가 중복되지 않도록 변화를 주어야 한다.

(2) 겹피동형으로 만들지 말아야 한다.

피동문이란 피동사가 서술어로 쓰인 문장을 말한다. 우리 문장에서는 될 수 있는 한 능동형으로 써야 한다. 그리고 '피동사+어(아)지다'의 형태로 쓰이는 이중 피동은 더욱 쓰지 말아야 한다. 예를 들면 '~라고 생각되어진다'라는 표현은 '라고 생각한다'로 쓴다.

(3) 겹말 안 쓰기

단어를 선택할 때 겹말을 피해야 한다. 겹말이란 같은 뜻의 말이 겹쳐진 것인데, 주로 한자와 우리말이 겹쳐질 때 일어난다.

'역전 앞'은 역 앞이나 역전, '흰 백설기'는 흰떡이나 백설기, '처갓집'은 처가로 쓰면 될 단어들이다. 이밖에도 우리는 겹말을 쓰는 일이 많다. 몇 가지 예를 들면 다음과 같다.

고목 나무 → 고목 / 가로수 나무 → 가로수 / 신년 새해 → 새해
약수물 → 약수 / 늙은 노모 → 노모 / 프린터기 → 프린터
컴퓨터기 → 컴퓨터

(4) 접속사 줄이기

접속사 중 그리고, 그래서, 그런데, 그러나 등의 순접, 역접 접속사들을 남발하는 경우가 많다. 이러한 접속사를 가급적 쓰지 않는 게 좋다. 그런데 이 접속사들을 쓰지 않으면 자연스럽게 연결되지 않을 수 있다. 그럴 땐 접속사 대신 그 사이에 문장을 촘촘히 채워 넣으면 된다. 접속사를 줄이는 대신 문장과 문장 사이를 촘촘히 채우기, 이것이 좋은 글쓰기이다.

(5) '것' 남용 안 하기

'것' 자를 없애면 글쓰기 실력을 향상시킬 수 있다. 때론 '것'을 대체할 단어가 마땅치 않을 수 있다. 하지만 찾으려 하면 찾을 수 있다. 왜냐하면 '것'을 쓰는 바람에 문장에 나와야 할 숱한 단어들이 나오지 못하기 때문이다. '것'을 쓰지 말아야겠다 생각하고 대체할 단어를 찾으려 하면, 반드시 찾아낼 수 있다. 그 노력이 글쓰기 실력을 향상하게 해준다.

'사람은 생각하는 동물이다' 하면 될 것을 '사람은 생각하는 동물인 것이다'라든지 '사람은 자고로 일을 해야 한다'면 될 것을 '사람은 자고로 일을 해야 한다는 것이다' 등으로 굳이 '것이다'란 표현이 없어도 되는데 습관처럼 쓰는 일이 많다. 그러니까 그냥 간단하게 서술어로 끝내자. 물론 어색하면 그냥 '것이다'로 쓰는 게 좋다.

(6) '도', '등' 자주 쓰지 않기

'도', '등' 이러한 단어도 자주 쓰지 않도록 한다. 마치 '등'이라고 쓰면 지적인 것 같아서 몇 단어를 나열하다가 의미 없이 '등'을 쓰는 경우가 많다.

　실제로 쓸 것을 다 써놓고 '~등'이라 쓰는 이들이 많다. 만일 어떤 보고서라면 꼼꼼한 상사가 그것을 지적할 수도 있다. 가령 "이 문제를 해결하는 방법에 그밖의 문제가 뭐냐?"고 묻는다면 실상 아무것도 없다. 그러니까 '등'을 쓰지 말고 그냥 종결하라.

　'도'자를 쓰는 경우는 반복되는 일이나 강조할 때 쓰인다. 습관적으로 '도'를 쓰는 경우가 있는데 그럴 때는 문장이 어색하다. 그럴 때는 '도'자를 빼거나, '역시'나 '또한' 혹은 '~과 함께'와 같은 단어로 대체할 수 있다.

(7) 번역 투 쓰지 않기

　독자들이 모르는 단어는 쓰지 않는 것이 좋다. 한자 투나 영어 투의 표현도 우리말로 바꾸는 게 좋다. 번역 투에서 온 표현들도 가급적 우리 식으로 바꾸는 것이 좋다. 예컨대 '~로 인하여', '~을 통하여', '~에 대하여', '~에 의하여'와 같은 어구들도 간단하게 바꾸어주도록 한다. 예컨대 '가뭄에 대한 대책'은 '가뭄대책'으로 바꾸면 된다.

　'환경부에 의한 문제 제기'라면 '환경부의 문제 제기'면 된다. '선생님에 의한 가르침'은 '선생님의 가르침', '기아로 인한 문제'는 '기아 문제'면 된다.

(8) 자기 확신이 없는 듯한 의미를 가진 단어 쓰지 않기

　자신 없는 표현과 추측성 표현은 글의 신뢰를 떨어뜨린다. 예를 들면 '언젠가', '몇 년 전', 혹은 '어릴 적'과 같은 표현은 구체적인 숫자로 나타내야 한다. '~고 한다'와 '~인 것 같다'는 가능한 한 글에 쓰지 말아야 할 표현들이다. 이러한 표현을 자주 쓰면 자신이 쓰는 글에 자신이 없다는 뜻으로 읽힌다. 글은 읽는 이들에게 신뢰를 주는 것이 중요하다. 따라서 어림수보다는 구체적인 시간을 알려주는 것이 좋다. 장소 역시 구체적일수록 신뢰가 간다.

(9) 동일한 서술어를 남용하지 않기

① ~라고 말했다 : 밝혔다 / 전했다 / 덧붙였다

② 말문을 열었다 : 운을 뗐다 / 말했다/ 밝혔다 / 전했다 / 주장했다 / 설명했다 / 부연했다 / 더했다 / 곁들였다 / 덧붙였다

③ ~웃음을 자아냈다 : 웃음보를 자극했다 / 배꼽을 잡게 했다 / 폭소를 이끌어냈다 / 박장대소했다 / 폭소탄을 터뜨렸다

④ 꼬집었다 : 쓴소리를 던졌다 / 힐난했다 / 비판했다 / 비난했다 / 일갈했다 / 공격했다 / 맹공을 퍼부었다 / 집중 포화를 날렸다

⑤ 추임새를 넣다 : 너스레를 떨었다 / 익살맞은 표정을 지었다 / 농담을 던졌다 / 말을 거들었다 / 약을 올렸다 / 시치미를 뚝 뗐다

(10) 쓸데없이 길게 늘여 쓴 서술어는 짧고 명쾌한 어조로 바꾸기

① ~이라고 할 수 있다 → ~이다

② ~보다 더욱 중요한 것은 없다 → ~이 가장 중요하다

③ ~해야 마땅한 것이다 → ~해야 한다

④ ~이 없지 않다 → ~이 있다

⑤ ~이라 하지 않을 수 없다 → ~이다

⑥ ~하지 않으면 안 된다 → ~해야 한다

(11) 강조어 남발 안 하기

① 그야말로 힘들고 고통스러운 인생을 살아왔다. → 참으로 힘든 인생을 살아왔다

② 노력 없이는 성공할 수 없다는 것은 두말할 필요조차 없는 말이다. → 노력 없이는 성공할 수 없다.

③ 이번 일에는 그의 도움이 컸다고 말할 수 있을 것이다. → 이번 일에는 그의 도움이 컸다.

'여하튼', '결국', '어쨌든'과 같은 단어들도 가급적 자주 쓰지 않는 것이 좋다. 여하튼, 결국, 어쨌든 같은 표현은 자신이 쓴 글을 자신이 봤을 때에도 정리가 덜 되었다는 뜻이다. 그러니까 그런 기분이 든다면 그 글은 다시 써야 한다. 그렇지 않으면 읽는 이들은 앞에 글은 무시하고 그와 같은 단어들 뒤의 정리된 글만 읽으면 된다는 뜻이 된다.

(12) 수동태 문장, 번역체 문장을 가급적 쓰지 않기

영어는 사물주어를 많이 쓰는 경향이 있다. 이 경우 번역할 때 수동적으로 번역을 한다. 하지만 우리말은 사물 주어를 쓰는 예가 많지 않다. 때문에 피동문은 쓰지 않거나 줄이는 것이 좋다. 대표적으로 '되어진다', '보여진다', '생각되어진다'와 같은 서술어들은 피해야 한다. 이들은 이중 피동이다. 이 서술어들은 그중 수동으로 각각 '된다', '보인다', '생각된다'로 바꿔 쓰는 게 좋다. 특히 '~하게 된다'는 '하다', '이다' 식의 서술어 하나로 쓰는 습관을 가져라.

(13) 명사보다는 술어를 사용하여 생동감이 있게 쓰기

'발표를 할 때 어색함이 없이 당당함의 모습을 보여줌이 좋다'란 식으로 멋을 내려는 글은 어색할 뿐이다. 이런 글은 술어 사용을 늘려서 '발표를 할 때 어색하지 않고 당당한 모습을 보여주는 것이 좋다'란 식으로 쓰는 게 좋다. 명사가 많이 들어간 문장보다 서술어가 많이 들어간 문장이 훨씬 생동감이 있다.

(14) 보조용언은 자제하기

보조용언이란 술어가 연속적으로 두 개 이상 쓰인 경우이다. 이때 앞 술어는 의미를 가지나 뒤에 나오는 술어는 의미 없이 쓰이는 경우가 많다. 따라서 의미 없는 술어라면 쓰지 않는 게 좋다.

'우리 함께 중랑천을 달려보자.' 이 문장에서 군이 '보자'라는 의미가 필요 없다면 '우리 함께 중랑천을 달리자'로 쓰는 것이다. 보조용언은 이처럼 '보다, 가다, 버리다' 등 제법 많다. 용언을 둘 이상 썼을 때 다시 살펴보자.

(15) 문장은 간결하게 쓰기

간결할수록 문장이 생동감이 있다. 글을 쓸 때 짧게 쓰는 연습을 하는 것이 좋다. 단문을 거침없이 쓸 수 있는 능력이 생길 때까지 단문으로만 쓴다. 단문 쓰기의 요령으로는 한 문장이 가능한 한 두 줄을 벗어나지 않도록 한다. 한 문장에는 하나의 이야기 또는 한 마디만 넣는다. 문장이 길면 연결어미가 쓰인 곳을 잘라서 쓴다. 물론 여기서 단문이란 표현은 짧은 문장이란 뜻이다. 여기에 대비되는 게 장문이다.

반면 술어 하나에 주어 하나인 경우라면, 정확히 말하면 홑문이다.

홑문에 대비하면 복문이 있다.

글쓰기 초기에는 복문보다는 홑문으로 쓰는 것이 좋다. 한 문장에 동사 하나만 쓰는 것이 좋다. 술어가 여럿 등장하면 주술관계, 목적어와 술어관계가 잘 안 맞을 수 있고, 글이 늘어지면서 생동감이 없다. 문장이 길어지는 경우 또는 복문이 되는 경우는 '~인데'나 '~고', '~며' 등의 연결어가 쓰인 경우가 많다. 이런 연결어들을 가급적 쓰지 않고 앞에서 잘라서 종결하는 것이 좋다.

그럼에도 문장을 길게 또는 복문으로 쓰고 싶다면 영어 문법의 등위접속사를 쓰는 식으로 쓰면 좋다. 이를테면 각 쉼표 안에 형용사면 형용사끼리, 명사면 명사끼리, 절이면 절끼리, 구면 구끼리, 맞추어 쓰는 것이다. 주의할 것은 수동문이면 수동문끼리, 능동문이면 능동문끼리로 문장 구성을 해야 한다. 유유상종의 원칙이다.

수업이 시작되었다. 선생님이 교실에 들어섰다. 떠들던 아이들이 숨을 죽인다. 호랑이로 소문난 선생님의 수업시간이기 때문이다. 장난꾸러기 철수도 말을 멈춘다. 교실에 고요가 감돈다.

그녀는 예쁘고, 곱고, 아름답고, 착하고, 사교적인 면이 있지만, 한편으로는 새침하고, 거만하고, 위선적인 면이 있다.

이 글에서는 연결어미 '~고'를 주로 썼고, 의존명사 '면'으로 문장을 연결했다. 이렇게 일관성 있게 연결어미를 쓰는 것이 좋다.

그날 비 내리는 광화문 앞거리에는 술에 취해 비척거리는 사람,

어디론가 달려가는 사람, 우산을 받고 천천히 걷는 사람, 고개를 푹 숙이고 지나가는 사람, 비를 흠씬 맞으며 걷는 사람들로 북적거리고 있었다.

문장은 길지만 이렇게 명사인 '사람'으로 일치하면서 문장을 이었다. 이런 식으로 같은 품사 단위들로 반복하면서 문장을 이어가면 아무리 길어도 문제가 되지 않는다.

(16) 주술관계, 술어와 보어관계 일치하기

주어와 술어가 잘 일치되는지를 보아야 하고, 술어와 보어가 잘 어울리는지도 봐야 한다. 아무리 내용이 좋은 글이라도 이러한 문법에 어긋나면 잘 쓴 글이 아니다. 정확한 문장을 쓰는 것이 기본이다. 이렇게 정확한 문장을 쓰려면 무엇보다도 최소한 주어와 술어가 잘 맞는지를 보아야 한다. 주어와 술어가 잘 맞는지를 쉽게 보려면 주어와 서술어 사이를 너무 멀지 않게 하는 것이 좋다. 그 방법으로는 우선 단문을 쓰는 방법, 문장이 길어지면 주어를 술어에 가급적 가까이 가져가기가 있다.

그녀는 참 아름답고, 똑똑하고, 부자이고, 날렵하고 날씬하고, 긍정적이라고 나는 생각한다.

나는 네가 공부를 하든, 오락을 하든, 친구들과 놀러가든, 집에 들어오든 말든 상관치 않겠다.

주어가 반드시 문두에 와야 한다는 고정관념을 버리고, 문장이 길어

질 때, 복문으로 쓸 때엔 주어와 각각의 서술어가 어울리는지를 눈여겨
봐야 한다. 문장과 문장을 잇는 연결어미는 위의 문장들처럼 같은 어미
를 이용하는 것이 오류를 피하기에도 좋다.

　목적어와 술어의 조응관계도 잘 맞추어야 한다. 주어가 둘 이상 쓰이
거나 주어가 하나라도 술어가 둘 이상 쓰일 때에 이런 조응관계가 안
맞는 경우가 많다.

> 사업시행자는 주차시설, 편의시설을 사용. 수익하는 기간 동안 철
> 도시설을 제외한 전체 시설에 대하여 유지. 관리하여야 한다.
> → 사업시행자는 주차시설, 편의시설을 사용하고, 여기에서 수익
> 　을 얻는 기간 동안, 철도 시설을 제외한 전체시설을 유지하고
> 　관리하여야 한다.

(17) 수식어는 수식하는 말 가까이에 놓기

　수식어는 가능한 수식하는 말 가까이에 놓아야 의미가 분명해진다.
또한 그래야만 뜻의 전달에 혼란이 없다.

　'나의 가장 좋아하는 그녀의 만년필' 여기서 내가 가장 사랑하는 것
은 그녀인지 그녀의 책인지 모호하다. 이 경우는 '나의'를 '내가'로만
바꾸어도 의미가 명확해진다. '내가 가장 좋아하는 그녀의 만년필'로
하면 된다.

> 그날 이후부터 의기소침하게 지내던 아내는 끊임없이 모국어로
> 무슨 말인가를 하노에게 늘어놓는다.
> → 의기소침하게 지내던 아내는 그날 이후부터 끊임없이 모국어

로 무슨 말인가를 하노에게 늘어놓는다.

(18) 생뚱한 단어나 문장 사용하지 않기

독자들이 모르는 단어나 문장이 나오지 않도록 한다. 배경을 잘 모르는 독자를 위해 해당 단어에 따옴표를 하고 설명해줘야 한다.

(19) 불필요한 말 없애기

빼도 좋을 단어나 문장은 과감하게 빼도록 한다.

① 필요 없는 비교

요즘은 예전과 다르게 해외자원봉사활동을 나가는 데도 수십 명에 이르는 경쟁자들을 물리치고 선발되어야만 한다.

→ 요즘 해외봉사활동을 나가려면 수십 명의 경쟁자를 물리쳐야 한다.

② 과잉 감정

감정이 넘치면 불필요한 말을 쓰게 된다. 감정을 자제함으로써 글이 세련된 맛이 생긴다.

소설《내 심장을 쏴라》는 두 남자의 정신병원 탈출기다. 정신병원이라는 말을 들으면 무슨 생각이 제일 먼저 떠오르는가?

→ 소설《내 심장을 쏴라》는 두 남자의 정신병원 탈출기다. 정신병원이란 말을 들으면 무슨 생각이 먼저 떠오르는가?

장르별 글쓰기의 실제

23강

시의 발견

일단 시 쓰는 걸 어렵다고 생각 말자. 일반적인 서술을 하다가 마지막 한 연에 자신이 하고 싶은 메시지를 다듬어 넣기, 또는 한 문장으로 넣기만 해도 좋다. 그것이 곧 삶의 모습이기 때문이다.

세상을 삶으로 바라본다는 것은 동시에 두 개의 눈으로 바라본다는 의미다. 육안과 심안 두 눈이다. 일반인은 육안으로만 바라본다. 시인은 육안으로 대상을 바라보면서 그와 유사한 자기 안의 것(추억, 사건, 경험, 자신의 생각)을 동시에 바라보고, 그것을 들춰내어 연결한다. 그렇게 세상보기 연습을 하면 세상의 모든 것이 '자신과 닮았다, 인생과 닮았다, 삶과 닮았다'는 것을 깨닫는다. 세상이 곧 자신을 비추는 거울이라는 것의 발견이다. 거기에서 이제 삶의 교훈을 발견한다. 그것이 삶의 의미이며 가치이다. 세상 모든 것은 곧 자신의 스승이라는 것의 발견, 그것이 자연에서의 좋은 시를 쓰는 힘이다.

어항 속에서 꿈을 잃고 살아가는 물고기와 삶의 굴레에서 벗어나려야 벗어나지 못하는 우리들, 또는 먹고 사는 문제로 날마다 직장에 출근해야 하는 우리들의 신세를 발견하는 것, 그것이 스승의 발견이다.

"시계라는 그들만의 세상 초침, 분침, 시침 삼 형제는 날마다 숫자만 헤아리며 피동적으로 일한다"라든가 "어항 속의 물고기는 그저 그 안에서 언제까지 평온할 것인 양 유영한다"라고 생각한 다음, '우리 삶도 그렇지'라고 생각해보자.

공중에서 떨어진 빗물 중 그냥 흘러간 것은 샘이 되지 못하고, 그중 땅속으로 깊이 스며들었다가 나오는 빗물만 샘이 되는 것의 발견, 우리 삶도 그렇지 않을까. 땅속으로 흘러들어간 물은 어떤 물이든 샘이 되어 나온다. 깊이 들어갈수록 좋은 샘이 되어 나온다. 반면 인간의 속으로 들어간 모든 것은 아무리 신선한 것도 악취를 풍기며 나온다. 같은 것을 받아들여도 달리 나온다.

글도 마찬가지다. 세상을 바라보는 육안은 같으나 그것을 표현하는 심안에 따라 다르다. 세상을 받아들여 아름다운 생각으로 녹여내는 것이 곧 글이요, 시다.

자! 시를 쓰자. 그림을 그리듯이 글로 그림을 그리자. 사진을 찍듯이 글로 사진을 찍자. 거기에 심상이 있다. 물이 위에서 아래로 흐르듯이 글이 흘러가게 쓰자. 과거에서 미래로 흐르게 하든, 미래에서 거슬러 올라오게 하든, 물이 흐르는 것처럼 나름의 순서를 잡아 쓰자. 거기에 운율이 있다.

세상을 나의 거울이라 여기자. 그 거울에 나를 비춰보자. 그러면 세상이 곧 나이고, 내가 곧 세상인 물아일체에서 세상은 곧 나의 스승임을 깨달을 것이다. 그리고 그것을 쓰면 그것이 곧 의미담기이다.

살면서 발견한 이야기들도 시에 담자. 수필로 쓰기 전에, 소설로 쓰기 전에, 진솔한 사연을 비유로 버무리고, 마음으로 녹여내서 담아내

자. 글을 읽으면서 독자가 그 이야기에 빠져들게 하자. 그것이 곧 시다.

　그래도 시가 써지지 않는다면, 어떤 대상을 정하자. 그 대상에서 주인공을 뽑자. 사물이건 생물이건 상관없다. 사물이건 생물이건 주인공으로 삼으면, 그 주인공에게 내 생각을, 내 삶을, 내 욕망을 담는다. 그 다음엔 그 대상에게 공간을 부여한다. 아니, 그 대상이 있는 공간을 직장이나 집이라 해두자.

　종이컵, 종이컵은 자판기에 산다. 그걸 시로 써보자.

〈종이컵〉

_ 최복현

딸그락 동전 떨어지는 소리
고작 동전 몇 개로 너에게 간다.

뜨겁다
뜨끈한 것으로 채워지는 액체에 놀라다

네가 잡아준 다정한 손길 따라
너의 촉촉한 입술에 닿는 듯 떨어지는 듯
몇 차례의 짜릿한 순간도
잠시

이내 비어버린 너를 향한 열정
까마득한 추락을 느낌도
잠시

악취 진동하는 음침하고 무질서한 어둠 속으로

달짝지근한 몇 방울의 식어버린 액체와 함께

떨어지는

서글픈 오르가즘

이제 어떤 대상에게 공간을 부여하는 방법을 알았다면 시간을 부여한다. 위의 종이컵이란 시에서 종이컵에 커피가 담겨 나온다. 애무를 받는다, 비워진다, 버려진다. 종이컵의 대상에서 나로 변했다. 내가 종이컵이다. 그 마음으로 쓴 시다. 이 과정을 보면 시간의 순서가 다르다는 것을 알 수 있다.

시를 쉬우면서도 잘 쓰는 메커니즘은 어떤 대상에서 주인공 뽑기(종이컵), 그 주인공에게 욕망이나 생각 얹어 주기(사랑받기), 공간을 정해 주기(자판기와 쓰레기통), 시간에 따라 생각하기의 단계(자판기의 종이컵, 쓰레기통의 종이컵 사이의 시간)이다. 이 틀대로 생각하고 시를 써보자. 자연스럽고 괜찮은 시를 쓸 수 있을 것이다. 이렇게 어떤 것에 시간과 공간을 부여하는 건 철학적이면서도 생산적이다.

1. 정형시

시의 행과 연은 작가의 의도에 따른다. 하지만 시의 형식이 이미 정해진 경우엔 작가의 의도라기보다는 작가가 형식에 맞춘다. 정형시의 경우는 그 틀에 맞출 수밖에 없다.

현대 이전의 시들은 대개 어떤 대상을 묘사하여 재현하는 시가 대부분이었다. 따라서 시는 객관적 대상을 이미지에 의하여 재현하는 것, 흉내 내는 것, 복사하는 것을 의미한다. 정형시란 이미 정해진 시의 형식(틀)에 맞게 시를 채워 넣는 시를 말한다. 고시나 시조 등은 정형시이다. 정형시는 형식이 우선하기 때문에 작가의 의도와는 관계없이 이미 행과 연이 정해져 있고, 작가의 의도는 그다음이다.

현대의 시는 그대로의 재현이 아니라 새롭게 창조하는 일로 발전하였다. 현대시를 쓰는 시인들은 이제 개성과 독창성을 중시한다.

〈개화〉

_ 이호우

꽃이 피네, 한 잎 두 잎.
한 하늘이 열리고 있네.

마침내 남은 한 잎이
마지막 떨고 있는 고비.

바람도 햇볕도 숨을 죽이네.
나도 가만 눈을 감네.

정형시의 장점은 일정한 리듬, 일정한 형식을 갖추고 있다는 점이다. 시 형식에 맞추어 쓰는 것만으로도 시답다고 할 수 있다. 때문에 자유시를 쓰는 이들도 가끔 정형시를 연습하면 좋다. 언어의 축약을 잘할 수 있기 때문이다. 처음 시를 쓰는 이들이라면 고대시의 정형은 아니라도 어느 정도의 정형을 갖춘 시 쓰기로 시작하면 좋다.

하지만 정형시는 형식으로는 시 답지만 나 삶의 의미를 담아내기에는 제약이 따른다는 게 단점이다. 정형시가 시 다운 것은 음절수에 따른 음악성 덕분이다. 따라서 자유시를 쓰는 이들도 가끔 의도적으로 정형시를 쓰면 좋다.

2. 자유시

자유시의 행과 연은 작가의 의도에 따라 정해진다. 리듬이나 의미 또는 이미지 중 어느 것을 중요하게 생각하느냐에 따라 행과 연을 나눈다. 자유시는 정형시와 달리 글자 수나 형식에 제한이 없어 자유롭다. 그 대신에 제대로 쓰지 못하면 시가 아니라 산문이 될 수도 있고, 산만하고 난삽한 시가 될 수 있으니 주의해야 한다. 따라서 자유시를 쓸 때는 독자가 읽어나가는 대로 술술 읽히기보다는 읽다가 '아하, 이런 뜻이'라는 여백이 있어야 좋다.

〈시〉

_ 최복현

살아온 순간마다
사연이 모여
모태에서 숨쉬는
아이같이

가슴 깊이깊이

숨 쉬어 오다.
어느 날
어느 순간

마음자리 딛고 일어서
빈종이 위에
가득 모여 앉아
시가 되어 울지 웃지.

위 시는 비록 자유시이긴 하지만 언어를 압축하면서 음악성을 살렸다. 시의 생명은 이미지 또는 음악성, 그리고 의미 담기이기 때문이다.

> 자유시는 '보다 회화적인 형태를 추구한다. 그러므로 시행의 리듬을 시조의 음수율에 기대기보다, 음수율을 뒤로 숨기고 시각적으로 행을 배열하여 회화적 리듬을 살린다.
>
> _ 오규원

자유시는 이처럼 시의 형식 또는 틀을 중요하게 여기지 않고, 행과 연은 순전히 작가의 의도에 따른다. '리듬'을 중요하게 생각할 경우와 '의미'를 중요하게 생각할 경우, 그리고 '이미지'를 중요하게 생각할 경우에 따라 행을 나눌 수 있으며, 이는 시인의 의도에 따른다. 시를 배우는 입장에서는 이 세 가지를 기억하고 시 행을 나누는 기준으로 삼는 것이 좋다. 또한 이 세 가지 이 기준 가운데 하나에라도 부합하는 시를 쓰도록 노력해야 한다.

24강

감각을 담은 시 쓰기

1. 이미지 시 쓰기

시는 그림 그리기다. 시는 이미지 만들기로 시작한다. 이를테면 글로 그리는 그림이 곧 시다. 시를 감상하면서 한 폭의 그림을 감상하는 듯한 느낌을 얻었다면, 그 시는 성공한 시다. 이미지를 중시한 시가 그런 시들이다.

이미지는 거울에 비친 모습이다. 요컨대 거울과 물체가 만나는 현상이 곧 이미지이다. 이미지는 관계를 뜻하지 사물이 아니다. 그림자도 이미지요, 거울에 비친 모습도 이미지이다. 그리고 우리 마음에 비춰진 세상도 이미지이다. 나와 세상이 만나는 것은 모두 이미지이다. 그 이미지의 둘레를 감정이 싸고 있다. 놀라움, 감탄, 슬픔, 서러움, 기쁨 등이 이미지를 감싸고 있다. 그 둘레는 다시 기억이나 이성이 싸고 있다. 감정과 기억과 이성은 서로 갈등을 일으키기도 한다.

이미지란 우리말로 심상이다. 심상은 쉽게 설명하면 글로 그리는 그림이다. 글로 그리는 그림은 우선 시인 오감으로 얻은 정보를 독자가 구체적인 느낌을 얻도록 묘사해야 한다. 이 그림을 그리는 방법을 문학 용어로 묘사라 한다.

묘사는 글을 쓰는 이의 주관적이고 감각적인 인상이 잘 드러나게 한다. 따라서 심미적 묘사를 위해선 각양의 감각들을 동원해야 한다. 청각·미각·촉각은 물론 글쓴이의 느낌, 경험의 변화를 동원할 수 있다. 글쓴이의 다양한 감각 경험과 의식을 글로 구체적이며 생생하게 재현해야 한다. 그렇게 하여 독자의 상상력을 최대한 자극할 수 있도록 하고, 독자 자신이 직접 현장에서 보고 느끼는 듯한 인상을 가질 수 있도록 묘사해야 한다. 그리고 거기에 그럴 만한 의도를 담아야 한다.

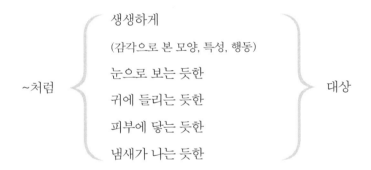

위의 도식은 '~처럼   ~한   ~ 무엇'의 도식이다.

〈늦가을 풍경〉

_ 최복현

하트 닮은 노란 잎
아기 손가락 닮은 빨간 잎

바람 줄 타는 곡예사 되어
파란 하늘 공중의 미로에서 재주넘네.

빙그르 스륵
빙그르 스륵

아침 햇살의 조명 받으며
노란 잎
파란 잎
빨간 잎
고운 옷 갈아입고 공중에서 미인대회 열렸네.

묘사를 잘하려면 우선 견자가 아닌 관찰자가 되어야 한다고 강조한
바 있다. 어떤 대상을 볼 때 좀 더 세밀하고 자세히 보아야 실감나는 묘
사를 할 수 있기 때문이다. 만일 글이 딱딱하다는 평을 듣는 사람이 있
다면 묘사를 자주 하면 감성을 기를 수 있고, 상상력을 기를 수 있다.
묘사는 감각의 세계이면서 주관적이기 때문이다. 감각으로 얻은 정보
를 표현하려면 생각을 자극해야 한다. 따라서 묘사 시도를 자주하면 감
성을 기르는 것은 물론 생각을 좀 더 세밀하게 할 수 있고, 상상력을 기
를 수 있다.

이미지를 중요하게 생각하는 시를 쓸 때 주의할 점은 글로 그리는 그
림이 자신의 머릿속에 있는 것과 같은지를 잘 봐야 한다는 점이다. 때
로 자신의 머릿속에 간직한 그림이 명확하니까 독자도 충분히 상상하
겠지 착각하는 경우가 있다. 그렇기 때문에 독자가 선명한 이미지를 떠

올릴 수 있도록 어떤 풍경을 마치 사진을 찍은 듯 생생하게, 풍경화를 그리듯이 정밀하게 글로 표현해야 한다. 묘사가 자신의 그림으로 그쳐선 안 되고 독자의 그림이어야 한다.

(1) 시각 심상 _ 글로 이미지 그리기

시를 읽으면서 눈으로 보는 듯한 그림이 그려지는 이미지로, 색채가 느껴지는 단어들 또는 의태어로 나타낸다.

향료를 뿌린 듯 곱다란 노을 위에
전신주 하나하나 기울어지고
먼 고가선 위에 밤이 켜진다.

구름은 보라빛 색지 위에
마구 칠한 한 다발 장미

목장의 깃발도 능금나무도
불면 꺼질듯이 외로운 들길

_〈뎃상〉, 김광균

이 시를 읽으면 한 폭의 수채화가 심상에 떠오른다. 이렇게 눈으로 보는 듯한 느낌이 우리의 심상에 와 닿을 때의 이미지를 시각적 이미지라고 한다.

(2) 청각 심상 _ 들리는 그림 그리기

시를 읽으면서 심상에 어떤 소리를 상상하게 하는 이미지이다. 소리, 음 등이 들어 있는 단어나 의성어로 나타낸다. 청각적 이미지는 '백골이 우는 것', '짖는 개'처럼 대상을 소리를 내는 동작으로 표현할 수 있고, 의성어나 묘사로 표현할 수 있다.

> 보리피리 불며
> 봄 언덕
> 고향 그리워
> 피 – ㄹ 닐니리

_〈보리피리〉, 한하운

(3) 후각 심상 _ 냄새를 글로 그리기

시를 읽으면서 후각을 자극하고 상상할 수 있는 이미지다. 냄새, 향, 향기, 내음 등의 단어를 써서 표현한다.

> 내 가슴속에 가늘한 내음
> 애끈히 떠도는 내음
> 저녁 해 고요히 지는 제
> 머 ㄴ 山 허리에 슬리는 보랏빛
>
> 오 그 수심 뜬 보랏빛
> 내가 잃은 마음의 그림자
> 한 이틀 정열에 뚝뚝 떨어진 모란의

깃든 향취가 이 가슴 놓고 갔을 줄이야.

_〈가늘한 내음〉, 김영랑

위의 시에서 '내음' 이라는 표현과 향취라는 단어로 우리는 그 향을 상상할 수 있다.

(4) 미각 심상 _ 맛을 글로 그리기

시를 통해 맛을 상상할 수 있게 만드는 이미지이다. 미각, 맛, 맛을 표현하는 단어들로 나타낸다.

소년이었던 나는
담배에 입맛을 붙여
숨어 피우던 그 쌉쏘름한 담배 맛을
시방도 아예 잊을 길이 없다.

_〈오는 팔월에도〉, 신석정

(5) 촉각 심상 _ 피부에 와 닿는 감각을 글로 그리기

시에서 우리의 피부에 무엇인가 닿아서 느낄 수 있는 상이 그려지는 이미지이다. 피부에 닿았을 때 느껴지는 감촉을 나타내는 단어로 촉각의 강도, 세기 등의 단어로 표현한다.

유리에 차고 슬픈 것이 아른거린다.
열없이 붙어 서서 입김을 흐리우니
길들은 양 언 날개를 타닥거린다.

지우고 보고 지우고 보아도

새까만 밤이 밀려 나가고 밀려와 부딪치고

물 먹은 별이 반짝 보석처럼 박힌다.

밤에 홀로 유리를 닦는 것은

외로운 황홀한 심사이어니

고운 폐혈관이 찢어진 채로

아아, 늬는 산새처럼 날아갔구나

_ 〈유리창〉, 정지용

2. 음악적인 시 쓰기

시는 운율을 살리는 음악이다. 시를 쓸 때 우선 음악성부터 고려하여
써보자. 이를테면 외재율이다. 외재율은 음수율로 이룬다. 정형성이다.
조선시대 시조나 고려시조 모두 외재율을 바탕으로 하고 있다. 그 정형
성만으로도 시다운 시라고 할 수 있다.

이몸이 죽고죽어 일백번 고쳐죽어

백골이 진토되어 넋이라도 있고없고

임향한 일편단심이야 가실줄이 있으랴

조선시대 시조의 특징은 초장과 중자에서는 일반적인 이야기를 하고
종장에서 자신의 이야기 또는 삶을 이야기한다. 즉, 초장과 중장을 보
조관념, 종장은 원관념이다. 초장·중장은 보편적인 내용을 쓰고, 종장

에 화자의 진정한 의도를 쓴다.

　이 전통은 지금도 현대시에서 드러난다. 따라서 현대시에서도 마지막 연이나 마지막 문장을 잘 살려 쓰면 시 다운 시를 쓸 수 있다. 마지막 한 연이 제일 중요하다.

　　　　이런들 어떠하리 저런들 어떠하리
　　　　만수산 드렁칡이 얽혀진들 어떠하리
　　　　우리도 이같이 얽혀서 천년만년 살고지고

　이 시조에서도 종장이 화자의 의도이다. 따라서 자신의 정말 중요한 의도는 마지막에 표현한다.

　　　　가시리 가시리잇고 나는
　　　　브리고 가시리잇고 나는
　　　　위증즐가 대평셩디
　　　　날러는 엇디 살라ᄒ고
　　　　브리고 가시리잇고 나는
　　　　위증즐가 대평셩디
　　　　잡사와 두어리마ᄂᆞᆫ
　　　　선ᄒ면 아니 올셰라
　　　　위증즐가 대평셩디
　　　　셜온 님 보내읍노니 나는
　　　　가시는 듯 도셔 오쇼셔 나는
　　　　위증즐가 대평셩디

김소월의 시도 자유시의 형식을 띠고 있긴 하나 일정한 음수율로 외재율을 살리고 있다. 이렇게 외재율을 살리면 시 속에 다소 의미를 담아내지 못한다 해도 시의 한 조건을 충족한 시라 할 수 있다.

〈엄마야 누나야 강변 살자〉

_ 김소월

엄마야 누나야 강변 살자
뜰에는 반짝이는 금모래 빛
뒷문 밖에는 갈잎의 노래
엄마야 누나야 강변 살자

어떻게 하면 내재율(內在律, 자유시나 산문시에서 문장에 잠재적으로 깃들어 있는 운율)을 살릴 수 있을까? 정형시가 아니라도 음악성, 즉 운율을 느끼게 하려면 나름대로 글의 순서를 잘 잡아야 한다. 말하자면 술술 읽히도록 써야 한다. 시로 말하면 행과 행의 순서, 연과 연의 순서가 중요하다. 시간의 흐름에 맞춰 생각하며 시를 쓰면 저절로 내재율이 살아난다. 시간의 순서, 장소의 이동 순서, 순서를 생각하며 시를 쓰자.

〈이별〉

_ 최복현

너의 눈빛을 보면
너도 날 좋아하는 것 같아
망설이다
망설이다

아꼈던 말 털어내어 고백하던 날

오해라며
부담스럽다며
나를 여기 못 박아 놓고
서슴없이 돌아서 가는 너의 등 뒤로
너의 빨간 목도리가 펄럭일 때,
떨어지지 않는 나의 시선

멍……

　한 행이자 한 연을 의도적으로 한 단어로 썼다. 이 말 하나로 강조하고 싶었기 때문이다. 이 시에서 '멍……'은 이 시의 각 연과 맞먹는 이미지의 중량을 부여하고 있다. 이처럼 이별이라는 주제를 하나의 행으로 이미지화하는 경우에 행을 나누는 단락이 될 수 있다. 이 시는 외재율이 아닌 내재율을 살린 시이다. 내재율은 음악성이 외적으로 드러나지 않으나, 읽어보면 자연스럽게 읽히면서 음악성이 느껴진다.
　내재율을 살리려면 우선 단어들, 문장들의 순서를 잘 잡아야 하고, 다음으로 어느 정도 언어를 압축하여 표현해야 한다.

25강

의미를 담은 시 쓰기

1. 세상을 비유의 대상으로 바라보기

시에 의미를 담으려면 우선 세상을 비유의 대상으로 바라봐야 한다. 감각으로 접할 수 있는 대상과 자신의 안에 있는 것들을 만나게 해야 한다. 이 둘 사이에는 유사성이 있다. 그 유사성을 발견하는 것이 비유이다.

비록 밖에 있는 대상이라도 '나의' 또는 '내가 ~한'에 걸리는 대상은 자신만의 고유한 것, 즉 원관념이다. 그 원관념을 담을 유사한 것을 찾아야 한다. 만일 '지난한 삶을 살고도 당당하게, 아름답게 사는 사람'을 시로 쓰고 싶다면, 보조관념을 찾아야 한다. 이 내용과 유사한 것 말이다. '벼랑에 선 우아한 소나무'를 상정한다면 가능할 것이다. 힘든 환경에서 아름답고 멋지게 사는 모습이 닮았으니까.

〈벼랑의 소나무〉

_ 최복현

벼랑에 선 소나무는 벼랑과 힘든 사랑을 한다.
벼랑에 선 소나무는 아주 조금씩만 키를 높이며
멀리 보기보다 안고 사는 벼랑 안을 들여다본다.
그렇게 안으로 뿌리 내릴 자리를 찾아 헤맨다.

벼랑에 선 소나무는 안다.
메마른 날에 이슬 하나 물 한 방울의 소중함을
바람 많은 날을 견디어 줄 뿌리의 소중함을
하여 벼랑 위 소나무는 키를 높이는 대신 뿌리를 뻗을 틈새를
찾는다.

벼랑에 선 소나무는 아주 드문 틈새 속으로 애써 제 뿌리를 들
이민다.
때로 벼랑을 탄다.
때로 벼랑을 넘는다.
한 방울 물이라도 얻으려 한 톨 흙을 찾는다.
그렇게 애써 벼랑에 선 소나무는 키만큼 단단하고 긴 뿌리를 키
워간다.

척박한 벼랑에 서서
딱딱한 벼랑을 껴안으며
소나무는 혹독한 세월만큼 더 고상한 자태를 뽐낸다.

살아온 세월만큼 안으로 단단한 근육을 키워낸다.

벼랑에 서서
벼랑에 서서
지난한 세월만큼 더 강하게 벼랑을 껴안아 벼랑과 하나로 산다.

소나무가 그냥 소나무로 있는 게 아니라, 바로 우리 삶으로 들어왔다. 우리 삶의 이야기다. 글이란 어떤 대상에 의미를 담아낸 것이다. 그 의미란 다름 아닌 우리 삶이다. 무엇에 대한 글을 쓰든 삶을 염두에 두고 쓰면 거기에 삶이 담긴다. 이를테면 글이란 세상을 비유의 대상으로 바라보는 데서 출발한다.

비유란 무엇인가, 어떤 두 대상이 서로 유사하다는 전제이다. 따라서 그 어떤 대상과 유사한 점을 놓고 비유의 대상으로 바라볼 수 있다면 이미 시 쓰기의 기본기를 닦은 셈이다.

〈압력솥〉

_ 이상호

숨통이 막혀서
푸푸 한숨을 몰아쉬며
구름이나 한 장 지고
허이허이 가다보면
그 어디쯤에서
소나기 한 줄기
만날 수 있을까

날마다

풍금소리로 잠이 드는

욕망처럼 끓는 바다

  여기서 압력솥은 압력솥으로 있지 않고, 우리 마음의 욕망으로 다가
온다. 우리 마음에 있는 욕망들, 그것이 안에서 부글부글 끓고 있으나
밖으로 나오지 못하는 것을 압력솥을 빌어 대신 표현한 것이다. 여기서
는 압력솥에서 뿜어내는 수증기의 푸푸 소리가 마치 우리가 한숨을 쉬
는 소리와 같다는 점에서 힌트를 얻은 시이다.

  삶을 담으려면 앞에서는 보조관념인 소재를 설명하고, 마무리할 때
삶과 연결시키면 좋다. 의미 담기에선 무엇보다도 마지막 한 연, 또는
마지막 문장이 중요하다. 위에서 '욕망처럼 끓는 바다'란 문장은 바로
우리 삶과 좀 더 가까이 연결 짓는 문장이다. 욕망의 바다, 그것은 무의
식의 바다라고도 할 수 있다.

〈열대어의 유전인자〉

_ 박상천

엔젤 핏시는 이제 아마존을 꿈꾸지 않는다.

다방 한 가운데 놓여진 어항

알맞게 맞춰주는 수온

실지렁이, 수초, 형광등 불빛에 그들은 만족해한다.

몇 대인가를 거치며 아마존의 꿈을 포기한 후.

어항 유리에 스스로 몸을 부딪지도 않고 어항 밖

사람의 장난에 놀라지도 않는다. 그저 온몸으로

부지런히 헤엄쳐 다니다가 변질된 유전인자를 물려주고
어느 날 아침,
굳어져 조금 뒤틀린 몸으로 조용히 물 위에 떠오를 뿐이다.

이 시에서 주인공 열대어는 열대어가 아니라 바로 우리 자신이다. 마치 우리 직장인을 닮았고 우리 모두를 닮았다. 직장에서 월급 나오겠다, 먹고사는 데 아무 문제없겠다, 그렇게 우리는 산다. 하지만 언젠가 어항을 벗어나는 날이 올 것이다. 그러면 이제 누구도 수온을 맞춰주지 않는다. 먹을 것도 주지 않는다. 하지만 길들여져 있던 우리는 살아갈 일이 막막하다. 마치 열대어처럼 말이다. 유리컵을 나간 열대어가 제 구실을 못하고 쓸쓸히 죽어가는 것처럼 직장에 길들여지고, 현재 삶에 안주해온 우리 역시 생활에 변화가 찾아왔을 때 그와 같은 신세가 되고 말 것이다. 시는 이처럼 우리의 미래를 경고하기도 하면서 삶의 교훈을 준다. 시에는 삶을 담아야 하는 이유가 여기에 있다.

꽃에 삶을 담으면 그것이 곧 시다. 바위에 삶을 담으면 그것이 곧 시다. 식물에 사람의 이야기를 담으면, 동물의 사람의 생각을 담으면, 이 모든 것에 사람들의 이야기, 사람들의 사연, 사람들의 생활을 담으면 그것이 곧 시다.

거리에서 몸을 파는 창녀를 시로 표현해보자. 그러면 이제 창녀를 닮은 무엇을 찾아야 한다. 잘 어울리는 것으로 담배를 선정해보자.

- 담배 → 돈으로 산다 → 창녀
- 거리의 간판 → 살 수 있음 → 거리의 간판
- 다 피우면 → 버림 → 일 끝나면

자, 이런 유사 관계를 가지고 단지 담배 이야기만 쓰자. 단 글을 쓸 때 머리에는 창녀를 염두에 두고, 의식하면서 쓴다. 그러면 다음과 같은 시를 쓸 수 있다.

〈담배꽁초〉

_ 최복현

누군가의 열렬한 구애를 받았을 너의 모습이 처연하다 못해 서글프다. 뜨거운 입김으로 훅 달아올라 온몸을 태우는 짜릿함으로 파르르 떨며 환희에 빠졌을 너의 모습도, 온 정신을 집중하여 너만 즐겼을, 다른 부위 불감증으로 오직 오럴만 즐길 줄 아는 네 연인의 모습도 그저 한때다. 느끼는 쾌락도 느껴지는 환희도 그저 잠시. 아무 거리에 버려져서 쓰레기만도 못하게 발바닥으로 짓밟혀버린 너의 생이 참 역겹고 서글프다. 버림받은 네 신세가 더 역겹다. 버리는 놈의 입술보다.

어느 거리 모퉁이에서 그럴듯한 간판을 걸고 몸을 팔겠다고 나선 너의 가격은 이미 정해져 있다. 몰래 골방에서든, 아니면 어느 거리에서든 스스럼없이 몸을 내어주고도 모자라 벌어야 할 돈마저 주인에게 앗기고 거리에 버려지는 네 생은 꽁초 그 이상도 아닌 역겹고 더럽혀지는 너는 그저 으슥하고 소외 받은 공간을 즐기는 슬픈 생이다. 오늘도 그런 너를 탐하며 구애자들이 줄을 서는 길모퉁이엔 찬바람이 여지없이 불고, 너의 어긋난 욕정은 연기처럼 태워지고 있으니.

이 시에서는 창녀의 이야기는 나와 있지 않다. 하지만 읽으면서 우리는 시인의 의도를 충분히 감지할 수 있다. 담배에서 담배꽁초가 되었다가 버려지는 과정을 그렸으나 그 이면에는 창녀의 이미지가 그려지고 있다는 점이다.

이렇게 내면의 이미지는 그려지나 실제 글에서는 숨어 있는 것을 상징이라 한다. 따라서 상징은 비유를 넘어선다. 상징의 씨앗은 비유이다. 때문에 비유를 충분히 이해하고 나면 상징으로 나아갈 수 있다. 세상을 비유의 대상으로 바라보는 것이 시를 쓰는 기본이다.

시를 쓸 때 가장 기본은 원관념과 보조관념을 아는 일이다. 원관념과 보조관념의 개념만은 꼭 알고 쓰자. 이 원관념과 보조관념 사이엔 유사성이 있다. 이 관계를 이루었을 때 이 결합을 비유라고 한다.

비유의 발견은 작가의 재능이다. 때문에 세상을 볼 때 세상 모든 것은 다르면서 같고, 같으면서 다르다는 인식을 가져야 한다. 다른 이들이 같다고 하는 것들에선 다른 점을 찾아내야 하고, 다른 이들이 다르다고 하는 것들에서는 같은 점을 찾아내야 한다. 시에 의미 담기는 이처럼 세상을 남과 다르게 보는 데서 출발한다.

〈풀꽃〉

_ 나태주

가까이 봐야 예쁘다
오래 봐야 사랑스럽다
너도 그렇다

위의 시에서 풀꽃은 보조관념이다. 원관념은 '너'다. '가까이 보면 너, 오래보니 사랑스러운 너'와 닮은 것, 그것이 풀꽃이란 의미다.

- 보조관념 : 풀꽃
- 가까이 봐야 예쁜 꽃
- 오래 봐야 사랑스러운 꽃

- 원관념 : 너
- 가까이 봐야 예쁜 너
- 오래 봐야 사랑스러운 너

이렇게 풀고 보면, 비유란 유사성으로 이루어진다는 것을 알 수 있다. 집합으로 말하면, 글이란 교집합의 원소만 쓰는 것이다.

이 시에서 이제 '너'라는 원관념을 숨겨도 시는 가능하다. 따라서 오른쪽으로 바꾼다면 상징이다. 상징으로 바뀌면 '너'라는 원관념 대신 독자 나름대로 그 원관념을 생각으로 찾을 것이다. 그래서 상징을 읽는 것은 독자의 몫으로 남는다.

〈돌담에 속삭이는 햇살〉

_ 김영랑

돌담에 속삭이는 햇발같이
풀 아래 웃음 짓는 샘물같이
내 마음 고요히 고운 봄길 위에
오늘 하루 하늘을 우러르고 싶다.

새악시 볼에 떠오르는 부끄럼 같이
시의 가슴에 살포시 젖는 물결같이
보드레한 에메랄드 얇게 흐르는
실비단 하늘을 바라보고 싶다.

위 시에서 '내 마음은 햇발, 내 마음은 샘물' 이런 정도로 쓴다면 독자는 작가의 의도를 전혀 다른 방향으로 읽을 것이다. 때문에 작가는 그것을 조금 더 설명해준다. 이 설명이 이를테면 묘사이다. 비유를 할 때 작가는 최소한 독자가 그 의도를 파악할 수 있도록 해야 하기 때문에 작가의 의도를 보다 구체화시켜 보여준다. 그래서 '햇발'을 그대로 두지 않고 '돌담에 속삭이는'을 덧붙인 것이다. 만일 '진흙물에 갈앉은 햇발같이'라고 독자가 상상한다면 작가의 '샘물'에도 '풀 아래 웃음 짓는'이란 수식어를 붙일 경우와 붙이지 않았을 때 전혀 다른 의미로 읽힌다.

우리는 시어 하나하나에 부연한 이미지들로 이 시인의 마음을 읽어 낼 수 있다. 돌담에 속삭이는 햇발처럼 누군가와 다정하게 말을 나누고 싶은 심정, 뜰 아래 웃음 짓는 샘물처럼 누군가와 미소를 나누며 사랑을 속삭이고 싶은 심정을 시를 읽으면서 느낄 수 있다. 따라서 시인은 자신이 한 비유를 독자에게 충실하게 안내할 책임이 있다. 그것을 어디까지 안내할까를 고민하는 게 시인의 역할이다.

〈내마음은〉

_ 김동명

내 마음은 호수요.
그대 저어 보오.
나는 그대의 흰 그림자를 안고, 옥(玉)같이
그대의 뱃전에 부서지리라.

내 마음은 촛불이요.
그대 저 문을 닫아 주오.

나는 그대의 비단 옷자락에 떨며, 고요히
최후의 한 방울도 남김없이 타오리다.

내 마음은 나그네요.
그대 피리를 불어 주오.
나는 달 아래에 귀를 기우리며, 호젓이
나의 밤을 새이오리다.

내 마음은 낙엽이요.
잠간 그대의 뜰에 머무르게 하오.
이제 바람이 일면 나는 또 나그네같이, 외로히
그대를 떠나오리라.

　이 시는 은유로 쓴 시다. 은유는 그 간격, 즉 원관념과 보조관념의 거리가 멀면 멀수록, 이질적일수록 창의적이다. 따라서 원관념과 보조관념의 거리를 멀게 할수록 좋다. 그 방법은 원관념이 심리적인 것이라면 보조관념은 사물로, 원관념이 사람이라면 보조관념은 동물이나 짐승으로, 원관념이 사물이라면 보조관념은 생물로 정하는 게 개성적으로 생각하기의 좋은 방법 중 하나다.

　다음에는 이질적인 관계를 적당히 좁혀주는 수식이 따라야 한다. 관계만 벌려놓고 좁혀주지 않으면 난해한 맛은 있지만 그것을 읽어낼 독자가 없다면 그건 난삽한 시다. 시인이 일일이 독자를 찾아다니며 자기 시를 설명할 수는 없기 때문이다.

　마지막으로 문장과 문장이 서로 어울리도록 자연스럽게 연결해야 한다. 따라서 글을 쓸 때 단어와 단어의 순서, 문장과 문장의 순서, 단락과 단락의 순서를 잘 잡아야 한다. 그 순서가 글을 자연스럽게 만들어준다. 자연스럽다는 의미는 문장의 순서들이 잘 잡혀 있다는 뜻이다. 문장들이 인과관계에 따라 잘 연결된다는 뜻이다.

2. 사연을 담은 시 쓰기

앞에서 '음악적인 시', '회화적인 시', '삶의 의미를 담은 시'로 나누어 보았다. 이 세 가지가 시 한 편에 다 담기는 경우도 있고, 두 가지가 담기는 경우도 있다. 적어도 이 세 가지 중 하나는 담겨야 시라고 하겠다. 여기에 하나의 형식을 더 추가한다면 시에 사연을 담는 것이다. 다음의 시가 그런 예다. 서사 구조를 가진 시다. 물론 이런 서사 구조가 아니어도 사연을 담을 수 있다.

〈여승〉

_ 백석

여승은 합장하고 절을 했다.
가지취의 내음새가 났다.
쓸쓸한 낯이 옛날같이 늙었다.
나는 불경처럼 서러워졌다.

평안도의 어느 산(山) 깊은 금점판
나는 파리한 여인에게서 옥수수를 샀다.

여인은 나어린 딸아이를 때리며 가을밤같이 차게 울었다.

섶벌같이 나아간 지아비 기다려 십년(十年)이 갔다.
지아비는 돌아오지 않고
어린 딸은 도라지꽃이 좋아 돌무덤으로 갔다.

산꿩도 섧게 울은 슬픈 날이 있었다.
산절의 마당귀에 여인의 머리오리가 눈물방울과 같이 떨어진
날이 있었다.

　시를 네 가지 유형으로 나누어보았다. 이런 조건들 중 하나만 족해도
시라고 할 수 있을 것이다. 물론 이 여러 요소를 시 한 편에 담아낼 수
있다면 더할 나위 없이 좋다.

26강

시 쓰기 발상법

1. 활유법으로 이미지와 의미 담기

씹을수록 맛이 있는 시, 새로운 맛이 나는 시를 쓰고 싶다면 대상을 은유로 바라보고, 그 대상에 공간과 시간을 부여하자. 비유의 대상으로 바라보기 전에 그 대상을 살려내자. 즉, 대상을 활유법으로 보자는 말이다. 그리스인들은 심지어 보이지 않는 욕망들까지도 활유로 바라보아 위대한 신화를 만들어냈듯이 우리도 대상을 활유법으로 바라보자.

① 대상을 정하고 대상에게 인격을 부여하자.
② 대상에게 사람의 말을 주자.
③ 대상에게 사람의 생각을 주자.
④ 대상에게 사람의 성격을 주자.
⑤ 대상에게 사람의 몸짓을 주자.

대상을 너라고 불러서 나와 관계를 맺는 순간 나는 그 대상의 이웃이고, 친구고, 연인이고, 부모이고, 자식이다. 이 정도면 그 대상은 글이 된다. 좀 더 통찰하려면 대상을 너로 부르는 것을 넘어 나 자신을 만들자. 그러면 그 대상은 객관을 넘어 주관으로 다가온다. 그리하여 나와 하나로 결합하여 물아일체(物我一體)에 이른다.

산에 아무 생각도 아무런 반응도 없는 바위가 있다. 사람들이 그 바위를 밟고 간다. 겨울이다. 아이젠을 차고 바위를 밟고 간다. 사람들은 무심코 바위를 밟고 넘는다. 이제 당신이 의식적으로라도 애니미즘을 생각하며 아이젠을 신고 그 바위를 넘어간다고 생각하자.

"바위가 아파하는구나"라고 말하라. 그러면 사람들의 발길에 긁히는 소리가 바위의 신음소리로 들릴 것이다. 그것이 시의 발견이며, 감성의 깨어남이다.

의도적인 연습이 필요하다. 타고난 작가가 아니라면 의도적인 연습을 해서 감성을 깨울 수 있다. 처음엔 부질없고 장난 같지만 익숙해지면 자연스럽게 대상에게 말 걸기를 할 수 있다. 아이들이 나무에 흠집 난 모양을 보고 "나무야, 아프지?"라고 말하듯이 말이다.

시인은 어른의 세계로 나아가는 것이 아니라 아이들의 세계로 나아가야 한다. 아이들의 언어를 되찾고, 아이들의 세계를 복원해야 한다. 거기에 삶의 이치의 깨달음이 있다. 아이들은 세상을 꼼수로 보지 않고 있는 그대로, 보이는 대로 보고 표현한다. 아이들에겐 세상 모두가 살아 있는 존재로 보이고, 우리 인간과 같은 감정을 가진 존재로 보이기 때문이다.

적어도 작가는, 아니 문학가는 아이와 어른의 경계에 있어야 한다. 그러면서 서서히 아이들의 세계 쪽으로 나아가려 노력해야 한다. 그것이 감수성을 되찾는 길이다. 그 길의 시작은 바로 애니미즘에 있다.

아이 적에 우리는 많은 상상을 했다. 무한한 상상력이 있었다.《이상한 나라의 앨리스》란 책이 무척 재미있었다. 실제 같았다. 그런데 이제는 헛소리 같다. 우리는 아이의 마음을 잃었고, 아이의 생각을 잃었고, 상상을 잃었다. 나이가 들어갈수록 그 상상의 세계는 좁아져서 현실과 딱 붙어버렸다.

그러다 보니 잠 속의 꿈마저도 거의 현실과 다를 게 없다. 현실의 답습이 꿈이다. 이렇게 꿈을 잃어가니 언어도 딱딱해지고 무뎌진다.

좀 더 감미로운 언어를 찾고 싶다면, 현실을 좀 더 상상이 충만한 세상으로 만들어야 한다. 그러면 꿈의 세계도 넓어지면서 감정이 살아날 것이다. 많이 아는 사람은 먹고 싶은 것도 많다. 많이 알고 있는 사람은 꿈도 다양하게 꾼다. 꿈은 현실을 씨앗으로 삼기 때문이다.

책을 많이 읽으면, 특히 상상의 산물인 소설이나 동화를 많이 읽으면 상상력과 함께 감성이 자란다. 그게 마음이라도 나이 들지 않게 하는 방법이다. 마음의 젊음을 유지하는 방법이다.

앞에서 소개한 김춘수의 시 〈꽃〉을 다시 읽어보자.

내가 너의 이름을 불러주기 전에는

너는 하나의 몸짓(풀, 잡초, 여자, 남자)에 지나지 않았다.

내가 너의 이름을 불러 주었을 때

너는 나에게 와서 꽃(화초, 연인, 애인)이 되었다.

여기에는 비유를 넘어선 상징이 있다. '몸짓'이나 '꽃'이란 대상과 연결되는 개념이 숨어 있다. 숨은 개념은 바로 글 쓰는 이가 숨긴 관념,

즉 원관념이다. 이런 작품을 읽을 때, 원관념은 읽는 이의 몫이다.

따라서 '몸짓'이란 말 대신 넣고 싶은 말을 마음껏 넣어보라. 의미가 통한다. 그것이 상징이다. 몸짓이란 말 대신 풀, 잡초를 넣어라. 그래도 통한다. 꽃 대신에 연인, 애인으로 바꾸어도 무난하다. 인과관계만 고려하면 무엇을 바꾸어넣어도 상관없다.

〈그 꽃〉

_ 고은

내려갈 때 보았네.
올라올 때 못 본
그 꽃

이 시에선 더욱 확장이 가능하다. '그 꽃' 대신에 무엇을 넣든 제약이 없다. 여자, 만년필, 금반지, 책, 남자, 매미, 그 무엇이든 '그 꽃'과 바꾸어놓고 읽어보라. 모두 가능하다. 이 시는 '그 꽃'을 묘사하면서 중요한 그 무엇을 염두에 두고 쓴 시이다. 이 관계를 삶과 연결하면 삶의 이치를 발견할 수 있다. 감춰진 삶의 의미와 이치를 깨닫는다.

[최 선생의 글쓰기 tip 21] 애니미즘(활유법) 활용하기

1 무생물, 생물, 사물을 사람의 차원으로 끌어올려라.
2 그 대상에 사람의 인격, 생각, 말, 욕망, 감각, 마음을 부여하라.
3 그 대상을 너로 부르라.
4 그 대상을 아는 사람으로 바꿔라.
5 네가 그 대상 속으로 들어가서 자체가 되어라.
6 그 대상 속에 네가 들어갔다고 생각하라.

2. 사소한 것에도 주의를 기울이고, 작은 것에도 관심 갖기

일반인들과는 다른 시각을 갖도록 노력해야 한다. 시의 소재는 어떤 거창하고 특별한 사람들을 대할 때 찾을 수 있는 것이 아니라, 소박하게 살아가는 사람들, 순진하여 세상 물정을 잘 모르는 사람들에게서 더 많이 발견된다. 세상에는 작지만 소중한 것들, 보이지 않지만 존재하는 것들, 대수롭지 않게 생각하는 것들이 더 중요한 경우가 많다. 바람, 공기, 물 등 우리가 살아가는 데 꼭 필요한 것은 보이지 않거나 돈 없이 취할 수 있는 것들이 많다. 그러나 우리는 정작 중요한 것을 잊고 산다. 시는 이렇게 보이지 않는 것, 중요하게 생각하지 않는 것, 무심히 지나치는 것들 속에서 새로움을 발견해 독자에게 보여주는 작업이다.

3. 남과 다르게 세상을 보는 눈 찾기

같은 것이라도 보는 이에 따라 달리 보이는 것은 그 사람의 마음의 눈이 다르기 때문이다. 어떤 사람에게 아침 이슬은 슬픈 눈물로 보이지만, 어떤 이에게는 영롱한 구슬로 보일 수 있다. 똑같은 소재라도 마음가짐에 따라 달라 보이거나 아예 관심조차 없을 수도 있으니, 그 무엇이든 사랑의 눈으로 관심 있게 바라보아야 한다.

4. 느낌을 놓치지 않기 위해 기록하는 습관 갖기

세상 모든 것에 대해 호기심을 가지고 바라볼 필요가 있다. 그러면 그 보이는 것에서 어떤 느낌이든 받게 될 것이다. 그 느낌을 즉시 시로 쓸 수는 없어도 메모를 해두거나 기억하려 애쓸 필요가 있다. 이 느낌을 A라고 한다면, 이 A가 언젠가 다시 무엇인가에서 느낄 B와 만나 한 편의 시로 탄생할 수 있다. 그러므로 내가 느끼는 것은 무엇이든 소중하다. 그 소중한 것을 간직해야 한다.

애니미즘처럼 모든 자연과 사물에 생명 또는 정령이 있다고 생각해 보는 것도 도움이 된다. 사물을 생명체로 생각하고, 사람이 아닌 사물이나 동물, 식물을 사람으로 생각하고, 너로 표현해보는 것도 좋다.

5. 세상을 사랑의 마음으로 바라보기

사람이나 사물이나 사랑의 마음으로 바라보면 때로는 슬픔으로 때로는 기쁨으로 받아들여 나와 공감대를 갖게 된다. 시인이 된다는 것은 남의 아픔을 내 아픔으로 느끼고, 남의 좋은 일에 감격하여 눈물짓는 것이다. 남의 입장이 되어 보는 것, 어떤 사물이나 동물의 입장, 그 자체가 되는 마음이 있다면 그는 훌륭한 시인이다. 무슨 일을 하든 생각하면서 한다. 내가 너에게로 들어갈 수 있을 때 나는 시인이 된다.

체험만큼 감동적인 시의 소재는 없으니, 어떤 체험을 하든 생각하면서 하면 시를 쓸 수 있다.

〈창문들〉

_ 샤를 보들레르

열려 있는 창문을 통해 밖에서 보는 사람은 <u>닫혀 있는 창을 보</u>
<u>고 있는 만큼은 결코 많은 것을 보지 못합니다.</u>

시는 닫힌 창으로 안을 들여다보는 상상의 그림이다.

<u>촛불로 밝혀진 창</u>보다 더 심오하고, 더 신비롭고, 더 풍요롭고,
더 어둡고, 더 빛나는 물건은 없습니다.

시는 밝은 백열등 아래서 대상을 바라보는 것이 아니라, 희끄무레한 약간의 어둠이 감도는
분위기에 젖어서 대상을 바라봄으로 생기는 감흥의 산물이다.

햇빛에서 볼 수 있는 것은 유리창 뒤에서 일어나는 것보다 늘
흥미롭지 못합니다. 백일하에 드러나는 명백한 것을 묘사하는 것이 아니라 제대로
보이지 않는 유리창 뒤에서 일어나는 일을 마음의 눈으로 엿
보는 상황을 그리는 것이다.

검거나 빛나는 <u>그 구멍 속</u>에서 인생은 살고, 인생은 꿈꾸고 인
생은 고통을 겪습니다. 시는 어두운 동굴 안을 들여다볼 수 있을 때 쓸 수
있는 마음의 그림이다.

지붕의 물결 너머로 나는 성숙하고, 이미 주름지고, 가엾고, 무
엇인가 쪽으로 항상 몸을 굽히고 있는 여인, <u>한 번도 외출한 적이</u>
<u>없는 어느 여인</u>을 알아보았습니다.

시 쓰기는 죽어 있는 것을 구멍을 통해 살려내는 일이다. 외출한 것을 본 적
이 없는 누군가를 상상으로 그려내는 것이 시이다.

그녀의 얼굴, 그녀의 옷, 그녀의 몸짓, 아주 보잘 것 없는 것을
가지고 나는 그 여인의 이야기를 아니 차라리 <u>그녀의 전설</u>을 재구

성합니다. 가끔 나는 울면서 그녀의 이야기를 생각한답니다.

내가 만난 적이 없지만, 내가 체험한 것이 아니지만 생각으로 만나고, 생각으로 체험하여 쓰는 것이 시이다.

만일 그 이야기가 어느 불쌍한 노인의 이야기였더라면 나는 그 노인의 이야기를 아주 쉽게 재구성했었을 텐데요.

그리고는 나는 나 자신과는 다른 사람으로 살았고, 고통을 겪었다는 데 대해 자랑스러워하며 잠자리에 듭니다.

아마도 당신은 나에게 이렇게 말하겠지요.

"넌 이 전설이 사실이라고 확신하니?"

현실이 나를 살아 있도록 도와주며 내가 존재하며 내가 나 자신이라는 것을 느끼도록 도와준다면 내 밖에 자리잡고 있는 현실이야 무슨 상관이랴?

명확하지 않은 것, 본 적이 없는 것은 나에게 전설이 된다. 그래서 전설은 아름다우며 나는 전설의 주인공이 된다. 내가 나오는 다른 누군가에게로 들어가서 그가 되는 것이 시 속으로 들어가는 일이다.

[최 선생의 글쓰기 tip 22] 창의적인 글 쓰기

1 대상에게 장소를 부여하라.

2 대상을 움직이게 하라.

3 대상에게 욕망을 부여하라.

4 통찰하라.

5 대상에게 시간을 부여하라. 과거에 어떠했을까? 과거에 어떻게 살아왔을까? 지금은 어떤 상황인가? 미래엔 어떻게 변할까? 이렇게 단계적으로 써보라.

27강

수필 쓰기의 즐거움

1. 수필을 쓰는 마음자세

초심자들이 글쓰기의 막막함이나 두려움에서 해방되는 첫걸음은 덮어놓고 그냥 써보는 습관을 들이기다. 오늘 겪은 일 중에서 오래도록 기억에 남는 것이 있다면 한두 줄이라도 좋으니 그것을 글로 써보라. 단, 글을 쓸 때는 명사 하나만 달랑 써놓지 말고 완전한 문장으로 써야 한다.

글쓰기에 대한 두려움을 없앤 다음에는 다른 사람의 수필을 많이 읽어야 한다. 좋은 수필을 먼저 읽으면 그 좋은 글이 자연히 뇌에 배지만, 좋지 않은 수필을 먼저 읽으면 그 좋지 않은 글이 자연히 뇌에 밴다.

초심자들이 수필을 처음 읽을 때는 자기와 성향이 같은 작가의 글을 집중적으로 읽는 게 좋다. 어느 작가의 글은 나도 이렇게 쓸 수 있을 것 같은 생각이 들기도 한다. 이런 경우 후자의 글이 바로 자신과 성향이 같은 글이다. 그 작가의 수필을 찾아 집중적으로 읽으면서 배우고, 정복하고, 능가해야 한다.

좋은 글은 그대로 베껴보면 더욱 그 글에 대해서 잘 알 수 있다. 남의 글을 많이 읽은 다음에는 자신의 글을 많이 써보아야 한다. 습작처럼 좋은 공부는 없다. 소재를 발견하면 잊어버리기 전에 메모해두고 그 소재에 대해 어떻게 의미화를 할까 오래 생각해야 한다.

[최 선생의 글쓰기 tip 23] 글의 틀 잡기

1 정의를 내려라. 어떤 특정 단어를 끄집어내어 특정 단어의 의미를 자기 나름으로 풀어 서술문으로 써라.

2 두 개 이상의 단어를 한 문장, 이를테면 주어와 서술어로 구성하라.

3 둘 사이가 이질적일수록 그 벌어진 사이를 설득력 있게 메워라.

4 사이가 많이 벌어져 있을수록 문학적이고, 좁을수록 논리적이다.

5 여백의 정도로 시와 산문이 나누어지는 것을 기억하라.

6 여백을 주되 사하라 사막을 남기지는 마라. 좋은 글과 난삽한 글의 차이는 거기서 시작된다.

2. 피천득의 수필로 본 수필 쓰기의 이해

(1) 수필은 청자 연적(靑瓷硯滴)이다

수필은 은은한 삶이 담겨 있다는 의미다. 불같이 활활 타오르는 것이 아니라 그 불이 잦아들어 무늬가 남은 것처럼 잔잔한 맛이 있어야 한다.

글을 쓰고 싶을 때는 두 가지 경우다. 불같이 감정이 뜨겁게 타오를 때이거나 아주 고요할 때이다. 비단 감정이 타올라 글을 안 쓰고 견딜 수 없을 때 글을 쓴다고 하더라도 그 글은 그 뜨거운 감정이 사그라졌을 때 다시 살펴서, 다시 써야 한다.

(2) 감정을 가라앉히고 쓰기

수필은 읽는 이를 불편하게 하는 게 아니라 조용한 파문이 일게 하는 것으로 족하다. 청자처럼 말이다. 그 감정의 범람을 잘 다스리고 남은 마음의 잔잔한 파문, 그것은 곧 난(蘭)처럼 청초하고 학처럼 고고한 생각으로 재탄생한다. 따라서 수필은 감정의 범람이 아니라 감정의 사그라짐, 그 과정을 잘 녹인 인생의 글이어야 한다. 그리하여 청초하고 몸맵시 날렵한 여인처럼 담담하고 그윽하며 여유로운 감정, 산뜻한 감성이 묻어나는 글이다.

(3) 혼자 사색하기

맵시 있는 수필을 쓰려면 자신을 관조할 수 있는 자기만의 시간이 필요하다. 숲 속으로 난 평탄하고 고요한 길을 걸으며 생각에 잠겨 삶의 성찰로 얻는 생각의 열매, 그 열매가 수필이다. 그렇다고 수필이 조용한 곳에서만 탄생하는 것은 아니다. 사람이 사는 마을에서도 충분하며, 사람과 어울리면서도 충분하다. 조금만 마음의 여유를 가지고 보면 가로수 늘어진 포장도로를 걸으면서도 숲길을 걷듯이 운치를 느낄 수 있다. 사람 사는 마을에서도, 사람과 어울리면서도 자기만의 시간 갖기, 그것이 맵시 있는 수필을 쓰는 비결이다.

(4) 생각하며 체험하기

수필은 청춘의 글이 아니라 중년의 고개를 넘어선 글이라고? 그러면 나이든 사람의 전유물이냐고? 그렇지는 않다. 수필은 생각하며 사는 사람의 글이다. 생각 없이 50년을 사는 사람보다 생각하며 10년을 산 사람이 훨씬 성숙한 사람이다. 세상은 얼마나 오래 살았느냐가 중요한 게 아니라 어떻게 살았느냐가 중요하다. 나이 쉰 살이 넘어도 어린애만 못한 철부지가 있다면 그는 어른애요, 나이가 열 살이어도 대견한 생각을 하면 그는 애어른이다. 수필은 분명 어른의 글이다. 생각하며 사는 어른의 글이다. 앞뒤좌우를 두루 살필 줄 아는 성숙한 마음으로 쓰는 글이다.

(5) 자기 언어로 쓰기

그렇다고 수필에 자신이 알고 있는 지식을 다 이용할 필요는 없다. 그 무엇에 대한 자신의 생각을 담담하게 풀어내면 된다. 혼자만 읽을 글이 아닐수록 지나치게 어렵게 쓰지 않아야 한다. 오히려 독자에게 결례가 될 수도 있다. 그저 삶에 대한 생각을 자신의 언어로 쉽고 담담하게 쓰면 된다.

(6) 마음의 산책

수필이라고 재미없이 늘어지게 쓰라는 건 아니다. 재미있을수록 좋다. 그렇다고 독자를 흥분시키라는 건 아니다. 수필은 잔잔한 감동을 주면 족한 글이다. 재미는 주되 마음의 산책을 시켜주는 글이면 좋다. 이 글이 어떻게 진행될지, 어떤 결말이 날지 궁금해지는 게 중요한 것이 아니라 한 문장 한 문장에서 마음의 여유를 느낄 수 있으면 그게 좋은 수필이다.

(7) 삶의 무늬

수필은 한마디로 중용의 글이다. 찬란함 대신에 수수하다. 그만큼 진솔이 우선이다. 진한 대신에 은은하다. 어느 한쪽에 치우쳐서 독자를 선동하는 게 아니라 독자로 하여금 관조하게 해야 한다. 따뜻한 인간애가 배이게 해야 한다. 어느 한쪽을 편드는 게 아닌, 인간애를 담아야 한다. 그다지 튀지도 않으며, 지나치게 가라앉지도 않은 중간쯤의 글, 그것이 수필이다.

그러면서 자신의 냄새, 자신의 색깔을 살짝 타면 좋다. 그것이 자신의 삶의 무늬이다. 그 삶의 무늬는 독자로 하여금 살짝 미소 짓게 한다. 그것이 그 사람만의 재치요, 빛깔이다. 그 약간의 무늬가 세상을 보는 눈이다.

(8) 자기만의 색깔

자기만의 색을 갖는다는 것은 어쩌면 우리가 아이였을 때 세상을 보던 그 순수한 시선을 되찾음으로써 가능하다. 예로 바다에 여기 저기 흩어져 있는 섬들을 보자. 어른의 시각으로는 그냥 부동의 섬이다. 하지만 아이 적엔 그 섬들은 떠 있는 것들로 보였다. 물결이 일렁거리면 마치 섬들은 수영을 하듯 오르락내리락 했으니까. 따라서 수필은 지금보다는 순수한 쪽으로 이동해서 쓰는 글이다. 지금의 색깔을 지우고 아이 쪽으로 이동하기, 그것이 수필가의 자세다. 그것이 자기만의 색깔을 만들게 하고, 그렇게 쓴 글이 독자의 얼굴에 미소를 짓게 한다.

(9) 내 수준의 언어로 쓰기

수필을 너무 거창하게 생각하지 말자. 그저 자신이 사는 이야기 중에 뭔가 인생에 남는 이야기 하나 골라서 그 이야기에 자신의 생각을 보탠다 생각하자. 미사여구를 잔뜩 넣어 미화할 필요 없이 자신의 언어로 풀면 그만이다. 잘 쓰려고 모르는 단어를 끄적이고, 사전을 찾을 일이 아니다. 자신이 소화 가능한 언어들로 절친한 친구나 이웃에게, 또는 인생의 후배들에게 이야기 들려주듯 쓰면 그 글이 산뜻한 수필이다.

(10) 수필의 소재

내가 살아온 이야기, 내가 사는 이야기, 내가 목격한 이야기, 내가 생각하는 세상이야기, 무엇이든 좋다. 그런 소재에다 자신의 생각을 담으면 된다. 그런 소재들, 그것들을 가지고 글을 쓰려고 했다면 그것은 이미 자신에겐 사건이다. '기억에 남는다, 글을 써야겠다'는 생각이 든 것 자체가 사건이다. 그러니 그것은 충분한 소재다.

내가 왜 그 소재로 글을 쓰려 했는지, 그 느낌을 그 사건에 담으면 그것이 곧 좋은 수필이다. 인간이 담긴 따뜻한 글이다. 수필은 어떤 것을 쓰든, 어떤 사람의 일을 다루든, 결국 내 글이다. 그러니까 나를 담는다는 의미다. 누에가 자신이 먹은 뽕만으로 제 집을 짓듯이, 뽕을 먹고 넉잠을 자고 나서 집을 짓듯이, 세상에서 본 것, 느낀 것들을 삭이고 삭혀 내 것으로 만들어 안에 있는 언어들을 꺼내는 것이다. 수필은 쓰는 것이 아니라 써지는 것이다.

(11) 수필과 소설의 차이

수필은 물론 소설과 같은 재미를 추구하는 문학은 아니다. 수필은 소설처럼 어떤 주인공을 등장시키고, 내가 서술자가 되는 것이 아니라, 결국 내가 내 생각을, 내 이야기를 하는 것이다. 소설이 다양한 인물들을 등장시켜 재미와 감동을 준다면, 수필은 내 마음을 우려내어 나만의 향기로 감동을 주거나 나만의 향을 품어내는 것이다.

(12) 1인칭의 주어로 쓰는 글

수필은 나 자신이 나에게 하는 말에서 출발한다. 내가 힘든 나를 위로하는 말은 곧 다른 사람을 위로한다. 내가 나를 돌아봄이 다른 사람을 돌아보게 한다. 내가 하고 싶은 일을 내가 나에게 말하면 다른 사람은 그것을 하고 싶게 된다. 수필은 이처럼 내가 나에게 하는 말이다. 그것이 곧 나를 떠나 보편으로 나가서 수필이 된다. 내가 나에게 솔직하게 하는 말, 내가 나니까 솔직해질 수 있는 말, 곧 수필은 솔직한 자기표현이다.

(13) 친근한 글

수필은 담담한 글이며, 친밀감을 주는 글이며, 친구에게서 받는 편지처럼 반가운 글이다. 그러면서도 수필은 문학의 한 장르로서 개성이 있어야 한다. 마치 청자 연적에 담긴 연꽃들이 대동소이한데 그중 약간 구부러진 연꽃 하나가 있어 시선을 모으게 하듯이, 특별한 의미 하나가 담기면 된다. 균형 속에 있는, 눈에 거슬리지 않는 파격, 그렇게 살짝 자기만의 독특한 생각을 담으면 족하다.

(14) 자신의 삶 쓰기

수필가는 삶을 씹어 먹는 사람이다. 자신의 삶을 대강 넘기는 게 아니라 잘근잘근 씹어서 생각의 씨앗으로 만드는 사람이다. 그렇게 잘 소화했다가 글로 표현하는 것이다. 자기 안에 쌓아두었던 것이 풀어져 나오니까 당연히 자연스럽다. 붓 가는 대로 쓰는 것이 수필이란 말은 이처럼 안에 쌓아 두었던 것이니까 나오는 것이지, 저절로 생겨서 나오는 것이 아니다. 수필은 특별한 형식이 없다고는 하지만 실제로 없는 것이 아니라 그만큼 스스로 그 형식을 만들어가야 한다는 의미다.

(15) 자기철학 열기

수필이 비록 자기 생활이야기 주변에서 일어나는 이야기를 담은 것이라고는 하나 거기에 세상을 그대로 담은 것이 아니라 조화를 이루고 질서정연한 것에 연꽃 하나를 살짝 구부린 것처럼, 세상을 살짝 비틀고 꼬기도 하는 자기 철학이 들어가 있어야 한다. 그래야 수필이 단순한 신변잡기에 머물지 않고 운치 있는 글, 맵시 있는 글이 될 수 있다.

(16) 수필과 시와의 구별

수필은 시보다 친절하다. 그 숨겨진 의미를 찾으려고 고민할 필요가 없는 문학이다. 그저 이웃에게 이웃집 아저씨가 친절하게 조곤조곤 삶의 애환을 이야기해주는 글이면 된다. 그러면 '그런 일이 있었구나.' 그 정도의 느낌이면 수필이다.

하지만 시는 수필에 비해 조금은 불친절하다. 하여 시는 처음엔 갸웃거리며 읽었다가 '아, 그런 뜻이 숨어 있었구나!' 그 발견이 있어야 좋은 시이다.

반면에 수필은 자신의 이야기, 자신의 삶의 애환, 거기에 자기반성과 자기성찰을 보태어 친절한 이웃이 되어 독자들에게 이야기한다. 그저 자신의 삶을 글과 연결하면 되는 것이다. 그렇다고 수필가는 시인다운 생각을 할 필요가 없다는 뜻은 아니다. 오히려 시인의 경지를 넘어서야 한다. 그래야 자기반성과 자기 성찰이 가능하기 때문이다. 시인은 그 자리에서 시 한 편을 쓸 수 있지만, 수필가는 그 상황에 자기 생활을 옮겨야 하기 때문이다.

(17) 세상을 해석하기

당연한 것에 대해서도 왜라고 물어 세상에서 글감을 찾아내야 하고, 그 질문을 통해 세상을 해석해낼 수 있어야 한다. 대상에 대한 자기만의 깨달음, 그것이 자기 성찰의 결과이다. 그것을 생활에서 일어난 사건에 살짝 옷을 입힌 것, 그것이 수필이다. 그렇게 사건에 옷을 입히면 사건이 변하여 삶의 애환이 된다.

이제까지 수필 이야기를 했다. 이를 정리해보자. 수필을 쓰는 과정은 도자기를 굽는 과정에 비유하면 딱 좋다. 도자기를 구우려면 우선 흙 (소재)을 골라야 한다. 그 흙에 물을 섞어 정성스럽게(생각하며 제재 발견하기) 반죽을 해야 한다. 그다음엔 기물성형의 단계로 형태를 빚고 장식을 하는 과정(자기만의 생각으로 빚기)이다. 그렇게 하여 도자기의 겉 모습(한 편의 글)은 대략 완성된다. 그다음엔 건조(감정의 정화) 과정이다. 건조는 천천히 해야 한다(밤에 쓴 편지는 부치지 못한다는 말처럼 감정을 삭히고 난 후 다시 읽어보기이다.). 그러고 나서 초벌 소성(감성을 넣어 자기만의 글)을 하면, 흙은 드디어 다른 모습을 띠고 굳어진다. 다음 단계는 재벌 소성이다. 재벌 소성(자기만의 색깔 넣기)은 초벌 소성이 700~800℃에서 구워졌다면 1,250℃에서 다시 굽는 과정이다. 이러한 과정을 거쳐 도자기가 탄생한다. 수필도 이와 같다. 감정의 범람으로 글을 써야겠다는 '울컥'의 심정에서 시작하여 '감정 가라앉히기', '자기만의 색깔 입히기' 과정을 거쳐 한 편의 글로 탄생한다.

세상의 모든 것, 사물이든 생물이든 그들 스스로 의미를 말하지 않는다. 삶을 말하지 않는다. 오직 작가만이 그 소리를 듣고, 그 소리를 해석하는 것이다. 그렇게 들은 세상의 음성들이 깨달음이다. 그 깨달음이 소리 지를 때, 내면에서 소리 지를 때, 그때 수필은 저절로, 그야말로 붓 가는 대로 써지는 것이다. 결국 글의 종착역은 삶이다. 시든, 수필이든, 소설이든 삶을 담아내는 것이다.

[최 선생의 글쓰기 tip 24]　**산뜻한 글쓰기**

1 주어가 문두에 와야 한다는 고정관념을 버려라.

2 같은 문장 내에 같은 단어나 유사 단어를 쓰지 않는다. 그럴 경우 그 단어를 하나의 단어로 합친다. 영어의 관계대명사를 생각하라.

3 단락 구성은 묘사 단락과 동작 단락으로 구분한다. 배경 묘사는 배경 묘사끼리 모으고, 동작 묘사는 동작 묘사끼리 모은다.

4 상황 설명인 '~이 있다' 문장끼리 모으고, '~이다, ~것이다' 문장끼리 모아 쓰고, 문단 끝날 때쯤 '~하다' 형의 동작 중심의 문장을 배치한다.

논리적인 글쓰기

1. 논리를 이용한 글쓰기

논리란 학교에서 시험을 보기 위해 만든 것이 아니다. 오랜 경험을 축적하여 우리 인간이 대화를 나눌 때 서로가 가장 잘 소통할 수 있는 틀을 얻은 산물이다. 이 책에서는 광범위한 논리보다는 문학적인 글을 쓸 때 논리를 어떻게 적용하면 효과적일지에 대해서만 말하고자 한다.

논리는 우선 세 가지로 나눈다. 연역, 귀납, 변증이다. 이 세 가지 논리를 이용하면 쓰는 입장에서는 명확한 의사를 전달할 수 있고, 읽는 이는 글에 담긴 의미를 쉽게 파악할 수 있는 장점이 있다. 글을 쓸 때 이러한 논리를 잘 습득하고 논리에 맞게 쓰도록 노력해야 한다.

연역법은 일반적인 추론에서 시작해서 구체적인 결론에 이르는 방법으로 전제들이 참이면, 반드시(필연적으로) 결론이 참인 논증이다.

귀납법은 구체적인 사실을 바탕으로 어떤 원리를 일반화하는 방법으로, 구체적인 자료를 통해 결론을 도출하는 방법이지만 전제들이 참이면 결론도 반드시 참이 되지는 않고 참이 될 가능성인 논증을 말한다.

변증법은 자신의 주장을 말하고, 그 주장에 모순점을 말한 다음, 결론을 내릴 때에는 모순점을 극복할 문제해결을 제시하는 논리법을 말한다. 보고서를 쓸 때에나 어떤 계획서를 쓸 때 유용하다.

2. 연역법을 이용한 글쓰기

연역법은 누구나 인정할 수밖에 없는 보편성을 띤 사실 또는 이미 널리 알려진 사실을 바탕으로 아직 알려지지 않은 특수한 사실을 결론으로 이끌어내는 것을 가리킨다.

그 가장 일반적인 양식은 삼단논법이다. 이 삼단논법은 두 개의 전제와 하나의 결론으로 이루어지는 연역법적 추론의 형식이다. 연역 삼단논법이란 세 문장으로 이루어진 논리를 말하는 것이 아니라 세 단계를 거쳐서 결론을 도출한다는 말로 이해해야 한다.

우선 사랑하는 사람에게 사랑의 고백을 하면서 프러포즈를 한다고 가정해보자. 이를 삼단논법으로 하면 이렇게 말할 수 있을 것이다. "나의 프러포즈를 받아줘. 나는 너를 진심으로 사랑하니까, 그러므로 너는 나랑 결혼해야만 해." 한 가지 더 해보자. 친구에게 돈 빌리기이다. "친구야, 돈 좀 빌려줘. 넌 세상에서 가장 친한 나의 친구야. 그러니까 네가 돈 좀 빌려줘야지."

세 개의 명제 중 두 개의 논증은 전제가 되고 나머지 한 개는 결론이다. 삼단논법은 명제의 서술 방식에 따라 정언삼단논법(定言三段論法), 가언삼단논법(假言三段論法), 선언삼단논법(選言三段論法), 양도논법(兩刀

論法), 귀류법(歸謬法) 등이 있다. 이들 논리법을 이용하면 글쓰기가 짜임새가 있고, 글을 쓸 때 자신감이 생긴다.

정언삼단논법은 세 개의 명제와 세 개의 개념으로 이루어지고, 각각의 개념은 전체에서 정확히 두 번씩 등장한다. 같은 개념은 두 번 이상 등장할 수 없다. 결론의 술어로 사용되는 개념을 '대개념', 결론의 주어로 사용되는 개념을 '소개념', 결론에는 나오지 않고 전제에만 등장하는 개념을 '매개념'이라고 한다. 대전제에서 소전제로 내려올 때 하나의 새로운 개념을 도입해야 한다.

> 모든 사람은 죽는다.
> 소크라테스는 사람이다.
> 그러므로 소크라테스는 죽는다.

위 글에서는 소크라테스가 새로 도입한 개념, 소개념이다. 이 소개념은 결론에서 주어가 된다. 왜냐하면 대개념은 결론의 술어가 되기 때문이다. 여기에 등장하는 개념들, 즉 대개념·소개념·매개념은 두 번씩만 나온다는 것을 기억하자.

이 논리법의 개념은 세 개의 쌍으로 이루어져 있다는 것을 알 수 있다. 이 세 개의 쌍, 즉 여섯 개의 개념은 두 번씩만 사이좋게 나타난다. 대전제에서 두 항목이 나오고 소전제로 내려오면, 대전제에서 내려온 하나와 새로운 항목이 나와서 한 쌍을 이룬 소전제가 된다. 소전제에 새로 등장한 개념에 결론에 내려와 주어가 되고, 대전제에 남아 있던 한 개념이 결론에서 술어로 쓰인다.

대개념을 포함한 명제를 '대전제', 소개념을 포함한 명제를 '소전제',

매개념을 포함하지 않는 명제를 '결론'이라고 한다. 따라서 이 논법은 어떤 개념을 설명하거나 정의를 내릴 때 좋은 논리법이라 할 수 있다.

우리는 학교에서 이 문장들을 아주 많이 보아왔다. 이것을 분석하면서 이해해보자.

①대전제 : 모든 사람은 죽는다. → 대전제 속에 있으니 대개념은 '죽는다.'

②소전제 : 소크라테스는 사람이다. → 소전제까지 나오고 퇴장하는 매개념은 '사람이다.'

③결론 : 그러므로 소크라테스는 죽는다. → 결론항에 나오는 서술어는 대개념이다.

윗글을 정리하면 대개념은 대전제 항에 있으며, 결론에도 나오는 개념인 '죽는다'이고, 소전제에 나오고 더 이상 결론에 나오지 않는 항인 매개념은 '사람이다.' 소개념은 소전제에 처음 등장하여, 결론에도 나오는 개념으로 '소크라테스'이다. 따라서 결론에는 대개념과 소개념이 함께 나온다.

여기서 대전제는 참인 것이 증명된 보편 명제이다. 따라서 대전제는 작가의 생각이 아니라 보편적으로 알려진다. 작가는 자기 생각이 참임을 증명해 보이기 위해 보편적인 참을 기준으로 차용한다. 그래서 전제가 참이듯이 자신의 생각도 참임을 보여주는 것이다. 보편적인 생각과 자신만의 생각인 고유한 생각을 대비시켜 자신의 생각이 참임을 증명하는 것이 연역논법이다.

기왕에 논리적으로 글을 쓰면서 생산적으로 글을 쓰려 한다면, 우리가 배운 대로 논리란 이렇게 딱 떨어지는 세 문장으로 쓴다는 고정관념을 버려야 한다. 이는 단지 한 단락을 지탱하는, 또는 글 한 편을 지배하는 큰 기둥들이라고 생각하면 된다. 그 기둥의 범주에서 벗어나지 않는 한 아무리 여러 문장을 써도 논리에서 벗어나지 않는다.

모든 인간은 사회적 동물이다.(대전제)
우리는 인간이다.(소전제)
그러므로 우리는 사회적 동물이다.(결론)

삼단논법으로 글을 쓰면 글의 범위를 벗어나는 오류를 피할 수 있으며, 반론의 여지가 없는 명료하고 확실한 결론을 이끌어낼 수 있다.

여타의 동물에 비해 인간이 모든 면에서 월등한 존재라고는 할 수 없다. 달리기로 치면 치타에 비해 인간은 굼벵이와 같으며, 날래기로 따지면 고양이에 어찌 비하며, 용맹으로 호랑이에 어찌 비교할 수 있겠는가. 그럼에도 인간이 다른 동물을 지배하는 영장이 될 수 있었던 점은 인간은 사회적 동물이란 점을 깨닫고 사회생활을 해온 덕분이다. 사회적 동물인 인간은 더불어 살지 않고는 존재할 수 없다. 인간에게 사회란 물고기로 치면 물이 모여 있는 웅덩이와 같으며, 식물로 치면 대지와 같다. 우리 모두는 이렇게 사회생활을 떠나서는 살 수 없는 존재에 속한다. 권력을 쥐고 있든, 권력 아래에 있든, 부를 향유하든 가난하든, 어떤 형태로든 우리는 공동체를 떠나서는 살 수 없는 존재들이다. 그러므로 우리는 모두 사회적 동물임을 부정할 수 없다.

삼단논법을 이용하여 글을 써보았다. 삼단논법이라고 해서 세 논리 항이 오롯이 순서대로 나와야 하는 것은 아니다. 다만 글을 지탱하는 기둥이라 생각하고 개념만 잘 살리면 논리적인 글을 쓸 수 있다. 우선 쓰려는 주제에 맞는 대전제를 찾고, 주장하고 싶은 소전제를 제시하고 그것을 풀이하는 문장을 뒷받침 문장으로 삼아서 결론에 도달하는 것이다. 또는 대전제에 맞는 소전제를 증명하는 사례를 가지고 문장을 구성할 수도 있다. 대전제를 분명히 하고, 소전제를 끌어들이면서 그 이유를 설명해나가는 것이 논리적인 글이다. 이러한 틀을 유지하면서 기둥으로 세워둔 문장들을 연결해보자. 그러면 문장과 문장이 자연스럽게 연결될 수 있는 글, 잘 읽히는 글을 쓸 수 있다.

연역 논증에서 정언삼단논법 다음으로 글쓰기에 많이 이용할 수 있는 논법은 가언삼단논법이다. 이 논법 역시 연역법이므로 삼단으로 구성한다. 여기서 가언이란 가능성 있는 개념을 말하며, 이른바 가정법으로 만들어지는 논법이다. 가언삼단논법은 전제와 결론까지 모두 조건절과 주절로 이루어진다.

하루에 4시간만 자고 공부하면 S대에 갈 것이다.

S대를 졸업하면, S기업에 들어갈 것이다.

그러므로 하루 4시간만 자고 공부를 하면 나는 S기업에 들어갈 것이다.

위 글은 '하루에 4시간만 자고 공부해야 S기업에 들어갈 수 있다'를 증명하는 글이다.

이것을 알기 쉽게 문장식으로 정리하면 다음과 같다.

- A하면,   B할 것이다.
- B하면,   C할 것이다.
- 그러므로 A하면   C할 것이다.

이번엔 '로또에 당첨되면 아파트를 사겠다'로 써보자.

> 아파트 값은 나날이 상승하고 있다. 도저히 직장생활을 해서 얻는 수입만으로는 아파트를 산다는 것은 요원하다. 그래서 나는 매주 로또를 사곤 한다. 만일 로또 1등에 당첨되면 나는 그 상금으로 막대한 금액인 10억을 받을 수 있다. 그렇게 되면 나는 그 돈에서 나갈 세금만 공제하고 난 나머지 금액을 받을 것이다. 그 당첨금으로 나는 아파트 한 채를 사는 꿈을 이룰 수 있을 것이다. 그러니까 나의 꿈은 로또 1등에 당첨되는 것이다. 그렇게 되어야 꿈에 그리던 아파트를 살 수 있을 테니까 말이다.

이제는 자신감 있게 선언삼단논법으로 가자. 선언삼단논법은 선택을 필요로 하는 두 개 또는 그 이상의 개념을 '~이거나'로 결합해놓은 대전제를 가진 논법이다. 여기서 '선(選)'이란 말은 '선택을 필요로 한다'는 것을 의미한다.

> 우리는 대화를 많이 하거나 글을 써서 정신건강을 유지할 수 있다.
> 우리는 대화를 많이 해서 … 정신건강을 유지할 수 없다.
> 따라서 우리는 글을 많이 써서 … 정신건강을 유지할 수 있다.

앞의 글처럼 대전제에서 내가 선택한 것이 결론항의 선택으로 들어온다. 따라서 선택을 받지 못한 항은 소주제문에 내려와서 부정문과 연결될 수밖에 없다. 여기서도 각각 항들은 두 번씩만 등장하기 때문이다. 선언삼단논법에서는 두 번째 항이 부정문이 된다는 점만 유의하면 된다. 내가 선택하지 않은 항목이므로 부정문으로 가는 것이다. 이를테면 나의 주장은 '글을 많이 써야 정신 건강을 유지할 수 있다'는 것을 서술하기 위해 다른 개념들을 대비시킴으로써 주제를 돋보이게 하는 방법이다. 좀 더 쉽게 풀이하면 다음과 같다.

A : 우리는 대화를 많이 해서 정신건강을 유지할 수 있다. (아니오)
B : 우리는 글을 많이 써서 정신건강을 유지할 수 있다. (예)

(~거나)

우리는 대화를 많이 해서 … 정신건강을 유지할 수 없다. (예)
우리는 글을 많이 써서 … 정신건강을 유지할 수 있다. (예)
따라서 우리는 글을 많이 써서 … 정신건강을 유지할 수 있다.

이 문장을 앞에서처럼 알기 쉽게 정리하면 다음과 같다.

A 하거나 B를 해서   C를 한다.
B 또는   B 중에서   C를 못한다.
그러므로 A 또는 A 중에서   C를 한다.

우선 무엇, 즉 C를 하기 위한 방법 중 두 개 이상을 선택한다. 그중에서 선택한 것 중 아닌 것을 골라내서 먼저 그것으로는 C를 할 수 없다는 것을 증명한다. 그다음에 결론에서는 C를 할 수 있는 것을 결론항으로 이끌어 C를 하는 것으로 결론을 내린다.

이렇게 놓고 보면 논리를 어떻게 전개했는지 이해할 것이다. 따라서 논리는 삼단이지만 여기서 선택받지 못한 문장도 실제 글에서는 등장할 수 있다는 것을 알 수 있다. 하나의 대조항으로 나올 수 있기 때문이다.

> 물질문명이 발달할수록 인간소외현상은 심화되고 있다. 이에 따라 많은 사람들이 정신적인 질병에 시달리고 있는 것도 사실이다. 이를 치유하기 위한 방법들이 많이 있지만 시간적으로 경제적으로 그런 치료를 기대하기란 어려운 실정이다. 이런 상황에서 우리가 보편적으로 쉽게 접할 수 있는 정신건강을 치료하는 방법으로 책을 읽는 일, 또는 다른 사람과 대화를 하는 방법이 있을 수 있다. 하지만 다른 사람과의 대화로는 아무리 친한 사이라도 내밀한 자신의 이야기를 모두 하기란 힘들다. 이에 반해 글쓰기는 주인공을 내가 아닌 다른 사람으로 내세워서 자기 수다를 얼마든 떨 수 있다는 장점이 있다. 이렇게 자신의 내면을 송두리째 드러내면 정신건강에 상당히 도움이 될 것이다. 그러므로 정신건강을 유지하려면 글을 많이 쓸 것을 권하고 싶다.

논리란 장점이 있다. 관심 사항 중 한 문장만 꺼내면 이어서 두 번째 문장을 쉽게 이끌어낼 수 있고, 세 번째 문장은 저절로 만들어지기 때문이다. 이것을 기둥으로 삼아 글을 쓰는 것이 논리이다. 이는 논리를 요하는 글에서만 필요한 것이 아니라 위와 같이 일상적인 글에서도 얼마든지 이용 가능하다. 물론 문학적인 글에서는 '그러므로', '따라서'

와 같이 결론을 유도하는 식의 문장은 생략해도 무방하다는 것이 필자의 생각이다.

　다음으로 많이 사용할 수 있는 논법이 귀류법이다. 귀류법은 자신의 주장과 모순되는 다른 주장을 옳다고 가정하고, 이 가정으로부터 도출된 것이 거짓이거나 모순되거나 상식적으로 받아들일 수 없음을 보여줌으로써 자신의 주장이 옳음을 입증하는 방법이다.

- A가 참이다.　　　　　　 … 이것이 내가 주장하고 싶은 것
- A가 거짓이라고 가정해보자. … 내가 반대하고자 하는 것
- 그렇다면 B여야 한다.　　 … 내가 반대하는 것이 가져올 결과
- 그러나 B는 참이 아니다.　 … 반박 이론
- 그러므로 A가 참이다.　　 … 내가 주장하는 것

이런 수학에서 많이 쓰는 등식을 이용하여 글을 써보자.
　4대강 사업을 계속할 것인지 말 것인지의 문제에서 찬반논쟁의 글을 쓰기 위한 등식을 정해보자.

만일 반대한다면 – '4대강 사업은 해서는 안 된다'란 주장이다.

　　4대강 사업을 계속해서는 안 된다. 만일 4대강 사업을 계속한다고 해보자. 막대한 예산이 들어가는 것은 물론 환경훼손, 물의 저수로 인한 녹조현상 등 많은 피해를 입을 수 있을 것이다. 그러므로 4대강 사업을 계속해서는 안 된다.

이번엔 이것을 찬성하는 논리로 바꾸어보자.

> 4대강 사업은 계속해야만 한다. 만일 4대강 사업을 중단한다고 해
> 보자. 가뭄 때의 용수부족은 물론 장마 때에 수량관리의 어려움 등
> 으로 입게 될 농작물의 피해는 물론 홍수로 인한 침수 피해에 직면
> 하게 될 것은 자명하다. 그러므로 4대강 사업은 계속해야만 한다.

이렇게 귀류법은 누가 보느냐에 따라 논점이 달라진다. 그러므로 귀
류법은 토론에서 많이 쓸 수 있는 논법이라 할 만하다. 실제로 이런 글
은 자기 논리나 주장을 펼치는 글에 적합하다고 할 수 있다. 이러한 기
둥을 세우고 앞에서 연습한 것처럼 글다운 글을 만들어보라.

딜레마논법이라고 하는 양도(兩刀)삼단논법도 글쓰기에 많이 이용할
수 있다. 이 논법은 있을 수 있는 상황을 두 경우로 나누어 그 어느 쪽
을 취한다 해도 같은 결론에 이르는 것을 보여줌으로써, 그 상황에서
그 결론이 피할 수 없음을 주장하는 연역논법이다. 이것을 선택하든 저
것을 선택하든 결과는 같은 경우, 우리는 선택을 망설이게 되는 딜레마
에 빠진다는 데서 생긴 논법이다.

> 갑식이는 오랫동안 농촌에서 생활한 경험이 있다. 그래서 그는 농
> 사를 짓는다 해도 돈을 많이 벌 수 있다. 또한 그는 오랫동안 도시생활
> 을 하면서 무역 업무에 대한 노하우를 많이 얻었다. 그러니 무역업을
> 해도 돈을 많이 벌 수 있다. 그래서 그는 무역업이나 농업에 종사할 것이다.
> 그러니 그는 무역업에 종사 하든 농업에 종사하든 돈을 많이 벌 수 있을 것
> 이다.

① 만일 갑식이가 농사를 지으면 돈을 많이 벌 것이다.

② 만일 갑식이가 무역업을 하면 돈을 많이 벌 것이다.

③ 갑식이는 무역업을 하거나 농사를 지을 것이다.

④ 따라서 갑식이는 무역업이나 농사를 지어 돈을 많이 벌 것이다.

여기까지 연역논법의 여행을 했다. 이제 충분히 연습했다면 다른 논법을 공부하기 쉬울 것이다. 그리고 우리가 실제로 글쓰기에서 가장 많이 쓰는 것이 연역논증이다. 이 연역논증은 자신의 주장은 물론 개념 정리의 그 무엇에 대한 정의를 내리기에 좋은 논법이다. 앞에서도 이야기했듯이 논리를 체화하려면 일상에서 얻는 일들, 바로 옆에서 일어나는 일이나 소재들을 가지고 논리문을 만들어 연습하면 좋다.

또한 논리를 단지 논리적인 글에만 필요하다고 생각하지 말자. 오히려 문학적인 글을 쓰면서 논리를 이용하면 다른 사람보다 훨씬 쉽고 명쾌한 글을 쓸 수 있다. 내 생각을 펼치기 전에 내 생각에 비교되는 글을 찾아내어 전개하고, 거기에 어울리는 내 생각을 펼치는 것이다. 그러면 글 자체가 살아난다. 왜냐하면 내가 차용한 논리는 보편적인 것이기 때문이다. 그것이 내 글의 범위를 한정해주어 안정적인 글을 쓸 수 있게 이끌어준다.

이를테면 글을 쓸 아이디어가 떠올랐다 치자. 내 생각이 타당한가를 알려면 그에 적합한, 내 생각이 타당한지의 적절한 문장이나 예를 떠올려보라는 것이다. 그러니까 글을 쓸 때 단도직입적으로 쓰기보다 먼저 '예를 들면', '구체적으로 말하면' 식으로 마음 속에 먼저 말을 걸고 그 찾아낸 사례들을 글 속으로 초대하라는 것이다. 그렇게 논리를 자신의 문학적인 글쓰기의 틀로 활용한다면 탄탄한 글쓰기, 다른 사람보다 훨씬 빨리 글의 틀을 잡을 수 있다.(원래 논법에서는 용어를 p또는 q, 그리고 r 로 표현한다. 하지만 이 글에서는 쉽게 이해하도록 A, B, C로 표기했다.)

3. 연역법으로 글쓰기 연습

연역법에도 여러 가지 논법들이 있지만 단순하게 연역적 사고로 글쓰기 연습을 해보자. 우선 글의 범위를 정하자. 범위를 정하고 나면 쪼개어진 맥락들이 몇 될 것이다. 그 하나하나를 하나의 단락 구성으로 생각하자.

이를테면 '북한산이 등산객들의 무분별한 행동들로 몸살을 앓는다' 라는 주제로 글을 쓴다고 해보자. 이 글에서는 '북한산 내의 범위 + 등산객들의 무분별한 행동 = 북한산의 몸살'이란 등식이다.

여기서 무분별한 행동들을 갈래치기하자.

① 등산객들의 샛길 산행
② 쓰레기 버리기
③ 불법적인 취사 행위
④ 담배 피우기
⑤ 계곡 내 무단출입

이렇게 쪼개고 보면 이 다섯 개의 항목이 각각 소주제가 된다. 이 소주제를 각 단락의 첫 문장으로 만들어 쓰고, 그 문장에 관한 구체적인 설명을 덧붙이면, 자동적으로 한 단락이 구성된다.

이런 식으로 다섯 단락을 채우고 나면 처음에 범위를 정하고 시작했으니 마무리도 쉽다. 이 다섯 가지 중에서 하나를 더 강조하면서 마무리를 하고, 끝에 범위로 정한 문장을 뒤집어씌운다. 개개의 쪼갠 것들을 나열하고, 그 각각의 단락들이 갖고 있는 공통점을 마무리로 쓰면 된다.

논리란 단순히 논리적인 글에만 해당하는 것이 아니라 문학적인 글에서도 꼭 필요하다. 논리를 문학적인 글에 응용하면 글의 범위를 잘 확정할 수 있고, 글의 구성을 어떻게 할지 확연히 드러나며, 읽는 이들이 쉽게 이해할 수 있는 장점이 있다. 이처럼 논리를 따라 글을 쓰면 글의 틀이 갖추어진다.

(도입 단락)

모처럼 북한산에 올랐다. 여름이라 습한 데다 기온이 높아 등줄기를 타고 땀이 줄줄 흘러내렸다. 그렇다고 기분이 찜찜하지는 않았다. 도시에서 흘리는 땀은 찜찜한데, 산에서 흘리는 땀이라 오히려 기분이 상쾌했다. 그런데 우이동에서 출발해서 대동문으로 오르는 동안 눈살을 찌푸리게 하는 것들이 눈에 자주 띄었다. 그 아름다운 산들 곳곳이 많이 훼손되어 있었고, 지저분해져 있었다.

이런 식으로 도입 단락을 써놓고 본문을 펼치면 된다. 쪼개놓은 것을 하나씩 서술하면 된다. 쪼개 놓은 항목 하나하나를 한 단락을 구성하도록 쓰자.

눈살을 찌푸리게 하는 일들이 여럿 있는데 우선 등산객들이 샛길 산행을 자주한다는 점이다. 마치 잘 생긴 사람의 등짝에 면도날로 상처를 낸 것처럼, 북한산을 공중 촬영하면 그 아름다운 산이 갈래갈래 찢겨져서 보기에 흉할 것이다. 그럼에도 … (하략).

이런 식으로 항목 하나하나를 서술해보자. 그다음에 마무리는 자신의 생각을 정리하며 주제를 살리기이다.

　　이처럼 북한산은 무분별한 등산객들의 샛길 산행으로 심하게 훼손되고 있으며, 이 외에도 쓰레기를 그냥 아무 데나 버리고 가는 일, 국립공원에서는 흡연이나 취사행위는 불법이라는 것을 모르지 않을 텐데도 버젓이 취사를 하고 담배를 피우는가 하면 출입이 금지된 계곡에 드나드는 일들이 다반사다. 이런 나 하나쯤이야 하는 생각들이 사라지지 않는 한 연간 1,000만 명 이상이 드나드는 북한산은 훼손이 점차 더 심해질 거란 걸 생각하니 산을 사랑하는 한 사람으로서 안타까웠다. 이를 방지하기 위한 우리 각자의 노력과 함께 관리공단에서 지속적인 계몽과 단속이 꼭 필요할 거란 생각을 했다…….

이런 정도에다 좀 더 아쉬움이나 생각을 덧붙이면 그런대로 잘 마무리할 수 있을 것이다. 문제의식을 가지고 글의 소재를 쪼개면 논리적인 글이 되고, 문제의식이 아니라 그저 살아가는 이야기, 삶으로 쪼개면 생활글이 된다.

봄이면 다양한 꽃이 장식하는 북한산으로 글의 범위를 정한다면 이렇게 쪼개면 된다.

① 산울 가에 애기똥풀 꽃, 개나리 꽃

② 양지쪽에 제비꽃, 할미꽃

③ 능선을 따라 진달래 꽃

이런 식으로 얼마든 쪼갤 수 있다. 이렇게 쪼개면 이 글은 문학적인 글로 탄생할 것이다. 어떻게 쪼개느냐에 따라 글의 성격은 달라진다. 그러니까 어떤 종류의 글을 쓸지 먼저 정하고, 글의 대상을 쪼개야 한다. 무엇을 보든 쪼개려는 시도, 그것이 글을 잘 쓸 수 있는 지름길이다.

[최 선생의 글쓰기 tip 25] 시제 바로 잡기

1 같은 단락 내에서는 시제를 일치시키자.

2 무심코 쓴 시제가 일치하지 않을 경우 같은 시제가 쓰인 문장끼리 묶고, 시제가 달라지면 단락을 나눈다. 어울리지 않으면 과감히 삭제한다.

3 시제를 무시하지 말고, 글 속의 시제를 잘 이용하여 자연스럽게 글을 쓰자.

4 과거시제는 나 자신이라도 객관화시켜 제3자의 감정을 갖게 한다. 따라서 글을 부드럽게 쓰려면 글 전체를 현재 시제로 써보자.

5 연이은 동작이라면 과거라도 현재로 써라. 그것이 생생한 현재다.

29강

귀납 논증과 변증법을
이용한 글쓰기

1. 귀납 논증을 이용한 글쓰기

귀납법이란 여러 개의 특수한 사항을 바탕으로 하여 결론에 도달할 수 있도록 일반화를 시도한 경우이다. 귀납법은 한정된 경험을 바탕으로 한다는 점에서, 그리고 그러한 개개의 사실이 결론에 도달할 필연적인 근거인 것은 아니라는 점에서, 엄밀한 의미에서 논리적 추론이라고 하지는 않는다. 귀납법은 그럴 법한 개연성만을 제시하는 데에서 논리적 추론이라고 하지는 않는다. 귀납법은 그럴 법한 개연성만을 제시하는 데 그치기 때문이다. 그러나 귀납법이야말로 인간의 경험으로부터 나아가 보편적인 사항을 논할 수 있는 훌륭한 논법이다.

연역논증은 전제가 참이면 결론은 반드시 참이어야 하는 논증인 반면, 귀납논증은 전제가 참이라고 할지라도 결론이 반드시 참은 아니다. 단지 참이 될 가능성이 높은 논증을 말한다. 따라서 연역논증은 전제들의 참이 결론의 참은 필연적이 아니라 개연적으로 뒷받침하는 논증이다. 연역논증은 타당하냐 타당하지 않느냐로 평가하고, 귀납 논증은 강하냐 또는 약하냐로 평가한다는 차이가 있다. 따라서 강한 귀납논증은 전제들이 참이면 결론도 참일 확률이 아주 높은 것을 말하고, 약한 귀납논증은 전제들이 참이면 결론도 참일 확률이 약간 높은 것을 말한다.

이러한 귀납논증이 참에 가까우려면 관찰된 사례의 수가 많을수록 유리하고, 관찰된 사례가 다양할수록 유리하다. 또 연역법과 달리 결론은 일반적인 개념으로 내리기 때문에 결론의 범위는 좁을수록 참일 개연성이 높고, 전제에서 언급된 내용과 결론에서 언급된 내용이 지니는 유사성이 클수록 개연성이 높다. 그러므로 귀납법적인 글을 쓰려면 구체적인 전제의 사례수를 늘리고, 결론을 내릴 때는 전제한 것들과 유사하게 하는 것이 좋으며, 결론의 범주는 가급적 좁히는 것이 좋다. 그래야 우리가 원하는 주제를 제대로 담을 수 있다.

우리가 흔히 쓰고 있는 귀납논증은 사례를 통한 논증으로, 과학논증에서 많이 이용할 수 있는 논법이다. 귀납논증의 형식도 여럿 있지만 일반적인 글을 쓸 때엔 열거귀납논법이 좋다. 이때 전제들에 해당하는 구체적인 사례들을 많이 나열할수록 결론에서 참일 가능성이 높다. 그러므로 열거에 의한 귀납논법을 쓰려면 논점이 되는 사례들을 모으되 참인 사례들만 모아야 한다.

일단 구체적인 예를 하나 보자.

파주에서 보았던 한국산 젖소는 얼룩소였다.
전주에서 보았던 한국산 젖소는 얼룩소였다.
광주에서 보았던 한국산 젖소는 얼룩소였다.

그러므로 모든 한국산 젖소는 얼룩소다.

여기서 결론은 반드시 참은 아니다. 언급하지 않은 춘천에 가서 젖소를 확인했을 때 얼룩소일 가능성은 높지만 아닐 수도 있는 것이다.

여기서 사례를 세 개 썼다. 이 수가 많을수록 결론이 참일 개연성은 높아진다. 반면 사례를 한 개만 썼다면 참일 개연성은 낮아질 수밖에 없다.

철수네는 일곱 식구다. 철수네는 중국음식을 좋아한다.
철수 아버지는 짜장면을 좋아한다.
철수 어머니는 우동을 좋아한다.
철수의 큰형은 짬뽕을 좋아한다.
철수의 둘째형은 짜장면을 좋아한다.
철수의 셋째형은 우동을 좋아한다.
그러므로 철수네 가족은 중국음식을 좋아한다.

여기서 일곱 식구 중 두 명을 언급하지 않았다. 따라서 이 두 명 모두 중국음식을 좋아할 가능성은 충분하다. 하지만 단정 지을 수는 없다. 이런 약점이 귀납법이라 할 수 있다.

가장 쉬운 예가 여론조사다. 여론조사의 경우도 가끔 틀리는 경우가 그 한 예다. 귀납논증이 완전히 참에 이르려면 전수조사여야 하며, 응답하는 이가 반드시 참으로 대답해야 한다는 점이다. 이러한 귀납논증은 문학적인 글에서는 별 문제 없이 쓸 수 있다. '봄은 꽃의 계절이다'란 범위를 정하고 글을 써보자.

봄에는 노란 개나리가 활개 치듯 피어나고, 연분홍색을 띤 나팔꽃
도 피어나고, 불이 타오르는 듯한 진달래도 이 산 저 산을 빨갛게 물
들이며 피고, 어머니의 광목치마처럼 희디 흰 꽃가루들을 날려주는
호화찬란한 벚꽃들도 피어난다. 모름지기 봄이란 온갖 꽃들이 피어
나는 꽃의 계절이다.

  이렇게 귀납적인 논리를 이용할 수도 있으며, 글의 첫 문장으로 결론
에 해당하는 '봄은 꽃의 계절이다', '봄은 형형색색의 꽃들이 피어나 축
제를 벌이는 꽃의 계절이다'라는 식으로 시작할 수도 있다. 봄이란 범
위는 너무 넓다. 그러므로 봄의 이야기를 쓰더라도 일정 범위를 정하고
쓰는 게 좋다.
  귀납논증은 개별 사례를 먼저 놓는다. 개별 사례는 작가의 생각들이
다. 작가가 정한 개별 사례의 범주 안에서 예를 얼마만큼 찾아내느냐가
글의 양을 좌우한다. 그렇게 자신의 생각들을 일정한 주제 의식 안에서
마음껏 찾고, 마무리는 보편성을 띠거나 일반적인 이야기로 이끌어내
어 연결시키면 된다. 글을 잘 쓸 수 있는 방법 중 하나는 범위를 구체적
으로 좁혀놓고 쓰는 일이다. 그래야 제대로 주제를 찾아 쓸 수 있고 짜
임새 있는 글을 쓸 수 있다. 논리는 이럴 때 필요하다. 그러므로 문학적
인 글이든, 비논리적인 글이든 잘 읽히는 글에는 논리가 잠재되어 있다
는 것을 기억해야 한다.

2. 변증법을 이용한 글쓰기

일반적인 개념이나 정의, 또는 자신의 주장을 펼 때 자주 쓰는 논증이 연역법이라면 변증법은 어떤 일을 추진할 때 자신의 주장을 펼치며, 상대를 설득할 때도 좋은 것은 물론 직장에서 보고서를 작성하거나 어떤 사업계획을 세울 때에도 적당한 논리법이라고 할 수 있다.

정반합(正反合)의 개념으로 잘 알려진 헤겔의 변증법은 원래 좌파 철학자들을 거쳐 카를 마르크스에게 영향을 주었던 철학 논리이다. 변증법은 만물이 본질적으로 끊임없는 변화 과정에 있음을 주창하면서, 그 변화의 원인을 내부적인 자기부정, 즉 모순에 있다고 본다.

원래의 상태를 정(正)이라 하고, 모순에 의한 자기부정은 반(反), 만물은 이 모순을 해결하는 방향으로 운동하며, 그 결과 새로운 합(合)의 상태로 변화한다는 주장이다. 이 변화의 결과물은 또 다른 변화의 출발점이 되고, 다시 최고의 지점에 도달할 때까지 계속된다는 논리이다.

헤겔은 정반합(正反合)이라는 개념을 직접적으로 사용하지 않았다. 후에 그의 변증법을 설명하기 위해 하인리히 샬리베우스가 처음으로 사용한 것이 정반합이란 용어이다. 헤겔은 정반합이라는 표현 대신 그는 '즉자 – 대자 – 즉자대자', 또는 '긍정 – 부정 – 부정의 부정'이라는 표현을 썼다.

이를 대비해보면   정 – 즉자 – 긍정

반 – 대자 – 부정

합 – 즉자대자 – 부정의 부정

이것을 글쓰기에 대입한다면 다음과 같이 이용할 수 있을 것이다.

① 정 : 의견 제시

~하자, ~해야 한다. → +하면 이러 이한 점들이 좋기 때문이다.

② 반 : 모순이 될 수 있는 점 제시

하지만 ~ 문제, 모순이 있다. +하면 이러 이러한 단점이 있다.

③ 합 : 모순을 극복하고 대안제시

따라서 이러이러한 단점을 해결한 후에 일을 추진해야 한다.

이번 달엔 수학능력시험을 대비하여 영어를 집중적으로 공부하려고 한다. 30일을 4주로 나누어 첫 주는 문법을 공부하고, 두 번째 주에는 리스닝, 세 번째 주는 독해를, 마지막 주는 회화공부를 할 예정이다. 이렇게 하면 집중력도 생기고, 그동안 해결하지 못한 영어공부의 부족한 부분을 메울 수 있을 것이다. 하지만 영어공부에 한 달을 다 투자하면, 그 외의 과목을 전혀 손을 못 댈 수 있다. 그렇게 되면 수학문제풀이 감각, 암기과목의 암기했던 내용을 잊어버릴 수 있다. 따라서 매일 두 시간은 수학문제 풀기 한 시간과 암기과목 한 시간을 배정하여 시험 대비를 하면서 영어공부에 집중해야겠다는 생각이다.

이 글에도 변증법이 숨어 있다. 'A해야 한다. A하면 좋은 점은 무엇 무엇이다. 하지만 B라는 문제(단점, 모순)가 있다. 그러므로 B 라는 문제들은 C처럼 처리(해결)하고, 그러고 나서 A해야 한다'의 등식이다.

30강

요약하기와 줄거리 쓰기

1. 요약하기

(1) 중요 요소를 정보를 골라내고, 정보를 알맞게 배열하기

① 요약을 잘하려면 우선 내용을 정확히 파악하고 이해해야 한다.

② 원본과 차이 없이 서술해야 한다.

③ 글을 단순히 압축하는 것이 아니라 자신의 언어로 재구성해야
   한다.

(2) 요약 쓰기에 주의할 점

① 무엇이 중요한 정보인지 먼저 생각하고 쓴다.

② 중요한 정보가 누락되지 않았는지 살핀다.

③ 본인 위주로 판단하지 말고, 읽을 사람을 먼저 배려하고 요약한다.

(3) 요약을 잘하는 방법

① 원문 자체를 줄이는 것임을 명심하자.

② 말로 요약해보자.

③ 머릿속으로 요약을 한 뒤 독백을 해보자.

④ 원문을 계속 줄일 수 있을 때까지 줄이자.

2. 줄거리 쓰기

소설의 줄거리를 쓸 때는 소설의 순서대로 쓰지 말고, 사건이 일어난 순서대로 써야 한다. 소설은 사건의 순서가 작가의 임의대로 바뀌어 있다. 이것을 시간의 흐름의 순서로 바꿔 써야 한다. 그렇게 하여 인과관계가 맞도록 써야 한다.

소설의 줄거리는 일단 구성 단계 별로 나누고 발단, 전개, 위기, 절정, 결말로 나누어 이 구성 별로 적어도 한두 문장이라도 포함시켜야 한다. 또한 문장을 쓸 때는 능동적으로 써야 한다. 특히 '~게 된다' 식의 문장이 아닌 '~한다'로 쓴다.

① 줄거리 쓰기는 그 내용을 나름대로 가공해서 이해하기 쉽게 서술한다.

② 줄거리를 잘 쓰면 글도 잘 쓸 수 있다.

③ 줄거리 쓰기를 자주하면 요점 파악을 잘할 수 있다.

④ 줄거리 쓰기를 하면 핵심 내용을 서술하는 법을 익힐 수 있다.

⑤ 줄거리 쓰기 연습을 하면 접속사를 유연하게 활용하는 법을 익힐 수 있다.

⑥ 줄거리 쓰기 연습을 하면서 구체적 표현법을 익힐 수 있다.

⑦ 줄거리 쓰기를 할 땐 분량을 정하고 쓰는 것이 좋다.

⑧ 분량에 맞게 무엇이 필요한지, 버릴 것은 무엇인지를 핵심을 파악
할 수 있다.

[최 선생의 글쓰기 tip 26] 글 마무리하고 다듬기

1 소주제문과 뒷받침 문장들로 이루어진 단락을 한 문장으로 정리해보자. 글 한
편을 한 문장으로 정리할 수 있어야 한다.

2 그렇게 정리한 문장들을 하나의 요약 단락으로 만들어라.

3 요약 단락에서 하나로 아우를 수 있는 한 문장으로 다시 강조하라.

4 함께 생각해볼 거리에 대한 문장을 써라.

5 앞으로의 각오나 다짐, 희망사항, 아쉬운 점으로 마무리하자.

31강

서평과 독후감 쓰기

인터넷 문화가 확산되면서 글을 쓰는 일반인들이 줄어들 것으로 예상했는데 오히려 일반인이 글을 쓸 기회가 많아지고 있다. 서평이란 글의 유형도 인터넷의 발달에 따른 부산물로 볼 수 있다.

일반적으로 중·고등 과정이나 대학과정에서 글쓰기를 배울 때 서평이란 말은 듣기조차 어렵다. 책과 관련한 글이라면 독후감이 전부이다. 물론 대학에 들어가면 비평을 배우지만 서평과는 다소 거리가 있다. 그래서 딱히 서평이란 말을 정확하게 정의를 내리기 어렵다.

인터넷 서점이 활성화하면서 책을 소개하고, 책에 대한 평을 하기 시작하면서 서평이란 말이 확산되었다. 서평이란 말은 영어권의 write a book review에서 온 것으로 추정된다. 북리뷰로 쓰다가 서평이라는 말로 옮겨져 사용하고 있다.

서평이란 말을 정확하게 정의할 수는 없지만 요즘 서평으로 올라오는 글들을 보면 서평은 독후감과 비평의 접점에 모호하게 걸쳐져 있는 것 같다. 그런 점에서 서평을 이제는 '내가 읽은 책을 객관적으로 평가하여 소개하는 글' 정도로 정의하고 싶다. 이는 자신이 책을 읽고 난 후의 감정을 독자에게 공감하도록 전달하는 독후감과는 다르다. 독후 감과는 달리 논리적인 설명이 따르고, 전문적인 지식을 가지고 어떤 작품을 분석·평가하여 독자를 설득하는 글이라는 점에서 그렇게 정의 하고 싶다. 그러므로 서평은 주관적인 자신의 감정을 어느 정도는 배 제하고 객관적인 시각에서 자신이 읽은 책을 평가하는 글이라고 할 수 있다.

이러한 관점에서 아래에 독후감 쓰기와 서평 쓰기를 설명할 것이다. 요즘 올라오는 서평을 보면 오히려 서평 쓰기보다 독후감에 가깝다. 따 라서 독후감을 활용한 서평을 권하고 싶다.

1. 서평 쓰기

독후감이 주관적인 느낌을 중심으로 서술하는 개인적인 글인 반면, 서평은 이러한 감상을 객관화하여 사회·문화적 맥락에서 공론화하는 글이다. 따라서 서평은 책 자체의 평가이지만, 같은 책을 다룬 서평들 이 모두 대상을 동일하게 이해하지는 않는다. 대상을 이해하는 방식은 사람마다 다르며, 또한 같은 책을 대상으로 평가하더라도 무엇을 그 책 의 중심 요소로 파악하느냐에 따라 해석이 달라진다. 서평의 또 다른 특징은 주관적 감상과 객관적 가치 평가의 성격을 함께 띤다는 점이다.

(1) 서평을 쓰기 전에
① 책의 전체적인 내용은 물론 구성과 주제를 정확하게 파악한다.

② 책을 꼼꼼하게 읽으면서 중심 줄기를 놓치지 않도록 하고, 행간에 녹아 있는 의미들도 충분히 이해하고 체크하며 읽고, 기억해두어야 한다.

③ 저자가 의도하는 줄기와 관념, 저자가 전달하려는 핵심사항, 주제를 정확하게 파악해야 한다.

④ 서평은 독후감과 달리 책에 대한 지금 이 시대의 가치 평가임을 기억해야 한다. 따라서 사회와 문화에 대한 객관적인 평가를 하고 합리적이며 객관적인 진단을 해야 한다.

⑤ 주관적인 느낌이나 좋고 나쁨에 그쳐서는 안 되며, 그 평가에 대한 논리적 근거를 갖추고 있어야 한다. 평가는 책을 분석하면서 자연스럽게 이끌어내야 하며, 분석과 평가는 동일한 기준에 맞추어야 한다.

⑥ 읽은 책을 독자가 수긍할 수 있을 만한 논리를 가지고 설득할 수 있도록 써야 한다. 분야에 따라서는 동일 분야에 관한 이론을 공부해야 한다. 분야별로 독서하는 방법, 분석하고 이해하는 방법, 평가하는 방법도 다르기 때문이다.

(2) 서평의 도입 단락 쓰기

① 그 책이 나오게 된 배경 또는 그 책이 나온 시대적 배경을 쓴다.

② 그 책이 주로 다루는 문제, 책이 제기하는 핵심 주장을 언급한다.

③ 그 책을 자신이 판단할 기준과 근거를 제시하고 어떻게 글을 전개할 것인지 밝힌다.

(3) 서평의 본문 단락 쓰기

① 읽은 책의 구성과 내용을 일관된 기준과 논리적 순서에 따라 설명
한다. 독자에게 책의 개요를 알 수 있도록 설명한다.

② 읽은 책의 내용을 세부적으로 분석한다. 이때 일정한 기준과 순서
를 토대로 전편에 걸쳐 지속되는 저자의 입장을 분석하고 그에 대
해 평가한다. 경우에 따라 일부분을 직접 인용한 후 분석·평가하며
서술할 수 있다. 또는 책의 주된 내용을 소개하고 나중에 총괄적으
로 분석·평가할 수도 있다.

③ 당대의 사회·문화적 맥락에서 책의 내용이 지닌 의의와 한계를 점
검하는 본인의 내용을 서술한다.

④ 유사한 도서나 사건이 있다면 비교·대조하여 설명할 수도 있다.

(4) 서평의 마무리 단락 단락 쓰기

① 사회·문화적 맥락에서 그 책이 지닌 의의를 서술한다.

② 그 책이 갖는 사회 문화적 맥락과 함께 앞으로의 전망을 정리하면
서 마무리한다.

(6) 서평을 잘 쓰려면

① 서평을 잘 쓰려면 우선 훌륭한 독자가 되어야 한다. 관객의 입장
에서 읽는 것이 아니라 수용자의 입장에서 책 읽기를 해야 저자에
게 따질 수 있고, 그래야 독창적인 서평을 쓸 수 있다. 수용자적인
독자라야 책 내용을 수용하되 저자의 견해와 생각에 의문을 품을
수 있고, 저자에게 질문할 수 있고, 저자와 무언의 대화를 할 수 있
고, 자기다운 평가를 이끌어낼 수 있다.

② 책의 내용을 그대로 개략적으로 전달하면서 스스로의 평가를 곁들여야 하는 글이 서평이므로 책의 내용과 자신의 견해를 명확하게 구분해서 써야 한다.

③ 책을 읽기 전에 다른 이가 쓴 서평이나 해설은 읽지 않는 것이 좋다. 그 책을 읽고 난 후 자신의 생각을 정리한 후 그러한 자료들을 참고하는 것이 좋다.

④ 책을 읽는 도중에 자신의 생각이 머무는 곳에 표시를 해둔다. 내용에 대한 자신의 생각, 착상 또는 의문점이 떠오른다면 그 자리에 메모를 해둔다. 읽다가 절이나 장마다 내용을 요약하여 표제를 적어두면 더욱 좋다.

⑤ 독후감이 주관적인 데 반해 서평이 객관적이라고 해서 자신의 생각마저 배제해선 안 된다. 그 책에 대한 객관적인 분석과 평가라고 해서 주관적인 면이 전혀 없을 수는 없다. 논리적으로 책을 설명하면서 충분히 자신만의 독특한 면이 드러나야 멋진 서평이 될 수 있다.

⑥ 좋은 서평을 쓰려면 자기 안의 내적인 정보가 많아야 하고 독창적인 해석을 할 수 있어야 한다. 내 안에 정보가 많아야 같은 내용이라도 독창적인 관점으로 볼 수 있고, 대입할 자료를 안에서 찾아낼 수 있기 때문이다. 독서를 많이 하고, 독서한 내용을 잘 소화시킬 수 있도록 생각을 많이 하고, 많이 써보는 것이 최선이다.

서평에 대한 글을 읽어본 이들은 서평 쓰기가 어렵다고 느낄 것이다. 하지만 요즘 서평이란 개념은 정통적인 서평이라기보다는 독후감에서 조금 진보한 정도라고 볼 수 있으므로 서평 쓰기를 두려워하지 말고 독후감의 연장이라는 생각으로 쓸 것을 권한다. 독후감을 쓰고 거기에 자신의 객관적인 시각으로 독자에게 그 책을 권하는 정도면 좋을 것 같다.

"이 책은 저자가 자신의 분야에 대한 해석에 지나친 나머지 그 분야를 이해하지 못하는 이들에게는 오해의 소지가 있으므로 그 분야에 관심이 없는 이들에겐 적합하지 않다"는 식으로 말이다. 책 읽기를 권하고자 한다면 그 책을 읽어야 할 '이유'를 '설명'해야 한다.

서평은 독후감을 다른 이들에게 전달하는 글이라는 생각으로 부담 없이, 에세이 형식보다는 논술형의 글로 쓴다. 문학적인 묘사나 서술을 동원해 전달의 효과를 높이는 방법을 택하는 것도 가능하지만 적어도 본문 단락은 논리적으로 써야 한다. 책에 대한 평가가 본문 단락에 드러나야 하기 때문이다.

2. 독후감 쓰기

요즘 인터넷에 올라오는 서평들을 보면 차라리 서평이라기보다는 독후감 쓰기로 바꾸는 것이 어떨까? 하는 제안을 하고 싶다. 별이 몇 개짜리 책인가 하는 평가는 어차피 주관을 내포한 말이므로 독후감이란 명칭이 적절할 것이기 때문이다.

또한 책을 다른 이들이 읽을 수 있게 하기 위한 것이 서평의 목적이라면 공감을 하는 이들에게 그 책을 권하는 의미에서도 독후감의 형식으로 글을 쓰는 것이 바람직하다고 본다. 서평이란 독후감보다 수준이 높은 글이라는 겉모습만 가졌을 뿐이지 글의 격을 높이는 것은 아니다.

(1) 독후감을 쓰기 전에

① 읽고 싶은 책을 골라 읽어라. 자신이 읽고 싶은 책을 읽어야 그 책에 관한 글을 쓰고 싶은 욕구가 생긴다. 그래야 다른 이에게 자신의 감동을 고스란히 전할 수 있다.

② 책을 제대로 읽고 내용을 확실하게 파악한 후 써야 한다. 하나의 제목 또는 책 한 권을 완전히 정독한 다음 내 것이 되었을 때 쓴다.

③ 한 편의 독후감을 쓰려면 적어도 그 책의 내용을 이해하고 받아들여 자기 것으로 만든 다음, 자신의 생각을 가지고 써야 한다.

④ 책을 읽고 난 다음 감동과 감상이 우러나와서 말과 글로 표현하고 싶을 때 쓴다.

⑤ 읽은 책 모두 독후감을 쓸 생각을 하지 말아야 한다. 책을 읽고 난 후에 그 책에 관한 기록을 남기는 것은 바람직하다. 하지만 그 모든 책을 독후감으로 쓸 생각을 하게 되면 제대로 된 독후감을 쓸 수 없다. 형식적인 글쓰기 행위가 될 수 있기 때문이다. 독후감으로 쓸 책과 서평으로 남겨둘 책, 간략한 기록으로 남겨둘 책으로 구분하는 것이 좋다.

(2) 독후감을 쓰면 좋은 이유

① 책을 읽고 난 다음 그 책의 내용과 느낌을 오래 간직할 수 있다.

② 나의 생활을 돌아보고, 책에서 받는 가르침(교훈)을 깊이 받아들일 수 있다.

③ 사고력을 향상시킬 수 있다. 독후감을 쓰면서 새로운 생각을 가질 수 있다.

④ 글쓰기 능력, 표현력을 신장시킬 수 있다.

⑤ 책의 내용 자체가 하나의 글감을 제공하기 때문에 글쓰기 아이디어를 얻을 수 있고, 잘 쓴 글과 자신의 글을 비교할 수 있다.

(3) 독후감에 들어갈 내용

① 읽은 책의 이름과 책을 읽게 된 동기나 이유를 쓴다.

② 저자와 저자의 당시의 모습을 써도 좋다.

③ 책의 내용에 따라 주인공과 주인공의 업적을 쓸 수도 있다.

④ 전체적인 줄거리의 대강을 쓴다. 책을 읽은 사람이 아니어도, 줄거리만 읽고도 개략을 이해할 수 있게 써야 한다.

⑤ 읽은 후의 느낌을 자연스럽고 솔직하게 쓴다. 책을 읽고 난 후의 감정은 주관적이다. 따라서 다른 이가 쓴 글과 차별성이 있으므로 자신의 느낌이 무엇보다 중요하다.

⑥ 나에게 준 가르침(교훈) 또는 본받을 점과 나의 생각을 쓴다.

⑦ 주제나 내용이 유사한 책과 견주어서 글을 써도 좋다.

(4) 독후감을 쓰는 요령

① 제목 : 독후감의 제목은 책 제목을 그대로 써도 좋고, 책 제목이 아닌 따로 알맞은 제목을 붙여도 좋다.

② 도입 단락 : 이 책을 읽게 된 동기 또는 이유 같은 것을 간단히 써도 좋다. 독후감을 좀 더 아름답게 쓰려면 도입 단락에서 상황 묘사를 하면서 시작해도 좋다. 예를 들면 '하늘이 높고 맑다. 하늘이 높고 맑은 만큼 내 마음은 공허하여 서점을 찾았다……' 식으로 말이다.

③ 줄거리 : 간략하게 일단 책에 대한 느낌을 쓰고 줄거리를 쓴다. 느낌을 먼저 쓰고 난 다음 줄거리와 느낌을 섞어 써도 좋다.

④ 느낌 : 독후감에서 제일 중요한 것이 느낌이다. 다른 글과 달리 독후감은 주관적인 견해가 나타나야 한다. 내용 가운데 가장 감동적인 부분은 강한 느낌으로 나타낸다.

⑤ 마무리 : 책을 읽으면서 지금 나의 생활과 비교해보면서 나의 마음가짐이나 다짐, 혹은 바람을 쓰면서 마무리한다.

(5) 독후감의 여러 형식

독후감은 느낌 중심의 독후감, 편지글 형식의 독후감, 일기 형식의 독후감, 시 형식의 독후감 등과 같이 여러 형식이 있다.

콕 집어 알려주는

초판 1쇄 인쇄 2015년 10월 19일
초판 1쇄 발행 2015년 10월 23일

지은이 최복현
펴낸이 김세영

펴낸곳 프리스마
주소 04035 서울시 마포구 월드컵로 8길 40-9 3층
전화 02-3143-3366
팩스 02-3143-3360
블로그 http://blog.naver.com/planetmedia7
이메일 webmaster@planetmedia.co.kr
출판등록 2005년 10월 4일 제313-2005-00209호

ISBN 979-11-86053-02-7 03800